Manfred Rebhandl

DAS SCHWERT DES OSTENS

GEGRÜNDET
1999

Manfred Rebhandl

DAS SCHWERT DES OSTENS

Czernin Verlag, Wien

Gedruckt mit Unterstützung der Kulturabteilung
des Landes Oberösterreich

Für meine Tochter

Rebhandl, Manfred: Das Schwert des Ostens / Manfred Rebhandl
Wien: Czernin Verlag 2012
ISBN: 978-3-7076-0403-0

Lektorat: Eva Steffen
Umschlaggestaltung: Bernd Püribauer
Satz: Burghard List
Druck: Druckerei Theiss GmbH, A-9431 St. Stefan
ISBN Print: 978-3-7076-0403-0
ISBN E-Book: 978-3-7076-0404-7

***

Ich hatte seit einer halben Ewigkeit eine Hausfrau am Ohr, die sich mit Meinungsforschung über Wasser hielt und mich mit der Frage löcherte, ob mir die neue *Gosse* jetzt gefalle oder nicht. Die Sache war nämlich die, dass die neue *Gosse* seit ein paar Monaten versuchte, dem alten Schlachtschiff *Posse* den Rang abzulaufen. Ich aber war in solchen Dingen immer recht unschlüssig und hatte mich noch für keine der beiden Schlampen entschieden, also fragte mich die Lady schneidig: „Na, was ist jetzt?"

Ich lag in der Wanne und ließ kaltes Wasser einlaufen, und während ich mir einen hinter den Zaun kippte, überlegte ich hin und her, wog ab und prüfte das Für und Wider, bevor ich sie endlich wissen ließ: „Die *Posse* ist vielleicht besser, wenn man den toten, stinkenden Fisch darin einwickeln möchte, bevor man ihn in den Kübel schmeißt. Andererseits hat die *Gosse* die Nase vorne, wenn man sich am stillen Örtchen ein kleines Depot anlegen möchte – für die Tage der Not, wenn Vati mal kein Flauschi zuhause hat. Also ich weiß nicht so recht."

Sie sagte: „Sehr witzig!", und legte auf.

Ich genehmigte mir einen weiteren Russenschnaps mit Eis, das ich aus dem Kübel nahm, der neben der Badewanne stand, und in dem Kübel selbst stand die Flasche. Ich hatte die Reparatur meines gewaltigen Brummschädels perfekt organisiert, was auch nötig war, nachdem ich gestern noch auf einen Sprung bei Happiness oben im Pink Flamingo vorbeigeschaut hatte. Es dauerte immer ein Weilchen, bis sie endlich fertig war, und die Zeit bis dahin hatte ich mir gewohnheitsmäßig mit einer Flasche „Wodka geht aufs Haus" vertrödelt. Um halb vier Uhr früh war es dann endlich so weit, die Mumme tat ihr weh und der Arsch auch, nachdem sie den letzten türkischen Spinner nach Hause geschickt hatte, der noch ein paar Jährchen auf die versprochene Ostanatolierin warten musste und sich die Zeit bis dahin mit Happi vertrieb. Sie hatte sich in letzter Zeit schon öfter darüber beklagt, dass die Gehänge bei den Türken in der Jogginghose immer größer wurden – „Richtige Schwerter haben die!" –, was ich ihr aber nicht recht glauben wollte, dagegen sträubte sich schlicht alles in mir. Wenn es um die Größe vom Gehänge ging, dann war auch ich irgendwie immer schnell beleidigt, oder anders gesagt: Ich konnte mir einfach nicht vorstellen, dass ein anderer einen Größeren hatte als ich! Zwar hatte Happiness dann noch versucht, den Abend zu retten, indem sie „Aber so wie du gebaut bist, ist es doch genau richtig, Rocky!" sagte. Aber da war es natürlich längst zu spät, und es waren irgendwie auch nicht die richtigen Worte. „Sag bitte nicht Rocky zu mir. Ich heiße Rock wie der Felsen und nicht Rocky wie das Felschen. Aber das weißt du doch, nicht wahr?"

Ich legte mir ein paar von den Eiswürfeln auf den Scheitel, dann schüttete ich den Rest einfach ins Wasser, es war nämlich verdammt heiß in diesen Tagen. Der Brunnenmarkt vor meinen Fenstern war längst zum Leben erwacht, die Abdullahs priesen ihre Waren an und schnitten ihr Kebab. Nur ich lag noch immer untätig in der Wanne herum, als plötzlich die Schelle läutete, ich drückte auf Grün und sagte: „Rock Rockenschaub löst auf alle Fälle alle Fälle, was kann ich für Sie tun?"

„Ich bin's, Willi!"

Es war Willi das Schwein, dem oben am Gürtel Dirty Willi's Swedish Pornhouse gehörte. Er klang ganz schön durch den Wind, als er sagte: „Rock, du kommst doch heute Abend?"

Es kam mir irgendwie gleich komisch vor, dass er mich das fragte, schließlich arbeitete ich für ihn, und er hatte für heute Abend *Jack schleckt auf!* ins Programm genommen, Jacks Porno-Klassiker aus den späten 80er-Jahren, der im Rasentennis-Milieu spielte. Zu einer Zeit also, als ein Waldschrat wie Guillermo Vilas als gutaussehend durchging und Körperbehaarung nicht modern, sondern normal war, und zwar auch bei den Mädels.

Ich hatte den Schinken sicher schon hundertmal gesehen, aber mir ging immer noch einer in die Hose, sobald Willi die Lichter in seiner stinkenden Bude ausmachte und man die Nummer eins der Weltrangliste auf der Leinwand sah – ein heißes Törtchen, das in seinem kurzen Tennisröckchen samt Rüschen dran auf einem Hotelbett saß und sich die Hornhaut feilte, während es mit Superschnüffler Jack Schleck telefonierte: „Jack, mein Trainer, Manager und Ehemann in Personalunion betrügt mich mit der Nummer 69 der Weltrangliste, das tut so weh!" Jack war Privatdetektiv und auf Eifersuchts- und Scheidungsdelikte spezialisiert. Er saß in seinem Büro am Cielo Drive, L.A. und hatte die spitzen Schuhe am Schreibtisch, seine gewaltige Zunge war noch nicht ganz auf Betriebstemperatur, als er ihr mit seinem typischen Jack-Schleck-Lispeln sagte: „Ich bin gleich bei Ihnen, Herzliebchen." Als er dann an ihrer Hoteltüre läutete, trug Herzliebchen nicht einmal mehr das kurze Röckchen, das sie noch vorhin getragen hatte, das war ja jetzt in der Wäsche. Stattdessen schützte sie eine gewisse Verspanntheit im Gesäßbereich vor, und sie fragte Jack, ob er sie nicht mal netterweise genau dort für ein paar kurze Minuten massieren könnte, bevor sie das Geschäftliche regelten, sie musste ja am Abend noch das Finale spielen. Jack ließ sich natürlich nicht zweimal bitten, und bald hatte er nicht nur seine Hände dort, wo die Freude wohnt, sondern auch seinen flinken Lappen mittendrin im saftigen Faltenmeer, und die kleine Lady stöhnte wie die frühe Monica Seles, wenn sie die beidhändige Rückhand schlug. Ein guter Anfang für einen guten Film jedenfalls! Und da fragte er mich, ob ich heute Abend komme?

Ich sagte: „Willi, du weißt doch genau, dass ich kommen werde, also warum rufst du mich an? Möchtest du mit mir reden?“

Es dauerte ein Weilchen, während dem ich Willi am anderen Ende der Leitung schwer atmen und einige Male tief seufzen hörte, dann sagte er: „Ach weißt du, Rock, ich bin ein bisschen trübe in letzter Zeit. Ich fühle mich schlapp und wertlos, ich spüre Druck auf der Brust und traue mich nicht einmal mehr zum Zigarettenkaufen auf die Straße.“

Es ist nie schön, wenn man Freunde am absteigenden Ast sieht, aber bei Willi dem Schwein hatte die Sache etwas Bitteres. Ein Leben als Gürtelkaiser ist nämlich nur erstrebenswert, solange man jung ist, enge Hosen trägt und das Blei, das einem um die Ohren fliegt, mit den Jackettkronen auffängt. Wenn man aber langsam älter wird und sich die Beißerchen eines nach dem anderen verabschieden, wenn sich die Hämorrhoiden melden und einen Briefe der Pensionistenresidenz Goldene Eichel erreichen, die einem ein freies Plätzchen anbieten, dann sieht man als Gürtelkaiser schnell ein bisschen lächerlich aus, und zwar lächerlicher als jeder andere alte Mann, der ständig aufs Klo rennen muss und mit 70 noch ein geflochtenes Zöpfchen trägt, das ihm bis zum Arsch hinunterhängt.

Angst hatte schon lange keiner mehr vor Willi, und Respekt war den ganzen zugelaufenen Albanern, die sich am Gürtel überall breitmachten und die alten Platzhirsche verdrängten, sowieso ein Fremdwort. Aber es gab noch ein anderes Problem, mit dem Willi sich herumschlagen musste, also sagte ich: „Das riecht mir verdammt nach angeschissenen Windeln. Ist es vielleicht wegen der späten Mütter mit ihren Sacktitten, die jetzt überall ihre im Windkanal getesteten Kinderwägen durch die Gegend schieben und dir wegen deinem Swedish Pornhouse das Leben zur Hölle machen?"

Es gab nichts, was einem alternden Pornokönig mehr zusetzen konnte als diese fanatischen Mütter! Ich bot ihm also an, dass ich ein paar von denen mal die Ohren langziehen würde, aber Willi sagte nur: „Lass lieber, Rock. Es genügt, wenn du heute Abend Lemmy mitbringst. Und sag ihm bitte, er soll die Tabletten mitnehmen. Aber nicht das Zeug für kleine Mädchen, sondern das für Fernfahrer und Bomberpiloten."

Als Willi mit seinen Pornos anfing, da wurden die Filme noch auf Celluloid gedreht, und es gab noch so nützliche Dinge wie Festnetzanschluss und Anrufbeantworter. Damals war aber auch unser Viertel noch überschaubar und klar strukturiert – es gab arme Türken, arme Einheimische, arme Sexfreaks, arme Süchtige, arme Alte und arme Junge, und drumherum jede Menge Dreck und Scheiße, aber keinen, der sich darüber groß aufregte. Heute aber war die Gegend um den Brunnenmarkt ganz schön im Wandel begriffen. Man konnte nicht mehr schnell genug seinen Tank leer fahren, schon hatte wieder irgendwo eine Sauerkrautbude zugemacht und stattdessen irgendein schickes Restaurant eröffnet, in dem man reservieren musste, bevor man Sachen wie „Trockener Riesling“ trinken und „Gedünsteter Fisch“ essen durfte. Ich meine: Fisch!

Immer mehr Neureiche zogen hierher, darunter viele mit Kindern, die sich gewaltige Sorgen um ihre Brut machten. Die kleinen Noahs und Anna-Sophies sollten unter keinen Umständen in einer Welt aufwachsen, in der es etwas so Schmutziges wie das Swedish Pornhouse gab. Lieber sollten die Gehsteige rosa gestrichen und mit Zuckerwatte ausgekleidet werden, damit den Kleinen nichts passieren konnte. Der arme Willi hatte in letzter Zeit immer wieder Briefe und Anrufe erhalten, in denen man ihm mit allem Möglichen drohte, sollte er seinen Schandfleck, wie man sein Kino in Mütterkreisen nannte, nicht endlich zusperren. Auch angeschissene Windeln waren ihm schon vor die Tür gelegt worden, als kleiner dezenter Hinweis darauf, dass sich die Zeiten hier langsam, aber sicher änderten. Ich dachte: Wenn sich nun also schon Willi in die Hosen schiss, dann standen vielleicht wirklich gravierende Veränderungen ins Haus. Aber mussten es deswegen gleich die Tabletten von Lemmy sein?

***

Es gibt Orte, an denen der gesunde Mann lieber alleine bleibt, und Dirty Willi's Swedish Pornhouse war definitiv so einer. Ich hatte daher gar keine rechte Freude, dass ich Lemmy mitnehmen sollte. Er war zwar mein Quartiergeber und bester Kumpel, aber er war auch hektisch und nervös, und wenn sich die Frauchens auszogen, dann wurde er immer noch hektischer und nervöser. Er hüpfte dann auf seinem schmalen Arsch auf und ab, und sobald im Kino die Lichter ausgingen, lehnte er sich vor und zurück und raufte sich die Haare, als habe er ein größeres Rätsel zu lösen. Aber am peinlichsten war natürlich immer, wenn er „Das kann ich auch!“ schrie, sobald Jack Schleck eine gelungen Aktion an einer der Ladys ausführte und sie zum Erzittern brachte. Lemmy klang dann immer wie Tante Frieda beim Hausfrauenkränzchen, wenn sie „Gulasch mit Nudeln kann ich auch!“ schrie.

Es war einfach nur peinlich.

Trotz aller Abstriche, die man in einem Pornokino natürlich machen musste, legte Willi das Schwein großen Wert auf eine gewisse Qualität seiner Kunden. Und Lemmy fiel zu Beginn seiner Karriere im Swedish Pornhouse nicht nur deshalb negativ auf, weil er ständig „Das kann ich auch!“ schrie, sondern vor allem, weil er selbst für Pornokino-Verhältnisse ganz außerordentlich stank. Also bat mich Willi eines Tages, dass ich mir den Kerl in Reihe zehn mal genauer anschauen sollte, und kaum hatte ich mich hinter ihn gesetzt, war mir schon klar, woher der schneidige Wind wehte: Es war Lemmys Fransen-Lederjacke Marke *Neverwithoutme*, die nach feuchtem Keller und Rauchwaren stank und von den Bieren tausender Konzertschlägereien imprägniert war, weil er sie seit geschätzten vierzig Jahren Tag und Nacht trug. Ich berichtete Willi davon, und der sagte: „Hol das Schwein da raus, er stört das Geschäft!“

Und das wollte verdammt noch mal was heißen, wenn man in einem Pornokino das Geschäft störte!

Ich ging also wieder rein, tippte dem Stinker sachte auf die Schulter und bat ihn, den leisen Abgang zu machen.

Aber Willis Projektor warf gerade *Jack schleckt zurück!* auf die Leinwand, Jacks Polit-Klassiker aus den Zeiten des Kalten Krieges, in dem er von einer eiskalten russische Spionin unter einem fadenscheinigen Vorwand in das Reich des russischen Bären gelockt wird: „Sind Sie der weltberühmte Jack Schleck?", fragte sie ihn über das rote Telefon. „Hören Sie bitte zu: Mein rotes Höschen klemmt ein bisschen in der Pofalte, können Sie nicht mal rüberkommen und mir helfen?" Sie meinte echt „nach Moskau rüberkommen", und es war natürlich eine verdammte Falle! Aber schon eine Minute später landete Jack am Roten Platz, setzte die Breschnjew-Mütze ab und rückte der Fallenstellerin im Hotel Moskwa das rote Höschen mit seiner Zunge zurecht, bis eine Horde KGB-Leute über ihn herfiel und ihn in ein versautes Gefängnis irgendwo in Sibirien steckte, wo er Informationen über den Feind liefern sollte. Aber Jack konnte mit seiner gewaltigen Zunge nur ganz schlecht reden, schon gar nicht auf Russisch! Also hatten sie sich leider den Falschen ausgesucht, und so ließen sie ihn mit den strengen, aber leckeren Wärterinnen im Gulag alleine, was dann den Hauptteil des Filmes ausmachte, bis sie am Schluss einen lieblosen Gefangenenaustausch mit dem FBI organisierten und Jack seine Zunge wieder im freien Westen schwingen konnte. Ein Film aus seiner etwas schwächeren politischen Phase, der Lemmy aber trotzdem sehr gut gefiel, weil er selbst ein durch und durch politischer Mensch war. Also klammerte er sich mit seinen dürren Fingerchen an die Lehne seines Vordermanns und wollte unter keinen Umständen freiwillig mitkommen, sodass ich ihm entgegen dem ursprünglichen Plan schon im Kino eine über die Rübe ziehen und ihn wie einen Sack hinauf zu Willi ins Büro schleppen musste.

Als er dort endlich wieder zu sich kam, wollte Willi ihm persönlich das Hausverbot aussprechen, bevor ich ihn aus dem Fenster werfen sollte. Aber Lemmy schiss sich dabei vor Angst fast in die Hosen und bettelte wie ein altes Waschweib, dass er doch bitte vorher seine Tabletten nehmen dürfe, denn dann würde er leichter sterben. Und da sagte Willi auf einmal: „Moment mal, was denn für verdammte Scheiß-Tabletten?“

Lemmy öffnete seine Lederjacke, und da sahen wir, dass die nichts anderes als eine Art Bauchladen war, mit dem er durch die Gegend lief wie ein Messervertreter, er hatte wirklich für jede Gemütslage etwas dabei: in der linken Innentasche was zum Abheben und in der rechten etwas Stärkeres zum Einschlafen. Dazu astreines Zeug zum Rauchen, wahlweise Dope aus der Gegend um das weitläufige Atlasgebirge oder sein selbst gezogenes Gras. Willi und ich griffen sofort herzhaft zu, und nach einer geilen Session oben im Vorführraum, zu der Willi noch den Schnaps und die Mädels aus dem Pink Flamingo beisteuerte, waren wir Freunde geworden, und zwar Freunde fürs Leben.

***

Ich hüpfte aus der Wanne und ließ das H_2O abtropfen, dann machte ich ein paar Liegestütze und verschob die Sit-ups-Session auf morgen. Ich hatte aufgehört, meinen Körper übermäßig zu quälen. Zwar war ich immer noch gut in Schuss, aber halt auf die Vollsack-Art. Bald war ich 48, und das schien mir das richtige Alter, um langsam ins Vollsack-Dasein hinüberzugleiten.

Ich ging zum Kasten und machte mich schick. Kein Nylon-Scheiß, wie das hier in Klein-Anatolien ewige Mode war, sondern was fürs Auge – ein gelbrotes Hawaiihemd und weiße Bermudas, und in diesen Tagen natürlich nur die Badelatschen an den niedlichen Füßchen Größe 46. Dazu ein paar falsche Goldkettchen, die sich gegen die Brusthaare behaupten mussten. Dann holte ich den groben Kamm aus der Arschtasche, schickte die rechte Hand vor und erledigte mit der nassen linken den Rest. Wenn man in dieser Gegend auf die Piste ging, dann mussten die Haare unbedingt nach hinten gekämmt sein. Das war eine in Stein gemeißelte Regel, sonst sah das einfach scheiße aus. Zum Schluss trug ich noch ordentlich Zuhälter-Diesel auf und setzte mir die Sonnenbrille Marke Carrera, Jahrgang 1970 auf die Nase. Als ich meine Erscheinung im vergilbten Spiegel prüfte, fand ich, dass ich durchaus kühl aussah, aber irgendwie auch heiß. Weiß der Teufel, wie man das nannte, so wie ich aussah!

Es war kurz vor Ladenschluss, als ich die paar Stufen hinunter zu Lemmy hüpfte. Der hatte im Souterrain unseres Hauses direkt am Brunnenmarkt sein Plattengeschäft Quattro Stazzione, das früher mal eine Pizzeria war. Laut Handelsregister verkaufte er dort unten Vinyl, also alte Singles und alte LPs und alte Schellacks und all den Scheiß, den heute keiner mehr braucht. An der Finanz vorbei aber betrieb er dort unten seinen Weltvertrieb „Teufelszeug“. Den Namen seiner Bude und auch den rot-grün-weißen Anstrich an der Fassade hatte er erst gar nie geändert, weil er sich die Welt lieber mit Rauschmitteln bunt malte, als zu Pinsel und Farbe zu greifen. Und welchen Namen hätte er seinem Etablissement auch geben sollen? Quattro Different Dopes vielleicht? Wer ihn finden wollte, der fand ihn auch so. Und so mancher Unwissende ging dann halt mit einem Tütchen Gras nach Hause anstatt mit einem Säckchen Oregano und war damit mehr als zufrieden.

Als ich zu Lemmy hinunterstolperte, saß er da unten mit seinem schmalen Arsch auf einer Stahlfeder seiner kaputten Couch und drehte sich zur Abwechslung einen Joint. Wenn man Dennis Hopper in *Easy Rider* hübsch fand, dann fand man auch Lemmy in seiner Fransen-Lederjacke hübsch, nur für die Zahnbürstenindustrie kam er mit seinen schwarzen Stummelchen im Maul nicht mehr als Model infrage.

Ich flätzte mich neben ihn, machte die Beine breit, kratzte mich am Sack und fragte: „Willst du dir heute noch ein bisschen die Füße vertreten?"

Er fragte: „Wieso denn?"

Er war von Natur aus skeptisch. Ich gab ihm also den Auftrag von Willi weiter samt der Einladung für die heutige Gala, aber er blieb sitzen wie Aschenputtel, die nicht so recht wusste, was sie anziehen sollte. *Jack schleckt auf!* reizte ihn natürlich, auch wenn der Film nicht sehr politisch war. Und Willis Auftrag klang verlockend, denn die Geschäfte liefen schlecht, seit hier immer mehr Nichtstuer und ewige Studenten, die bisher Lemmys Hauptabnehmer waren, aus ihren Kleinstwohnungen vertrieben wurden. Er war also fast so weit, seinen Arsch zu bewegen, aber als er dann hin und her überlegte, ob er die spitzen oder die sehr spitzen Stiefel anziehen sollte, da fiel ihm plötzlich ein, dass er seit ein paar Tagen hinten im Anbaugebiet einen Wal liegen hatte, und er fragte: „Was ist, wenn sie aufwacht?"

Lemmy ließ ein Glas kaltes Wasser einlaufen und sagte: „Ich übergieße sie alle paar Stunden mit Wasser, sie atmet ruhig, aber sie wacht nicht auf. Ich hab' keine Ahnung, wie es mit uns beiden weitergehen soll."

Ich sagte: „Sie ist kein Wal, Lemmy! Du brauchst sie nicht mit Wasser zu übergießen!"

„Aber was soll ich denn sonst mit ihr machen?"

„Keine Ahnung!"

Wenn man so will, dann lebte Lemmy seit ein paar Tagen in einer Art fixen Partnerschaft. Die Glückliche war aber nicht irgendeine heiße Kifferbraut, von der Lemmy träumte, seit er ein Kiffer war. Es handelte sich vielmehr um einen hundert Kilo schweren Wal aus türkischer Erzeugung mit überquellendem Bauchfett und reichlich Hüftgold, der vor zwei Tagen wie aus dem Nichts auf ihn draufgefallen war, gleich beim Eingang, wo er gerade einen Packen Schellacks sortierte.

Die Fettwurst, die in zu enge Leggings und ein bauchfreies Top gezwängt war, hatte sich bei dem Sturz ihr süßes Köpfchen angeschlagen und dabei das Bewusstsein verloren. Und wenn ich nicht wie jeden Tag auf einen Guten-Morgen-Jolly zu ihm hinuntergestiegen wäre, mit dem wir immer den neuen Tag begrüßten, dann würde sie heute von Maden zerfressen und von Würmern bewohnt auf ihm draufliegen, und Lemmy würde es bei den hohen Temperaturen und der unerträglichen Luftfeuchtigkeit keinen Deut besser gehen.

Das war natürlich keine schöne Vorstellung, auch wenn dann alles hier mir gehört hätte!

Ich hatte den Wal von Lemmy heruntergerollt, um seine Sauerstoffzufuhr zu sichern, und ihm dann sofort einen Joint unter die Nase gehalten, damit er nicht etwa zu viel von dieser frischen Luft abkriegte. Was man halt macht, wenn man einen verunglückten alten Kiffer wieder auf die Beine stellen will. Und während sein Gesicht langsam wieder Farbe annahm, hatte ich mich natürlich gefragt, was die Lady wohl zu ihm heruntergeführt haben mochte. Wollte sie Platten kaufen? Möglich, aber nicht sehr wahrscheinlich, denn die Platten, die ein DJ heute so braucht, die hatte Lemmy nicht im Angebot, und sie sah irgendwie auch nicht aus wie ein verdammter DJ. Also wollte sie vielleicht einen Gras-Deal mit ihm checken? Auch das glaubte ich eher nicht, denn diese jungen Dinger kauften heute kein Gras mehr, die kauften Schminkzeug und zu enge Tops. Blieb also nur noch die Möglichkeit, dass sie neu in der Gegend war und bei ihm Pizza holen wollte, aber noch nicht wusste, dass es bei ihm gar keine Pizza gab. Jedenfalls sah sie so aus, als würde ihr Pizza schmecken.

Nachdem er aber wieder halbwegs geradeaus schauen konnte, hatte mich Lemmy auf eine ganz andere Spur geführt: „Sie hat immer ‚Bitte nicht große Schwert‘ geschrien, und dann ‚Asül‘, Rock! Immer wieder ‚Asül‘!“

„Asyl?“

„‚Asül‘, Rock! Mit ü! Und ‚Bitte nicht große Schwert!‘“

Asül mit ü? Dann war sie also eine Türkin, die auf der Flucht vor einem großen Schwert war? Du lieber Himmel!

Die tellergroßen Schweißflecken an den Achseln ihres Hello-Kitty-T-Shirts und der riesengroße Schweißfleck zwischen ihren mächtigen Schenkeln deuteten jedenfalls darauf hin, dass sie sich ordentlich angestrengt haben musste, nachdem sie vermutlich ganz gegen ihre Gewohnheit die Couch verlassen hatte, auf der sie sonst den ganzen Tag mit Chips und Cola vor dem Fernseher herumlag.

Wir gingen zu ihr nach hinten, wohin wir sie geschleppt hatten, nachdem sie einfach nicht aufwachen wollte. Sie war zu schwer, als dass wir sie in der Dunkelheit auf die Straße hinauf hätten tragen und dort irgendwo ablegen können. Aber dafür war es ohnehin zu spät, denn wenn die Türken erst erfuhren, dass eine von ihnen im Plattenladen eines einheimischen Freaks herumgelegen war, dann machten die geschnittene Gurke aus ihm, die würden ihm nicht glauben, dass er sie nur mit Wasser übergossen hatte!

Ich fragte Lemmy, ob ich nicht doch meinen Kumpel Guttmann anrufen sollte, der Bulle bei der Mord-West war und der sich mit solchen Sachen vielleicht besser auskannte als wir. Aber Lemmy wollte nicht. Er drehte das Licht an, und ein paar Neonröhren begannen zu zucken, ein paar mehr, als ich in Erinnerung hatte. Er fragte: „Das alles willst du Guttmann zeigen?"

Ich sagte: „Das alles würde ihn wohl aus den Socken hauen!"

***

Tatsächlich machten Lemmys Plattenverkäufe nur noch einen mikroskopisch kleinen Teil seines Gesamtumsatzes aus, weshalb die Fläche seines Plattenladens auch nur noch einen kleinen Teil seiner Gesamtnutzfläche ausmachte. Denn gleich dahinter hatte er sich eine unterirdische Cannabis-Plantage eingerichtet, die sich über den gesamten Keller des Hauses erstreckte und jeden südamerikanischen Drogenbaron vor Neid erblassen ließe. Als das hier noch eine richtig beschissene Gegend war mit vielen Zottelhaarträgern und schlurfigen Schafskäseessern, die ihre Sozialhilfe umgehend in Lemmys Rauchwaren investierten, gingen die Geschäfte nämlich mal so gut, dass der Plattenladen samt Keller bald nur noch einen kleinen Teil seines Gesamtbesitzes ausmachte, weil ihm schließlich das ganze Haus gehörte. Wer damals ein paar Tausender in altem Geld investierte, der konnte sich gleich ein ganzes Haus kaufen, wenn er das wollte. Nur wollte das damals keiner, außer Lemmy.

Heute aber wollte sich hier jeder eine Wohnung oder ein Haus kaufen, und es liefen immer mehr von diesen neureichen Arschlöchern herum, die allesamt keine Berufe hatten, sondern „in Branchen tätig" waren, und die den elenden Stress mit Dachbodenausbau und der Sorge um ihren Porsche Cayenne vor der Haustür nur mit dem ganz harten Zeug durchstanden, das Lemmy aber aus Prinzip nicht im Angebot hatte, sondern nur die Kaukasier oben vorm Grosny Creditsky neben dem Huberpark. Also musste Lemmy immer öfter auf seine Einkünfte als Hausbesitzer zurückgreifen, um uns beiden den Kühlschrank zu füllen, was mit mir als Mieter nicht einfach war. Wir hassten die neuen Zeiten und den verdammten Kapitalismus!

***

Nachdem Lemmy den Wal noch einmal mit Wasser übergossen hatte, gingen wir zum Toyota. Wir brauchten ihn nicht unbedingt, um die paar Meter zum Swedish Pornhouse hinaufzukommen, aber wir brauchten ihn, um uns davor einzuparken. Wer abends ins Gürtelkino ging, der musste mit der Karre vorfahren, oder er ließ es gleich bleiben. Wenn man zu Fuß dahergelatscht kam, dann sah das nämlich scheiße aus, irgendwie unwürdig. So, als hätte man es zu rein gar nichts gebracht!

Wir stiegen also ein und fuhren los. Mich ritt schon wild die Vorfreude, als mich Lemmy plötzlich bat, für ihn noch kurz den Umweg über den Huberpark zu machen, der am westlichen Rand des Brunnenmarktes gelegen war. Wie eine verdammte Ehefrau konnte er sich einfach nie an Abmachungen halten und nervte mit immer neuen Anträgen zur Abänderung der Tagesordnung. Ich sagte: „Wir sind doch ohnehin schon so spät dran!" Er aber sah mich wieder nur mit seinen kleinen Augen an und sagte: „Bitte!" Wenn er mich so anschaute und „Bitte!" sagte, dann konnte ich ihm einfach nur schwer etwas abschlagen.

Lemmy hatte sich dort oben im Park auf einen Deal mit ein paar Müttern aus den sogenannten bildungsfernen Schichten eingelassen, die allesamt ihren fetten Arsch nicht mehr hochkriegten und im Wesentlichen von Kindergeld und Sozialhilfe lebten. Während des Sommers hatten sie ihr Leben wie eine lustige Ausflugsgemeinschaft auf eine Parkbank-Garnitur verlagert, mit genug Fressalien auf dem Tisch, um damit selbst einen Laden aufmachen zu können, und mit reichlich Sprit, der sie vor dem Austrocknen bewahrte. Die Mädels taten das ihre, damit Rotts Wurstwaren seit 1898 unten am Yppenplatz vielleicht doch noch ein paar Jährchen überlebte.

Das „Big" in Big Bärbels Namen bezog sich daher im Wesentlichen auf ihren Arsch, hinter dem sich ein ganzes Volk verstecken konnte. Dazu kamen vier bis fünf Schwangerschaften in den letzten Jahren, die auch ihre Spuren hinterlassen hatten, und Big Bärbel hatte nicht den Ehrgeiz, die paar Kilos wieder abzutrainieren.

Sie hatte ein Händchen für schwierige Typen, die sie vornehmlich um das Grosny Creditsky rekrutierte, einen tschetschenischen Kredithai, der gleich neben dem Eingang zum Park lag. Den ganzen Tag über standen dort gut trainierte Typen in der Sonne herum, hatten ihre Hand in die Jogginghose gesteckt und kratzten sich am Sack. Das war irgendwie cool bei denen. Sie interessierten sich für kurzfristige Kredite, mit denen sie dann ein Finanzloch stopfen oder ihre Flucht finanzieren wollten, weil sie Spielschulden angehäuft hatten oder von Heimholkommandos gejagt wurden. Oft waren es Boxer oder Kampfsportler, die in stinkenden Keller-Klitschen der Umgebung trainierten, ein paar von denen brachten es sogar zu Amateurkämpfen unten in der Lugner City, dem örtlichen Einkaufstempel. Das brachte ihnen zwar bei ihren Schwestern und Cousinen zuhause hohes Ansehen ein, aber nur ganz selten einen Stich. Wenn du aber stundenlang auf einen Sandsack einschlägst, dann willst du am Abend vielleicht mal eine zärtliche Hand spüren.

Die ganz Hoffnungslosen, die nicht einmal mehr im Grosny Creditsky Geld kriegten, versuchten es bei Big Bärbel und ihren Mädels. Sie zapften deren Kindergeld und die Familienbeihilfe an, und wenn sie dann am Abend allesamt besoffen genug waren, dann kriegten die Jungs von den Mädels hinter einem Baum auch mal einen geblasen oder durften sie noch weiter hinten überhaupt flachlegen. Als Alleinerzieherin aus dem Gemeindebau stand man auf solche Typen, oder man stand nicht auf sie. Wenn Ersteres der Fall war, dann konnte man hier als Frau ein durchaus erfülltes Sexualleben haben, und so war Big Bärbel zu einer ansehnlichen Sammlung Kinder gekommen, die alle einen anderen Erzeuger hatten, es war von jedem Genpool etwas dabei, ein schöner Querschnitt der Vielfalt der Welt – rot, gelb, schwarz. Die Väter selbst waren freilich längst über alle Berge oder irgendwohin abgeschoben worden.

Der Huberpark war also einer meiner liebsten Plätze in der Stadt, ein letztes Refugium der Unterschicht. Aber selbst diese dreckige Idylle war bedroht, seit sich die Mädels um Big Bärbel hier immer öfter Schwierigkeiten mit dem Stoßtrupp „Besorgte Mütter" einhandelten, die diesen schönen Streifen Grün im Zentrum der Bildungsferne neuerdings für sich beanspruchten und ihn lieber ohne Zigarettenrauch und Bierdosen und Einwegspritzen haben wollten, dafür aber mit Caffè Latte und Zitronengras. Wer von der Sozialhilfe lebte, der sollte das in Zukunft bitte zuhause tun, die späten Mütter wollten in Ruhe ihr gepudertes Näschen in die Sonne halten, während das moldawische Kindermädchen die Kleinen von der Schaukel zur Sandkiste trug. Angeblich würde hier sogar bald ein International Private Children House errichtet, wie das heute hieß, aber nur für solche, die es sich auch leisten konnten. Big Bärbel und ihre Mädels würden da mit Sicherheit nicht dazugehören, denn von ein paar dreckigen Ficks mit irgendwelchen Lümmeln gegen eine Dose Red Bull wurde man nicht reich, erst recht nicht, wenn man sich dabei immer wieder ein Kind anhängen ließ!

So setzte sich die ganze verdammte Kette der Armut letztlich bis hin zu Lemmy fort, der das schwächste Glied in dieser Kette war, weil er zwar ein guter Mensch war, als Geschäftsmann aber rein gar nichts taugte. Er ließ sich von Big Bärbel oft nur mit einem süßen Lächeln bezahlen, in der Hoffnung, dass er vielleicht auch mal randürfte. Aber das würde natürlich nie passieren, denn die Frau, die Lemmy ranließ, musste erst noch gebaut werden.

Ich parkte den Toyota direkt vor dem Parkeingang in zweiter Spur, und wir betraten den Park, wo gleich rechts vom Eingang die kombinierte Doppelbank mit Esstisch stand. Leere Bierdosen lagen auf dem Boden herum, neben Dutzenden verdreckten Ausgaben der Gratis-*Gosse*, die mit STATT SCHANDFLECK – BALD KINDERGARTEN? getitelt hatte. Die Mädels hatten ihre geschwollenen Füße draufgestellt, oder sie schoben darauf ihre klapprigen Kinderwägen vor und zurück, während sie die wichtigen Dinge des Lebens besprachen: „Ich lass' mich ja schon länger nur noch von Türken besteigen, am besten von frisch gefangenen anatolischen Ziegenhirten, die noch nicht viel gesehen haben von der Welt außer Steine und Ziegen. Und du kannst mir eines glauben: Sie *haben* die größeren."

„Ich will auch keinen Österreicher mehr, nicht in hundert Jahren! Der Österreicher ist im Durchschnitt 15 bis 20 Kilo fetter, und sein Schwanz ist um fünf bis zehn Zentimeter kürzer."

Ich fragte: „Gleich um so vieles fetter?"

Wir hatten uns ungefragt dazugestellt, dabei hatte ich einen strengen Blick auf Big Bärbels eigenes Schwabbelfleisch riskiert. Manches deutete darauf hin, dass sie schon wieder schwanger war, wenn auch nicht unbedingt ihre Figur, die immer irgendwie gleich war, seit sich ihr Gewicht bei geschätzten 120 Kilo plus/minus eingependelt hatte. Sie sagte zu Lemmy: „Schön, dass du da bist. Ich brauch' was, echt!"

Am Ende des Tages, wenn die Sonne sich verabschiedete, mussten wir alle wieder ein bisschen herunterkommen von dem verdammten Trip, der das Leben war. Wir setzten uns dazu, und Lemmy legte für jede von ihnen einen fertigen Jolly auf den Tisch, woraufhin eine von Bärbels Freundinnen ihren Beitrag zum Gelingen des kleinen Festes leisten wollte und uns den Tetra-Pak mit dem billigen Fusel herüberschob. Lemmy sagte: „Nein danke!“, und ich sagte: „Bitte nicht!“

Dann fragte ich Bärbel rundheraus: „Bist du schon wieder schwanger, oder was?“

Big Bärbel strahlte wie frisch geputzt, der Frühling war ihr ordentlich ins Gestell gefahren, die Hormone wuchsen ihr bei den Ohren heraus, sie war rundum zufrieden, wie man so schön sagt, nichts konnte ihr Glück trüben. Längst hatte sie sich den Ofen in den Mund geschraubt und ein paarmal kräftig daran gezogen, ich sah mich genötigt, den Sozialarbeiter zu spielen: „Dann wird es aber sicher ein sehr lustiger Junge! Wenn du so weiterrauchst, kriegen wir hier in der Gegend noch so einen Scheiß-Freak, von denen wir weiß Gott schon genug haben!“

Aber Big Bärbel ignorierte meine Pädagogik und lehnte sich an Lemmys Lederjacke, was Lemmy als klaren Beweise ihrer Liebe wertete. So hart, wie sie war, hätte er die Jacke aber auch einfach dort stehen lassen können, und Big Bärbel hätte sich daran lehnen können, bis sie mit ihrer neuen Frucht niederkam. Aber dazu würde es nicht kommen, denn sie brach plötzlich in Tränen aus und sagte: „Er hat doch gesagt, dass er wiederkommt!“

Sie sagte es, als stünde sie am Strand eines weiten Meeres und wartete auf den Dampfer, der ihren Herzallerliebsten wieder zurückbringen sollte. Aber der Dampfer würde natürlich nicht mehr kommen, es gab ja noch nicht einmal das Meer.

Ich dachte: Diese verdammten Hormone! Und Lemmy fragte: „Wer ist ‚er'?"

Ich konnte mir vorstellen, dass „er" stark behaart war und Dimitar oder Jack Daniel oder Yussuf oder so irgendwie hieß und dass er nicht daran gedacht hatte, sich einen Gummi überzuziehen, als er mit ihr hinter dem Gebüsch verschwand. So einer war „er". Diese Frau hatte echt ein Händchen für sogenannte exotische Männer, von denen sie sich scheinbar mehr versprach als Verlässlichkeit und ein Eigenheim mit Garten im Grünen. Aber was genau versprach sie sich?

***

Kaum hatten wir die Mädels vom Huberpark abgefertigt, gab es das nächste Geschrei: „Rock! Da vorne!"

Lemmy war ein eingefleischter Angsthase, die Regionen seines Gehirns, in denen die Angst saß, hatten die vielen Drogen bisher nicht zerstören können. Ich fragte: „Hast du denn deine Beruhigungspillen nicht mit dabei?"

Er sagte: „Doch, warum?"

Ich sagte: „Dann nimm sie gefälligst!"

Was ihn jetzt so aufregte, war Folgendes: Wir durchfuhren über eine Strecke von ca. 300 Metern die Friedmanngasse vom Brunnenmarkt hinauf in Richtung Gürtel. Da gab es eine kleine Pornoklitsche namens Türkpörn, die gegenüber einer Kebabbude lag, die Türkkebab hieß. Vorm Türkpörn stand immer eine Menge Testosteron herum – vier geistig leicht bedepperte Affen, allesamt Brüder, die aussahen wie die Orgelpfeifen, Trainingsanzüge als Kampfmontur trugen und jede Menge Hammelfleisch zwischen den Beißerchen hatten.

Richtige Bauernlümmel von ganz weit östlich!

Wir nannten sie die Daltons, weil sie uns in Art und Aussehen an die vier Idioten aus den Lucky-Luke-Comics erinnerten. Da konnte man schon leichtes Fracksausen kriegen, wenn die zu einem „Ey! Was guckst du? Warum blickfickst du mich?“ sagten. Und wenn man nicht immer brav die Hundescheiße auf dem Gehsteig anschaute, sondern ihnen direkt in die Augen, dann hatte man schnell die behaarte Faust auf der Nase. Weiß der Teufel, warum die es gar nicht mochten, wenn man sie anschaute! Die hatten „echt ein Problem“, wie man das heute nennt, wenn jemand einen ordentlichen Dachschaden hat.

Gleich neben dem Türkpörn lag dann Dirty Willi's Swedish Pornhouse, ein farbiger Tupfen Heimat, allerdings an prominenter Adresse mit der Eingangsfront zum gut frequentierten Gürtel hinaus. Und das Swedish Pornhouse nahm sich auch sonst wie ein Palast gegen diesen Ziegenstall aus.

Ich hatte die Daltons schon länger nicht mehr zu Gesicht bekommen, weil ich sonst immer direkt über den Gürtel zu Willi fuhr, wegen des Umwegs zu Big Bärbel musste ich nun aber durch die Friedmanngasse. Sofort fiel mir auf, dass die Jogginghosen der Daltons heute irgendwie noch ausgebeulter waren als sonst, so, als hätten sie sich alle eine Flasche Cola hineingesteckt, und zwar eine Zwei-Liter-Flasche. Nichts gegen eine ordentliche Schwanzfixierung, aber die anatolische Version der Schwanzfixierung war vielleicht schon ein bisschen krankhaft.

Lemmy hatte natürlich keine Erfahrung im Nahkampf, und ich nahm es alleine auch nicht mehr jeden Tag mit gleich vier von denen auf, also drückte ich lieber ordentlich auf die Tube. Sie spuckten meinen Toyota an und machten mit der einen Hand Wichsbewegungen, während sie mit der anderen alle möglichen Botschaften in die Luft zeichneten. Diese Idioten verwendeten heutzutage echt mehr Zeit darauf, ihre Sprüche in die Luft zu malen, als mal ordentlich schreiben zu lernen!

***

Endlich schwang ich den Toyota auf dem Schotter-Parkplatz neben Mannis Billigtanke ab. Dort war bis vor kurzem noch eine Absteige namens Pink Candy gestanden, ein Stundenhotel vornehmlich für schwule Laufkundschaft. Keiner wusste so recht, was jetzt hier herkommen würde, aber ich tippte mal auf Luxus-Appartements für Neureiche samt Hunden und – schlimmer noch! – gehsteigbreiten Kinderwägen! Bis es allerdings so weit war, passierte, was immer passierte, wenn irgendwo was abgerissen wurde: Erst wurde ein Maschendrahtzaun um das brache Grundstück gezogen, und jetzt vermietete Manni für den Investor gegen eine schöne Beteiligung Parkplätze an Leute, die sich dort in ihren Autos einen blasen lassen wollten, meistens Männer, die sich anstatt der angegrauten Gattin zuhause mal ein junges Knäblein gönnen wollten. Normalerweise nahm Manni eine Schweinekohle für so einen Parkplatz, aber natürlich nicht von mir, denn Manni und ich waren Kumpels.

Wir hatten es eilig, aber Lemmy war der „In der Ruhe liegt die Kraft"-Typ, also zündete er uns noch einen schönen Ofen an, den er während der Fahrt hierher gebaut hatte, groß wie eine verdammte Schultüte für Erstklässler. Ich stellte den Motor ab, und wir drehten die Fenster hinunter, dann ging der Ofen gemütlich hin und her, bis wir plötzlich von einer halben Armee junger Stricher umlagert waren. Einer von denen lehnte sich keck zu mir herein und sagte: „Na, ihr zwei? Ihr seht ein bisschen blass aus."

Ich sagte: „Der da neben mir vielleicht ein bisschen. Aber ich überhaupt nicht!"

Der Junge war wie ein verdammter Scheiß-Skinhead gekleidet, er trug die beliebten engen Jeans und das weiße Shirt samt Hosenträgern. Allerdings kam er mir gleich ein wenig dürr vor für einen Skinhead, und außerdem war er verdammt braun, das kannte man bisher gar nicht von denen.

Er drückte mir einen Zettel in die Hand, sagte „Tschüüü!" und wackelte ordentlich mit seinem schmalen Arsch, als er zum nächsten Wagen ging. Auf dem Zettel stand:

Volksfront Türkenbelagerung – nein danke!

Wenn man emotional und finanziell nicht gefestigt war, wenn man seinen Platz im Leben noch nicht gefunden hatte, dann konnte es hier heraußen in Klein-Anatolien schon ein wenig eng werden. Dann kam es einem vielleicht schnell so vor, als sei man der eine Mann zu viel an Bord – die Türken, die Jugos, die Huren, die Penner, die Punks mit ihren verfickten verlausten Hunden, und jetzt noch die neureichen Gentrifizierer. Das volle Programm halt, und nicht alle von denen waren hochprozentig sympathisch. Also hatte jeder seine Vorstellungen davon, wenn es darum ging, wer als Erster den Tritt in den Arsch kriegen sollte. Und Fleischhauer Rott von Rotts Wurstwaren seit 1898 hatte sich halt die Türken ausgesucht, weil die sein Schweinefleisch nicht essen wollten.

Mich störte, dass der Zettel unangenehm nach Wurst roch. Das stank mir irgendwie, also pfiff ich den Jungen zurück und sagte: „He, du! Wie heißt du?"

Er sagte: „Manuel oder Manuela, wie du willst."

Auf die einfachsten Fragen gab es heute keine einfachen Antworten mehr! Ich sagte: „Warum riecht der Zettel nicht nach brauner Scheiße, sondern nach Wurst?"

Da kicherte er oder sie und sagte: „Ich bin Fleischer von Beruf."

„Bei Rott, dem braunen Arschloch?"

Das fanden die beiden witzig, sie kicherten noch lauter und sagten: „Hihi, braunes Arschloch ist gut."

„Wieso?"

„Na, das hat er sich doch wegmachen lassen ..."

Ich dachte kurz nach, aber mir fiel dazu nichts ein, also sagte ich nur zu ihm: „Wasch dir mal die Hände. Das ist ja ekelhaft, wie du nach Wurst stinkst!"

Er sagte „Okay" und zischte ab, und ich fragte mich immer noch, was er wohl damit meinte, dass der Rott sich sein braunes Arschloch hat wegmachen lassen.

Während ich politische Diskussionen auf höchstem Niveau führte, merkte ich zunächst gar nicht, dass Lemmy auf der anderen Seite des Wagens Nachwuchskundschaft anfütterte: Er verteilte kleine Päckchen mit Gras an jugendliche Einwanderer, manche waren sogar noch Kinder! Aber denen trug er mit ernstem Lehrerinnen-Blick auf, dass sie das Zeug nicht selber rauchen, sondern dem großen Bruder oder der großen Schwester zuhause geben sollten, zum Probieren. Er brachte so eine Art Appetithäppchen unter die Leute, wie sie immer wieder in Fußgängerzonen verteilt wurden.

Als hätte man nicht schon genug Probleme auf der Welt!

Ich fragte: „Lemmy! Warum machst du das?“

Dabei hörte ich mich natürlich wie eine verdammte Lehrerin an, während er sich wie eine verdammte Ehefrau anhörte, als er ein bisschen schnippisch „Dann bring doch mal du Geld nach Hause!“ zu mir sagte.

***

Nachdem wir sie endlich alle vertrieben hatten, stiegen wir aus. Sofort hing mir die abendliche Hitze wieder im Nacken, das Hawaiihemd klebte wie dicker Sirup an meinem breiten Kreuz. Genau das richtige Wetterchen, um für zwei gemütliche Stunden in Willis Kühlhaus einzuchecken! Dort gab es eine Klimaanlage, die er immer voll aufdrehte, damit seine Filmfreaks nicht kollabierten, während sie sich einen runterholten. Die Leichen wegzuräumen wäre schließlich ein anderer Job gewesen als die vollgerotzten Taschentücher.

Ich warf Manni den Schlüssel zu, er fing ihn auf wie ein alter Profi. Es sollte schließlich Stil haben, wenn man ins Gürtelkino ging. Hier wurde zwar nicht der rote Teppich ausgerollt wie in diesem französischen Badeort, wenn dort die Porno-Oscars vergeben wurden. Aber die drei Stufen hinauf zu Willi's Pornhouse waren drei Stufen, die man entweder locker-flockig nehmen konnte oder aber wie ein Bauerntrampel. Ich entschied mich für die locker-flockige Variante, während sich Lemmy wie ein alter Hund, bei dem rein gar nichts mehr ging, die Stufen hinaufquälte. Irgendwie musste er sich heute in seinem Puderdöschen vergriffen haben, oder jedenfalls in der Dosierung. Er kam mir vor, als wäre er linksseitig ganz fahrig und unruhig, während er rechtsseitig lahmte. Schließlich zog ich ihn herauf wie der Bauer seine störrische Kuh.

Ich hasste es, wie gesagt, wenn ich ihn ins Pornokino mitnehmen musste.

Vor dem Eingang staute es sich bereits, auf eine bescheidene Art zwar, aber es staute sich. Ein paar Spinner vom Sozialamt, die heute ihre Stütze gekriegt, aber schon wieder alles versoffen hatten, standen herum und wollten eine kleine Spende. Aber wir hatten natürlich alle nichts zu verschenken und schickten sie wieder unter die Brücke: „Los! Los! Husch, husch!"

Übrig blieben Lemmy und ich, dazu Gorbach, der Vorarlberger, dann Nejedlik, der Hausmeister, Kubelka, der Gehirnschlosser, und die gesamte Senioren-Mannschaft von Westbahn XIV, die im Vorfeld allesamt den Sportcharakter des Films lobten, aber vorsorglich ohne Spielerfrauen gekommen waren. Wir shakten die Hände und klopften uns auf die Schultern.

„Alles klar?"

„Alles klar. Und bei dir?"

„Alles klar."

Und dann war da noch Herschel der Jude, der sich aber im Tag geirrt hatte. Herschel Bukowski gab grundsätzlich niemandem von uns die Hand, weil wir für ihn alles dreckige braune Arschlöcher waren. Das hatte was mit dem Krieg zu tun. Ich erklärte ihm, dass heute nicht *Anal-Donnerstag* mit *Dirty Brown Assholes Destroyed* auf dem Programm stand, dem sein ausschließliches Interesse galt, sondern *Nostalgia-Montag* mit *Jack schleckt auf!*, der unsere Nostalgia-Woche einleiten sollte.

„Hölle auch!“, fluchte Herschel. „Dieser verdammte Alzheimer!“

Ich setzte ihn in ein Taxi und gab dem Fahrer, der aus Ägypten stammte, zur detaillierten Wegbeschreibung auch noch die Drohung mit auf den Weg, dass ich ihn persönlich ins Paradies schießen würde, wenn er mit Herschel ein paar Umwege zu viel machte. Er sagte:

„Ich nicht machen Umweg, Habibi. Ich gute Mann.“

„Dann Schalom!“

Wir winkten Herschel nach, aber er winkte nicht zurück.

Als wir da vor dem Eingang herumstanden, war also irgendwie alles wie immer, und doch war alles ganz anders. Es fehlte die gelöste „Wiederaufnahme eines Welterfolges“-Stimmung, der rote Teppich, die Mädels der Strizzis und die Strizzis selbst. Die Schaufenster des Pornhouse waren nicht geputzt, und vor allem war die Türe nicht geöffnet, und Willi das Schwein war nirgendwo zu sehen. Er saß nicht hinter der Kassa und kam auch nicht nach vorne, um uns alle zu begrüßen.

Ich drosch ein paarmal kräftig gegen die Tür, dann noch einmal – aber es tat sich nichts. Dabei hatte uns Willi, der immer vorschriftsmäßig in rosa Hemden und weiße Sakkos gehüllt war und dazu gelbe Krawatten zur breiten Gürtelschnalle unter der immer größer werdenden Wampe trug, dabei hatte er uns doch hoch und heilig versprochen, dass es sein Swedish Pornhouse auch dann noch geben würde, wenn er ...

Ja, wenn er was?

Eigentlich wussten wir gar nichts von Dirty Willi, dachte ich jetzt. Aber so war das wohl bei allen, die man zwar Freunde nannte, aber immer nur abends im

Pornokino traf. Man baute eine Fassade des Schweinepriesters auf, und niemand wusste, was hinter dieser Fassade steckte. Abgrundtiefe Depressionen vielleicht? Eine leichte Hinwendung zum gleichen Geschlecht? Vielleicht sogar zu Hund und Katz?

Obwohl ich für Willi arbeitete, hatte ich keinen Schlüssel für das Kino, wozu auch? Willis Anwesenheit war bis heute in Stein gemeißelt gewesen, und dass die alte Schwingtür offen stand, wenn ich den Dienst antrat, war so sicher wie der Furz nach Tante Jolandas Bohnengulasch im Hard & Heavy.

Während wir also blöd herumstanden, hatte ich das ungute Gefühl, dass uns vier Augenpaare beobachteten, mit dicken türkischen Augenbrauen darüber. Und wirklich! Diese verdammten Daltons starrten zu uns herüber, als wären wir die kompletten Freaks, nur weil wir uns *Jack schleckt auf!* anschauen wollten!

Ich bat meine Jungs, ein paar Schritte zurückzutreten. Dann fuhr ich den Eisenfuß aus, und klack! Aber die Tür war ohnehin offen gewesen. Das konnte wiederum nichts anderes bedeuten, als dass Willi schon drinnen war.

Wir gingen hinein und standen dann leicht bedeppert im Foyer herum, wo die ganzen schönen Plakate hingen, und keiner wusste so recht, was jetzt zu tun war. Plötzlich sagte Lemmy in die abgestandene Luft hinein: „Wir teilen uns, nicht wahr?"

Als wären wir in einem verdammten James-Bond-Film oder so was!

Schließlich tat ich ihm den Gefallen, und wir teilten uns auf. Ich ging voraus, und die aufgeregte Rasselbande ging hinter mir her, alle auf Samtpfoten, vorbei an der Kassa, vorbei am Vorführraum, vorbei an den Toiletten, hinauf in Richtung Willis Büro. Lemmy verstaute ich einstweilen auf dem Klo, wo er uns am wenigsten stören konnte.

Das war die Teilung.

Oben öffnete ich die Tür zu Willis Büro, und da lag er hinter seinem Schreibtisch in einer Lache aus Blut, übel zugerichtet im Gesicht. Ich sah, dass er noch schwach atmete, und kniete mich neben ihn. Ich hob ihn hoch und drückte ihn fest an mich, dann sagte ich: „Willi!"

Mehr fiel mir gerade nicht ein, in der Stunde der Not fehlen einem immer die richtigen Worte. Daher wollte ich ihn an Kubelka übergeben, aber der kannte sich nur mit Irren aus. Also schrie ich nach Lemmy. So wie Willi gerade aussah, waren Lemmys Schmerztabletten sicher genau das Richtige für ihn. Er kam und machte sofort einen auf Gaby Dohm, als er seinen Bauchladen öffnete und Willi ein paar von seinen Pillen hineinschob, während ich nach einer Flasche zum Nachspülen griff, die auf Willis Schreibtisch stand – Wodka! Ich nahm einen kräftigen Schluck und reichte die Pulle an Lemmy weiter, der sie wiederum an Nejedlik weiterreichte, der sie an Kubelka abtrat. Willi selbst sollte davon vorerst besser nichts bekommen. Solange wir nicht sicher wussten, dass er keine inneren Verletzungen davongetragen hatte, wäre Wodka einfach zu gefährlich für ihn gewesen.

Nachdem wir Willi erstversorgt hatten, nahm ich meine Schelle, wählte 144 und drückte auf Grün. Zwei Minuten später waren die Schwestern da, weitere zwei Minuten später lag Willi unten im Krankenwagen, und mit Blau ging es auf der anderen Seite des Gürtels hinauf in Richtung AKH.

Als wir ihm nachwinkten, hatte ich noch immer das Gefühl, dass uns die türkischen Augen anstarrten, und wären sie Waschweiber gewesen, dann hätten sie sich vielleicht noch die Hand vor den Mund gehalten und schadenfroh über uns gelacht. Ich fragte mich: Was finden die verdammt noch mal so lustig an uns?

Wir scharrten noch ein wenig mit den Füßen im Dreck, drehten Däumchen und dachten wehmütig darüber nach, was wohl sein würde, wenn es das Swedish Pornhouse vielleicht einmal nicht mehr geben würde. Ich kriegte die Gänsehaut, wenn ich daran dachte, dass die Welt vielleicht bald wieder um einen Kulturtempel ärmer sein würde, der sich des Guten, Schönen und Wahren annahm. Wo früher Jack schleckte, würden vielleicht schon bald Krautköpfe verkauft werden und tote Hammeln. Oder noch schlimmer: Kinderbetten und Fressnäpfchen für den Familienhund, alles in einem Laden. Und das war dann wirklich kein Gewinn, wenn man bedachte, wie gut Jack schlecken konnte und wie schlecht das tote Hammeln oder Familienhunde können. Ich dachte wehmütig: Wenn die Weiber vom Kinderwagen-Regiment in der Gegend das Zepter in die Hand nehmen, dann wird es endgültig keine dreckigen Straßen mehr geben, sondern saubere, keine Wichshäuser, sondern Kinderkrippen. Keine ekeligen Kampfhunde mehr, die überall hinschissen, sondern ekelige Familienhunde, die überall hinschissen. Keine métalliséfarbenen Autos der Türken, sondern schwarze Porsche Cayennes. Das ganze verdammte Programm halt.

***

„Ich geh' nach Hause", sagte Lemmy schließlich als Erster, dem das alles irgendwie sehr zusetzte. Er hatte sich nach der ganzen Aufregung mit dem Wal zuhause doch sehr auf *Jack schleckt auf!* gefreut, und jetzt das! Nachdem sich Lemmy aus dem Staub gemacht hatte, tropfte einer nach dem anderen weg, und ich blieb alleine zurück.

Ich ging noch mal zurück in Willis Büro und schaute nach, ob vielleicht irgendetwas fehlte. Nichts, was mir aufgefallen wäre. Es war also wahrscheinlich kein Raub, dem Willi zum Opfer gefallen war. Aber was war es dann? Ein Gespräch, das im Streit endete? Gab es sein Swedish Pornhouse betreffend etwas, worüber er nicht mit mir redete? Es mussten jedenfalls mehrere gewesen sein, die über ihn hergefallen waren, denn mit einem hätte er es immer noch aufgenommen. Und er musste denen, die ihm das antaten, die Türe geöffnet haben, denn die Tür war offen. Kannte er die Schläger? War hier etwas im Busch, wovon ich nichts wusste?

Ich fand schließlich einen Zentralschlüssel am Brett und nahm ihn mit. Ich verschloss die Tür und ging hinunter.

Unten im Foyer schaute ich mir noch einmal die vergilbten Jack-Schleck-Plakate an, ich kriegte die Schwermut und versank in tiefe Melancholie – *Jack schleckt zurück!, Jack schleckt sie alle!, Jack schleckt los!*

Und jetzt?

Da ich schon mal schön angezogen war, schaute ich noch auf einen Sprung hinauf zu Happiness ins Pink Flamingo. Es dauerte wie immer ein Weilchen, bis sie fertig war, sie war müde und irgendwie abgekämpft, und ich sagte: „Soll ich dir vielleicht noch ein bisschen die Füßchen massieren?" Das war es, was Happiness über das Berufliche hinaus für mich einnahm: meine zuvorkommende und höfliche Art. Und natürlich die großen Pranken, die ordentlich, aber doch zärtlich zupacken konnten.

Bald war sie wieder deutlich besser gelaunt, und ich durfte noch für eine schnelle „Geht aufs Haus"-Nummer über sie drüberrutschen. Dabei stöhnte sie wie immer zufrieden: „So ist es richtig, Rock, genau so!"

Dabei musste ich doch die ganze Zeit nur an Willi das Schwein denken.

***

Das Klingelingeling von Darjeeling-Silkes Elektrofahrrad hatte mich wie jeden Morgen verlässlich um sieben Uhr aus dem Schlaf gerissen. Sie ritt das Pferd der zugezogenen Neureichen, das langsam, aber sicher das Eselsgespann der alteingesessenen Anatolier ablöste, und pflügte damit schneidig durch das geschäftige Treiben am Markt, von dort her, wo sie wohnte, nach dort hin, wo ihr Silkes Darjeeling Teahouse lag. Dabei teilte sie die Menge, als stamme sie in direkter Linie von Moses, dem Meerteiler, ab. Natürlich machte sie sich damit nicht nur Freunde. An meinem Fenster stand schon der Kübel mit Fett, den ich eines Tages auf sie schütten würde. Nur war ich bisher immer zu müde, um es vorher auch heiß zu machen, weil sie mich ja jeden Tag viel zu früh weckte!

Jetzt saß ich in Unterhosen in meinem Büro und kontrollierte mit der rechten Hand die Glotze, in der linken hielt ich das ganze andere Zeugs – Zigaretten, Kaffee, Aschenbecher. Dabei schaute ich gebannt Richterin Barbara Salesch im deutschen Frühstücksfernsehen zu, bei der gerade eine ganze verdammte

Türkenbrut übereinander herfiel. Im Wesentlichen ging es um Folgendes:

Er – Gel im Haar, manikürte Nägel, gezupfte Augenbrauen, graue Trainingshose – wurde von ihr – nabelfreies Top, hervorquellende Hüfte, gezupfte Augenbrauen, reichlich Schminke – mit ihm – Gel im Haar, graue Trainingshose, manikürte Nägel, gezupfte Augenbrauen – betrogen, und zwar deshalb, weil er „nisch in de Hose hat! Ey Mann, du haste einfach nisch in de Hose!" Der andere aber schon, und zwar deshalb, weil er sich irgendwo in einer türkischen Klinik den Schwanz hat verlängern lassen, „Und dazu steh isch!" Die Lady fand den Neuen insgesamt klasse: „Warum soll er denn nisch, wenn er misch damit glücklischer maschen kann?" Dann wurde da noch so eine Adresse eingeblendet, wo genau in Deutschland man sich den Schwanz operieren lassen konnte, weiß der Teufel, das war vielleicht einfach der neueste Schrei unter den Türken. Ich hatte jedenfalls genug gesehen, das mir den Morgenkaffee vermieste, und schrie: „Seid doch einfach mal zufrieden mit eurem Scheiß-Leben!"

Ich zog den Stecker und lehnte mich weit beim Fenster hinaus. Dort schnappte ich nach ein paar Häppchen frischer Luft, die da draußen inmitten des ganzen Gestanks irgendwo herumschwirren musste, aber ich wusste nicht recht, wo. Wenn ich bei meinem Fenster hinausschaute, dann schaute ich nämlich direkt auf den Müllplatz des Brunnenmarktes, wo 20 Bioabfall-Tonnen herumstanden, in die den ganzen Tag über verfaulendes Gemüse und Obst hineingeschüttet wurde. Am Abend dann kamen die Müllmänner in Orange und schaufelten alles in ihren Brummi hinein, dabei ging es auch lärmmäßig hoch her. Für den anspruchsvollen Investor war das Haus dadurch natürlich tot, denn der Magistrat würde seine Mülltonnen an keinem anderen Platz des Marktes aufstellen, *Bürgerbewegung gegen Lärm und Geruchsbelästigung am Brunnenmarkt!* hin oder her. Und deswegen würde nie ein geifernder Spekulant Lemmys Haus kaufen wollen, weil die neuen Reichen keinen Wert auf den Gestank von faulendem Obst und faulenden Eiern legten, während sie ihren kleinen Hosenscheißern das nahrhafte Hipp hineinstopften. Für Lemmy aber hatte der Standort direkt neben der Müllhalde des Brunnenmarktes noch einen anderen praktischen Vorteil: Es stank hier Tag und Nacht so bestialisch, dass sich der süßliche Geruch seiner Hanfpflanzen im Keller nirgendwo da draußen festmachen konnte und sich keine der überall aus dem Boden schießenden *Just Say No!*-Bürgerbewegungen aufregen konnte, die irgendein verdammtes Problem mit dem Konsum von Drogen hatte.

Wenn ich es recht bedachte, dann hatte Lemmy in seinem Leben bisher alles richtig gemacht, zumindest was die Anschaffung von Immobilien betraf.

Ich blätterte noch kurz die Kontaktanzeigen in der *Gosse* durch, als ein Anruf hereinkam, ich drückte auf Grün und sagte: „Rock Rockenschaub löst auf alle Fälle alle Fälle, was kann ich für Sie tun?"

„Ich bin's, Herschel."

Es war Herschel der Jude. Er hörte sich mampfig und hektisch an, und ich sagte: „Gib doch erst mal deine Zähne hinein, dann kann ich dich besser verstehen!"

Während ich ihn in seiner Wohnung herumlaufen hörte, interessierte ich mich kurz für „Gerti geht ab!", bevor ich mich mit dem „Geilen Schleckermäulchen!"

beschäftigte. Über drei Seiten gab es nahrhafte Speise, aber nichts, was Klein-Rocky wirklich schmecken wollte. Erst „Ivanka – kühle Russin verwöhnt!" konnte ihn ein wenig aus der Unterhose locken, es war wie gesagt sehr heiß in diesen Tagen. Schon wollte ich das Gespräch mit Herschel kurz unterbrechen und die Mehrwertnummer wählen, als Herschel endlich doch noch zurückkam und sagte: „Rock! Mein Hildchen betrügt mich!"

Darauf ich: „Wer zum Teufel ist Hildchen?"

Ich hatte bisher nämlich keine Ahnung gehabt, dass Herschel überhaupt ein Hildchen hatte. Aber das waren so die kleinen Überraschungen, wenn man meinte, jemanden zu kennen, nur weil er seit dreißig Jahren an jedem *Anal-Donnerstag* ins Swedish Pornhouse kam.

Früher war Sex ja irgendwie echt, oder wie Woody Allen sagte: Sex ist nur dann schmutzig, wenn er richtig gemacht wird. Und die Filme, die Herschel sich anschaute, *waren* schmutzig, man sah Haare dort, wo sie einem wuchsen, und die Arschrosetten der Darstellerinnen waren ... na ja, sie waren richtig braun, so wie das halt ist, wenn man einen Arsch hat. Da stieß sich niemand groß dran, aber es faszinierte auch niemanden so sehr wie Herschel den Juden. Sobald irgendetwas mit *Asshole* auf dem Programm stand, saß er verlässlich in der ersten Reihe, mit der kleinen, aber wichtigen Einschränkung, dass immer auch ein *Dirty* und ein *Brown* vor dem *Asshole* im Titel stehen sollte und die legendäre Eva Brown die Hauptrolle spielen musste, die für ihr *Dirty Brown Asshole* weltberühmt geworden war, das sich handtellergroß zwischen ihren zwei gewaltigen, kalkweißen Arschbacken ausbreitete. Und je älter Herschel wurde, desto wichtiger war es für ihn, dass möglichst alle *Dirty Brow'n Assholes* auch so richtig *Destroyed* werden mussten.

Weiß der Teufel, warum, aber irgendetwas gefiel ihm halt daran!

Willi konnte ihm also keine größere Freude machen, als jeden verdammten Donnerstag einen Teil von *Eva Brown's Dirty Brown Asshole Destroyed Vol. 1–99* abzuspulen. Alleine, dass er es Buchstabe für Buchstabe auf den Plakaten lesen konnte – DIRTY BROWN ASSHOLES DESTROYED!!! –, schien ihm eine Menge zu geben.

So wie er die Sache aber jetzt schilderte, saß Herschel an allen anderen Tagen der Woche mit seinem Hildchen zuhause, hielt Händchen und hörte sich mit ihr zusammen Mozarts *Kleine Nachtmusik* an. Sie war Anwältin, und stolz erzählte er mir, dass er seit biblischen Zeiten mit ihr verheiratet war, und jetzt, da seine Zille langsam, aber sicher über den Jordan trieb und bald am anderen Ufer andocken würde, hatte er Angst, dass sein Hildchen ihn noch betrügen könnte, und das rührte mich irgendwie zu Tränen. Einfühlsam fragte ich: „Wo hast du sie denn kennengelernt? Beim Tabledance?"

Das war aber natürlich die falsche Frage, denn: „Im Lager gab es keinen Tabledance, du Idiot, du Spinner, du verdammtes, dreckiges braunes Arschloch!"

Herschels Sätze bliesen einem wie kalter Wind entgegen, er hatte eine Art, sie hinauszuschleudern wie Granaten. Das war vermutlich ein Überbleibsel aus der Zeit, als er noch erfolgreicher Anwalt war und im Gerichtssaal der Einzige, der legal eine Schnellfeuerwaffe benutzen durfte – sein loses Mundwerk.

Wie alle alten Männer roch auch Herschel nach altem Mann, aber im Gegensatz zu den meisten anderen war er immer noch tipptopp gekleidet, wenn er ins Kino ging, und seine Hosen waren nie versaut, wenn er den Kinosaal nachdenklich und niedergeschlagen wieder verließ. Die meisten Pornokinobesucher fühlten sich ja schuldig, wenn draußen die Sonne schien und man selbst im Dunkeln saß und sich *Spritzende Spritzmaschinen* anschaute und all das andere versaute Zeug. Man hätte seine Zeit auch irgendwie sinnvoll verbringen und draußen im Garten sitzen und ein Bierchen trinken können oder mit Mutti die Geranien gießen. Aber Herschel fühlte sich nicht schuldig, weil draußen die Sonne schien, bei ihm war es etwas anderes: „Sechs Millionen Juden konnten nie wichsen, weil sie von euch dreckigen braunen Arschlöchern ermordet worden sind!"

Das war im Wesentlichen der Vorwurf, den wir uns immer wieder von ihm anhören mussten.

Ich fragte: „Was ist denn nun mit Hildchen?"

Er erzählte: „Gestern hat sie gesagt, sie macht mir noch ein Happihappi, und dann ... und dann ..."

„Dann was?"

„Dann trifft sie eine Freundin, glaub' ich. Aber das war eine dreiste Lüge!"

„Wieso denn?"

„Sie traf nach dem Happihappi überhaupt keine Freundin, sie ging einfach Pipipipi."

Herschel war in ein Alter eingetreten, in dem alles nur noch Happihappi und Pipipipi war, und er spielte schon länger lieber wieder mit der Rassel als mit seinem verschrumpelten jüdischen Schwanz. Es war vermutlich wirklich nicht einfach, alt zu werden.

Ich fragte: „Und dann?"

„Dann hörte ich sie telefonieren, mit ihrem kleinen Ringring am Ohrli, das sie auf die Pipibox mitgenommen hatte. Es klang irgendwie, na ja, es klang einfach *heimlich*, verstehst du?“

Ich war spezialisiert auf heimlich, also fragte ich: „*Wie* heimlich?“

„Herrgott, sie flüsterte! Aber ich mag es nicht, wenn jemand flüstert, seit wir im Lager alle immer nur flüstern durften, bevor wir dann verlässlich immer das Brüllen von euch dreckigen braunen Arschlöchern hören mussten und das Knarren der Salven von euren Erschießungskommandos!“

Herschel machte da keinen großen Unterschied, ob man damals persönlich dabei war oder nicht, und wer wollte es ihm verübeln? Es war also hoch an der Zeit, dass sich mal einer von uns bei ihm entschuldigte: „Herschel, das tut mir echt leid.“

Er aber schrie: „Leck mich doch am Arsch! Hildchen flüstert sonst nie! Sie ist nicht der Typ, der flüstert, weil ich ja auf dem einen Ohr schlecht höre und auf dem anderen gar nichts mehr, verstehst du?“

„Verstehe.“

„WAS?“

„VERSTEHE!“

„Einen Scheißdreck verstehst du!“

„Wie ging es weiter?“

„Als sie von der Pipibox zurückkam, war ich ein wenig aufgebracht. Ich hätte ihr am liebsten die Hände um den Hals gelegt und sie erwürgt. Aber ich musste dann ganz dringend selbst aufs Klo, weil ich ja, wie du weißt, auch inkontinent bin seit meiner Prostata-Geschichte!“

Ich wusste es weiß Gott. Alles in allem war Herschels Körper nach 89 Jahren auf dieser Erde ein wenig aus dem Leim gegangen, die Nähte platzen und die Scharniere rosteten vor sich hin, und seit er auch noch hinterm Sack operiert worden war, lief er während der Vorstellung entweder alle fünf Minuten aufs Klo, oder er ließ es einfach laufen. Anfangs wollte er noch, dass Willi das Schwein den Film anhielt, wenn er selbst eine Pause einlegen musste, aber irgendwann einigten wir uns schließlich darauf, dass wir ihm eine Plastikmatte unterlegten und er eine Windel tragen sollte.

Ich fragte: „Was ist dann passiert?"

„Ich schob mein Hildchen zur Seite und ging aufs Klo, und als ich dann endlich fertig war mit meiner eigenen kleinen Schweinerei, hatte ich schon wieder vergessen, warum ich so wütend auf sie war, weil ich ja auch Probleme mit meinem Kurzzeitgedächtnis habe, wie du weißt."

„Das wusste ich nicht, Herschel!"

„Jetzt weißt du's! Und du merkst es dir besser, weil ich keine Lust habe, dir ständig alles zweimal zu erzählen!"

„Mach' ich."

„Aber heute ist es lange genug her, also ist es mir wieder eingefallen. Und deswegen ruf' ich dich jetzt an, aber Herrgottnocheinmal, mit wem sprech' ich denn überhaupt?"

Ich erklärte es ihm, und dann fragte ich, was ich denn seiner Meinung nach für ihn tun konnte.

Er sagte: „Halt verdammt noch mal einfach die Augen offen und schau, was sie den ganzen Tag lang macht! Das kann jeder, nur ich nicht mehr, weil meine Augen im Arsch sind und ich das kaputte Knie habe und die zwei operierten Hüften, und dann noch dieses ... na ... dieses ... na ... dieses ... wie heißt das?

„Alzheimer?"

„Nein! Ja!"

Ich hatte länger nicht mehr observiert, aber der Überwachungstoyota musste mal wieder betankt werden, und ein paar Rechnungen lagen unbezahlt herum. Ich erinnerte mich also an die Worte, die Jack Schleck immer sagte, bevor er einen Auftrag annahm: „Das wird nicht ganz billig, Schätzchen." Und Schätzchen sagte dann immer: „Wer will es denn billig, Jack?" Also sagte ich zu Herschel: „Das wird nicht ganz billig, Herschel." Aber Herschel sagte: „Fick dich ins Knie! Ich bin verdammt noch mal Jude und scheiß dich mit meinem Geld zu!"

Dagegen konnte man nur schwer etwas sagen. „Also nur noch eine Frage, Herschel: Wie sieht dein Hildchen denn überhaupt aus?"

„Sie hat unglaubliche Titten, Rockele, wirklich ganz unglaubliche Titten."

Ich sagte: „Na gut, ich mach's. Aber sag' bitte nicht Rockele zu mir. Ich heiße Rock wie der Felsen und nicht Rockele wie das Felsele. Aber das weißt du doch, nicht wahr?"

„Hab' ich vergessen!"

***

Ich war Privatdetektiv geworden, weil Jack Schleck Privatdetektiv war. Willi musste in seinem Laden ja die verschiedensten Geschmäcker und Gelüste bedienen, er musste immer wieder mal auch was Abartiges aus der Dose fischen oder was mit Tieren für die ganz abgefahrenen Typen, meistens waren das Politiker aus den Bundesländern, die mal die eigene Kuh im Stall und das eigene Pferd in der Küche vergessen wollten. Aber mit Jack Schleck lag Willi eigentlich immer richtig. Jack war uns allen irgendwie ans Herz gewachsen, er war einer von uns, the one and only aus Ottakring, der es in Amerika, dem Land der Möglichkeiten, zu echtem Weltruhm gebracht hatte. Wir verehrten ihn und eiferten ihm, so gut es ging, nach, auch wenn wir mit unseren streichholzschachtelgroßen Geschmackslappen und unserer läppischen Technik natürlich niemals so sein würden wie er. Aber he! Es ging ums Wollen!

Meist lag Jack zu Beginn seiner Filme irgendwo auf der Couch herum, dann läutete irgendwann das Festnetztelefon, und er sagte: „Jack Schleck löst auf alle Fälle alle Fälle, was kann ich für Sie tun?"

Dann eine Lady: „Jack, mein Mann betrügt mich, können Sie mich in meiner Villa in Beverly Hills mit Swimmingpool und gut bestückter Bar besuchen?"

Dann Jack: „Bin auch gut bestückt und gleich da, Süße!"

Schon cruiste er in seinem offenen Hawaiihemd in seinem offenen Schlachtschiff durch die Straßen der Stadt der Engel. An der ersten Ampel schielte er zu einer zutiefst vernachlässigten Lady hinüber, und während sie warteten, schauten sie sich tief in die Augen, so tief, dass sich Jack von ihrem Blick ermuntern ließ, den Lappen auszufahren. Er brachte ihn allmählich in Schwung, wurde immer schneller, bis er endlich schnell wie ein Kolibri schlug und die Lady in heiße Verzückung geriet. Gegen alle Verkehrs- und Anstandsregeln verließ Jack sein eigenes Schiff und dockte bei der Lady im offenen Buick an, und weil sie ja beide Terminstress hatten, schleckte er sie gleich an der

Ampel, zum Aufwärmen gewissermaßen, und bald waren die vernachlässigten Ladys von halb Los Angeles auf ihren Beinen, um zu dieser Kreuzung zu strömen und zu sehen, was Jack dort anrichtete. Dieser Film hieß *Jack schleckt sie alle!* und hatte eindeutig mehr Drive, mehr Handlung und mehr Zunge als alle anderen Zungenpornos davor. *Jack schleckt sie alle!* begründete Jacks Ruhm, und auch wenn das heute für die moderne Jugend schwer vorstellbar ist: Der Film hielt über 90 Minuten die Spannung, und man konnte sich darauf verlassen, dass es am Ende gut ausgehen und alle Ladys an dieser Kreuzung zu ihrem glücklichen Ende kommen würden, und zwar so laut, dass es wirklich alle hören konnten: „Jaaaaaaaa, Jack! Ich komme!"

Bald hatte ich von allen Kunden in Willi's Pornhouse die meisten Jack-Schleck-Filme gesehen und kannte sie wirklich alle auswendig. Also nahm mich Willi das Schwein eines Tages zur Seite, weil ihm meine robuste Natur aufgefallen war und mein neugieriges Wesen, und er sagte: „Rock! Du weißt doch von uns allen mittlerweile am besten, wie es geht."

Ich war geschmeichelt und fragte: „Meinst du jetzt das Schlecken, oder was?"

Er aber holte mich auf den Boden zurück und sagte: „Ich meine das Überwachen!"

So war ich in die Sache mit dem Überwachen hineingerutscht wie die Scheiße in den Kanal. Willi das Schwein hatte nämlich begonnen, sich ganz nach Hausfrauenart die Frage zu stellen, was denn sein Herzliebchen wohl so trieb, während er in seinem Kino Pornos zeigte. Same old story!

Ich überlegte ein paar Zigaretten lang, ob ich das Zeug zum Privatdetektiv hatte. Aber schließlich zog ich mir ein rotes Hawaiihemd über und die grün-gelbe Brasilien-Trainingshose WM-Team 78, ich setzte mir eine Ray-Ban-Brille auf die Nase, kämmte das Haar ordentlich zurück und schlüpfte in die Sandalen. Die Welt sah die Geburt eines neuen Superschnüfflers.

Willi schickte mich los in Richtung der Stadtrandvilla, wo sein Herzliebchen ihre einsamen Tage in einsamen Sommern vertrödelte.

Eifersuchtsdelikte waren die Butter auf dem Brot jedes Privatdetektivs und Scheidungsangelegenheiten die Marmelade, auch wenn sich viele heute einfach nur scheiden lassen, ohne den anderen vorher groß beschatten zu lassen und Beweise für einen Scheidungskrieg im Rampenlicht der Öffentlichkeit zu suchen und dann groß um die Kohle zu streiten. Die Liebe verwelkt heute einfach wie eine Blume, das war's. Oder man schießt sich überhaupt gleich über den Haufen, ganz ohne Stil.

Was ich aber damals dort draußen in Willis Stadtvilla beobachten konnte, das war nichts anderes als berührend. Herzliebchens Tage waren einsam und langweilig, sie las Hefte am Pool und trank Drinks unter dem Sonnenschirm. Sie tat mir leid, und während der Überwachungen legte ich mehr und mehr meine Tarnung ab und rückte näher an sie heran, sodass sie mich schließlich sehen konnte und mich auf einen Eistee einlud. Sie dachte, ich sei der Gärtner des Nachbarn. Wir machten es uns gemütlich, und ich rutsche auf der Couch ein wenig näher an sie heran, und obwohl es ganz schön knisterte zwischen uns, wies sie mich schweren Herzens zurück. Sie sagte: „Du bist ein verdammt heißer Hengst, Rock, aber ich liebe nur einen." Dann hauchte sie mir ein „Farewell my darling!" hinters Ohr. Das hatte sie mal irgendwo im

Fernsehen gesehen, dass die da „Farewell my darling" sagten, wenn man sich schweren Herzens von jemandem für immer verabschieden musste, und auch mein Herz war schwer, als ich ging.

Von all dem berichtete ich Willi natürlich nur den wesentlichen Teil, als ich ihm sagte: „Willi, sie liebt nur dich."

Er fragte: „Ist das wahr, Rock?"

Und ich sagte: „Hier kannst du mich hineinstechen, wenn es nicht wahr ist!" Dann zeigte ich mit dem ausgestreckten Finger auf meine Kehle, etwas unsicher, ob er die Gelegenheit nicht doch ergreifen würde. Ich wusste ja nicht, ob er mich nicht selbst beim Überwachen überwacht hatte. Aber er ließ das Messer in der Scheide. So tief rührte ihn das Ergebnis meiner Überwachung, dass ihm sogar ein paar Tränen aus den Augen liefen. Als Porno-König war man ja an tief fliegende blaue Bohnen gewöhnt und scharf geschliffene Messer, aber nicht an die große, die ganz große und immerwährende Liebe. Weil „Respekt" und „Anstand" meine zweiten Vornamen waren, verzichtete ich in der Folge darauf, sein Herzliebchen noch einmal zu besuchen, doch meine Träume von ihr waren immer noch süß. Bald darauf starb sie an Langeweile, und Willi wurde einsam und kriegte diesen Druck auf der Brust, und jetzt kommt er nicht mehr ohne Lemmys Tabletten für Bomberpiloten und Elefantenkühe durch den Tag.

***

Ich duschte und machte einen auf Onkel Willi aus St. Pölten, Wörtherseeurlaub 1956 – kurze Hose, Hawaiihemd, goldene Schirmmütze, dazu Sandalen und Socken.

Ich sah richtig scheiße aus, unauffällig wie Gras in der Wiese, aber verdammt noch mal, genau das war ja mein Job.

Soweit sich Herschel erinnern konnte, hatte Hildchen für heute Nachmittag einen Termin mit ihrem Lover ausgemacht, flüsternd am Klo. Ich würde also später vor ihrer Wohnung auf sie warten und dann ein Auge auf sie werfen.

Bis dahin war aber noch genügend Zeit, also hüpfte ich auf einen Sprung hinunter zu Lemmy. Als ich eintrat, zerriss er gerade eine Ausgabe der Stadtzeitung *Schmetterling*, die sich immer aufrecht gegen Rott, das braune Arschloch, und seine Volksfront stemmte und das vielfarbige Zusammenleben im Lichte des Multikulti lobte. Genau das richtige Hirnfutter für all die Dachbodenausbauer und Besseresser in der Gegend. Lemmy aber hatte den *Schmetterling* nicht zum Lesen abonniert, er portionierte damit seine Dope-Rationen, weil das Papier so weich und zart war wie Schmetterlingsflügel, wie er immer sagte, und trotzdem so reißfest.

Diese verdammten Dealer.

Ich bat ihn um eine großzügige Tagesration, schön eingewickelt in Schmetterlingspapier. Überwachen war schließlich anstrengend und langweilig, da musste man zwischendurch schon etwas zu tun haben.

Er gab mir genug, um damit halb Woodstock zu versorgen, und bat mich dann noch, für ihn eine Packung Blasentee von Darjeeling-Silke zu besorgen, und zwar heute. Ich sagte: „Herrgott, Lemmy! Ich will nicht zu Darjeeling-Silke!“

Früher, wenn ich manchmal über Happiness drüberrutschte und sie partout nicht wollte, dass ich die Sache schnell zu Ende brachte, weil es ihr gerade so viel Spaß mit mir und Klein-Rocky machte, dann dachte ich dabei immer an Edeltraud aus der Roten Beete, einem Biogemüseladen weiter westlich vom Brunnenmarkt in der Weyprechtgasse. Edeltraud war eine Vollöko-Braut mit leichtem Hang zur Sacktitte, Worte wie „schmalbrüstig" und „flachärschig" waren für sie erfunden worden. Ihre Finger waren von der Erde, die immer noch an ihrem Gemüse klebte, ganz schwarz. Dafür waren die langen, gelockten Haare früh ergraut, ihre Saris trug sie lang und weit, und ihre Füße steckten in Wollsocken, die sie auch den Sommer über trug. Edeltraud war also nur unwesentlich hässlicher als der Krieg in Russland, sie sah so scheiße aus, dass Happiness immer eine lange Freude an mir und meinem kleinen Rocky hatte, wenn ich während dem Drüberrutschen an sie dachte.

Aber Edeltraud war eine Eins-a-Spitzenbraut gegen Darjeeling-Silke. Das wollte ich damit eigentlich sagen.

Vor vielen Jahren war Silke Fiegl aus Tirol vom sicheren Feldweg abgekommen und bei uns hier im Viertel gelandet. Am Anfang hatte sie es noch mit Original Tiroler Schafskäse direkt am Markt versucht, aber die Idee mit dem Schafskäse hatten schon andere vor ihr gehabt, ein paar davon waren Türken. Bald orientierte sie sich also neu, wie das so Mode war, und nach einer längeren Indien-Reise war sie mit Tee zurückgekommen und verkaufte das Zeug in einem kleinen Laden namens Silkes Teehaus in einer finsteren Seitengasse vom Brunnenmarkt.

Auch dafür interessierte sich zunächst niemand außer ein paar Asylanten, denen sie dort die Art von Tee verkaufte, die die Jungs an die eigene zurückgelassene Mutti zuhause in der Streusiedlung erinnerte. Bald hieß es aber gerüchtehalber, dass bei Silke schon mal mehr drin war als ein wärmendes Tässchen Tee zur Weihnachtszeit, vorausgesetzt, man hatte vorher brav um Asyl angesucht. Und man durfte natürlich keinen Kebab zwischen den Zähnen haben, denn Fleisch hasste sie noch mehr als Rechtsextremisten!

Wenn man sie nach Porno-Maßstäben einordnete, dann würde man sie am ehestens als frustrierte Gemüsehändlerin besetzen, die im Winter mal die Koffer packt und sich nach Kenia aufmacht, wo sie sich von ein paar ordentlichen Holzfällern nageln lässt, die im All-inclusive-Club als Tellerwäscher arbeiten, Hauptsache bedürftig. *Veggie Amateurs* oder so hießen diese Filme dann, keine Renner im Regal, aber eine Art Nischenprodukt für die ganzen frustrierten Anfangsvierzigerinnen, die sich noch dringend ein Kind wünschen, aber nicht recht wissen, wie sie einen finden sollen, der ihnen eines macht.

Ich fragte Lemmy: „Verdammt, wofür brauchst du denn diesen Tee überhaupt, ich hab' dich noch nie pissen gesehen!"

Er aber schaute mich nur mit seinen verschlafenen Kifferaugen an und sagte leise: „Bitte!"

Und wenn er mich so anschaute, dann konnte ich ihm immer nur schwer etwas abschlagen.

Lemmy war auf Silke aufmerksam geworden, als sie mal bei einer Veranstaltung „Multikulti – Chance oder Gefahr?" im Café Club Multikulti, das neben Rotts Wurstwaren seit 1898 lag und das Mekka für alle politisch korrekten Biersäufer und Wickelrockträgerinnen war, mit einem Bauchladen ihr Tee-Zeug verkaufte und nach möglichen Vätern für ihr Kind Ausschau hielt, während er selbst dort sein Gras-Zeug unter die Leute brachte und nach geilen Bräuten Ausschau hielt. Lemmy war schon immer auf der Suche nach der one and only gewesen, nach dem, was früher Linda für Paul war oder Yoko für John. Aber er tat sich natürlich auch seit jeher ausgesprochen schwer mit den Frauchens. Zwar konnte er gut zuhören, aber am liebsten Herrn Kilmister von Motörhead und Slash von den Guns N'Roses. Die Frau, die Motörhead hörte und auf einen Typen stand, der Luftgitarre spielte, musste aber schon sehr speziell veranlagt sein, denn sie sollte dann möglichst auch noch kochen können wie Jolanda drüben im Hard & Heavy und ihm immer dann, wenn ihm alle heiligen Zeiten mal einer stand, weil er gerade irgendwo eine Prise Speed aufgetrieben hatte, einen blasen.

Silke hatte genau das Hippiemäßige, auf das Lemmy irgendwie abfuhr, sie hatte überall Haare, und Lemmy gefiel das, wenn sich eine nicht rasierte: „Warum soll sie sich rasieren? Ich rasiere mich ja auch nicht!" Haare erinnerten ihn an Höhlen und Lagerfeuer und ein gut gebratenes Mammut-Steak, und nach dem Steak sollte es mit der Mutti schnell in die Heia gehen. Es war also eine Art urzeitlicher Instinkt, der da bei Lemmy durchschlug, und er verliebte sich in sie.

Bald ging er jeden Tag zu ihr in ihren Laden, sie saß hinter ihrer Handkassa und rauchte das Zeug, das Lemmy ihr verkaufte und das sie an irgendwas mit Goa und Sonnenuntergängen denken ließ. Und dann schaute sie einen mit ihren Augen, die sich so komisch im Kreis drehten, an und hielt einem immer irgendwelche Unterschriftenlisten entgegen und sagte: „Hey, unterschreib doch mal hier gegen dieses und jenes!"

Ganz schön durchgeknallt, die Alte, aber noch nicht ganz unsympathisch!

Doch als Lemmy bei ihr mit dem Wunsch vorstellig wurde, seinen Genpool an sie weitergeben zu dürfen, beschied sie ihm brüsk im Stil eines turbokapitalistischen Arschlochs:

„Ich mag dich als Dealer, aber als Lover – nö danke!"

Und seither schickte er mich um seinen Blasentee, denn es gab wenig, was für einen alten Kiffer verletzender war als die Abfuhr einer runzeligen Müslischlampe um die vierzig, die selbst keinen mehr abkriegte, aber noch dringend ein Kind wollte. Und das möglichst nicht von einem okayen Typen aus der Gegend wie Lemmy, sondern von so was wie Burt Lancaster oder weiß der Teufel von wem.

Als wäre sie verdammt noch mal selbst Linda Lovelace gewesen!

***

Ich ließ den Ferrari in der Garage (von einem, der ihn sich leisten konnte). Stattdessen stieg ich wieder in den Überwachungstoyota und fuhr damit zu Manni. Ich tankte voll, querte den Gürtel und ruckelte die paar Straßen hinauf in die Josefstadt, hinter der Straßenbahn mit der schönen Bezeichnung J-Wagen her. Die Josefstädter Straße war nicht der Cielo Drive in Beverly Hills, aber sie hatte immerhin eine Straßenbahn. Neben dem Theater blieb ich im Halteverbot stehen. Es gab ein Gehupe und Geschrei, und es fielen Worte, die man in einer so feinen Gegend selten hörte: „Reg dich nicht auf, du alter, stinkender, verfickter Beamtenpisser!"

Die feinen Pinkel hier konnten noch von mir lernen.

Während ich wartete, blickte ich hinauf zur Fassade des Theaters und schaute mir das hübsche Plakat an, das die erste Vorstellung für den kommenden Herbst ankündigte: *Die Katze auf dem heißen Blechdach.* Mit einem solchen Titel hätte man durchaus auch Pornos verkaufen können, dachte ich, vorausgesetzt natürlich, dass auch die Katze heiß war und nicht nur das Blech!

Herschel besaß zeitlebens ein Abo für die verstaubte Theaterbude, wie er mir einmal erzählte, er benutzte es aber nie, weil er außerdem ein zweites Abo für das Theater der Jugend besaß, wo er immer noch gerne hinging. Speziell die Jungschauspielerinnen interessierten ihn, wie er mir erzählte, und speziell ihre „künstlerische Entwicklung". Ich wusste natürlich genau, welche Entwicklung Herschel wirklich meinte: die ihrer Brüstchen und ihrer Beinchen. Herschel mochte mit Hildchen glücklich sein, aber er war sein Leben lang jedem Rock hinterhergejagt. Und jetzt hing er mit einer pieksenden Prostata und allen anderen Übeln der Welt in den Seilen, und zuhause fiel ihm die Decke auf den Kopf. Also fragte ich mich, ob mit ihm vielleicht einfach nur die Fantasie durchgegangen war, als er mir erzählte, dass sein Hildchen ihn betrügt.

Aber keine zwei Minuten später kam eine aus dem Haus, von der ich sofort wusste, dass es Hildchen war, und ich verstand auch sofort, welche Sorge Herschel umtrieb.

Was für ein leckeres Hildchen! Typ alternde Sexbombe aus den 80er-Jahren, die Lippen knallrot geschminkt, die Haare blond gefärbt und toupiert. Ich musste sofort an die paar Seniorenpornos denken, die Willi vor Jahren mal ausprobiert hatte, um die ganzen pensionierten Beamten aus der feinen Josefstadt herüberzulocken in sein Kino. Die Filme hießen *Wheelchair Lovers, Romantische Geriatrie* und *Hotel Inkontinent*. Aber das kam insgesamt nicht so gut an, und Seniorenpornos blieben bis auf weiteres wohl ein Nischenprodukt, auch wenn die Zielgruppe stetig wuchs. Aber hätte verdammt noch mal Hildchen darin mitgespielt, dann wäre die Sache gewiss anders ausgegangen, diese Frau hatte echt Klasse. Unter ihren hautengen, gestretchten Reiterhosen trug sie einen String, der nichts von ihrem süßen kleinen Po bedeckte, der wiederum den Beginn ihrer leicht nach innen gebogenen, langen Beine markierte. Und vorne dran diese zwei wirklich unglaublichen Dinger, die ihr unmöglich von alleine gewachsen sein konnten. Seit sie sich den Rundumservice samt Dolly-Parton-Möpsen geleistet hatte, tat er vermutlich kein Auge mehr zu. Aber trotz Straffung und Liftung und diesen zwei enormen Bällen vorne dran – der Arzt hatte es nicht geschafft, sie glücklich zu machen, da konnte mich auch das Dauerlächeln, das er ihr auf die Lippen gezaubert hatte, nicht täuschen. Sie sah nachdenklich aus, so, als würde sie etwas sehr beschäftigen. Aber was?

Hildchen band sich ein Kopftuch über und querte ohne zu schauen die Straße. Dort fand sie ihren offenen Mercedes Marke Bobby Ewing und warf ihre schwere Ledertasche mit Henkel auf den Rücksitz, nichts von Gucci, sondern was für Holzfäller, die darin ihre Jause verstauen. Ich dachte: Mit so einer Tasche fährt aber keine Lady zum Tête-à-tête mit dem Toyboy! Dann stieg sie ein und überlegte nicht lange, sie parkte einfach nach ihrer Art ohne zu schauen aus und trat das Gaspedal durch. Warum sich auch Sorgen machen, wenn man zwei solche Airbags vorne dranhat?

Bei alten Leuten konnte man sich ja normalerweise darauf verlassen, dass alles ein bisschen länger dauerte und langsamer ging. Aber nicht bei Hildchen. Sie fuhr wie der Papst zur Messe, und ich hatte gut zu tun, sie nicht aus den Augen zu verlieren. Sie nahm Fahrt auf in Richtung Klein-Anatolien, wo sie sofort ein paar tiefer gelegte Opels überholte und den Türken-Jungs darin ihr Selbstbewusstsein raubte. Dabei hatte Hildchen natürlich einen entscheidenden Vorteil: Sie kümmerte sich überhaupt nicht um Regeln und Vorschriften.

Auf der Ottakringer Straße, dort, wo man sich sehen ließ, wenn man Türke war und glaubte, sich sehen lassen zu können, war ich ihr wieder auf den Fersen und reihte mich knapp hinter ihrem Mercedes in den fließenden Verkehr ein. Der Einfachheit halber fuhren Hildchen und ich auf der Busspur, und so erreichten wir das Galitzintal schneller als alle anderen. Dort fuhr sie scharf links und bretterte entlang der Friedhofsmauer hinauf Richtung Sternwarte. Irgendwann in Hildchens Familienstammbaum musste es eine Horde rasanter Nomaden gegeben haben, etwas Beduinenartiges, Kameltreiber vielleicht, die dann nach Mitteleuropa vertrieben wurden. Wenn sie so weiterfuhr, dann würde sie direkt ins Grab fahren.

Auf Höhe der Sternwarte bog das Hildchen dann plötzlich scharf nach rechts ab, und kurze Zeit später erreichte sie die Aussichtsterrasse Waldblick, die unmittelbar neben einer Reha-Klinik mit dem schönen Namen Waldruh lag. Wir waren hier irgendwie mitten im Wald mit schöner Aussicht gelandet. Auf dem Parkplatz, den sich die beiden Häuser teilten, schwang ich den Toyota in ihrer Nähe ab, und dann war ich gespannt, welche der beiden Institutionen sie wohl besuchen würde.

***

Die Aussichtsterrasse, auf der ich Hildchen schließlich fand, war gut besucht, das Publikum war alt und siech oder alt und krank oder einfach nur alt. Sogar im Freien roch es hier nach Pisse, ich war mit Abstand der Jüngste.

Ich riskierte einen kurzen Rundumblick hinunter auf mein Wien, und was ich sah, gefiel mir: Irgendwo da unten musste wohl dieses Schönbrunn liegen, wo die Kaiserin wohnte, und irgendwo dort weiter drüben hüpften lustige weiße Pferde in einer Schule herum. Und dahinter, neben dieser Kirche mit dem hohen Turm, stand die Schlagobersdusche für die ganzen Japaner, die unseren Wohlstand sicherten. Und wenn man ganz genau hinhörte, dann konnte man sogar die Heurigenmusik aus Grinzing herüberhören. Mein Wien! Ich atmete ein paarmal kräftig durch. Frische Luft war der Freund jedes gelungenen Lebens, sie machte rosarote Lungen und glatte Haut. Ein paar rüstigen Damen schien meine neue glatte Haut zu gefallen, denn sie winkten mir mit ihren Gäbelchen neckisch zu. Ich zeigte ihnen den Finger, das würde die betagten Mädels vielleicht abschrecken. Sie machten aber nicht den Eindruck, im Gegenteil. Eine schob sich das Gäbelchen samt Strudel so genüsslich in den Mund, als habe sie noch nicht alles vergessen, was früher mal schön war in ihrem Leben.

Hildchen war auch hier die Schnellste und nippte schon an ihrem Sprudel, während ich mich noch orientierte. Sie hatte einen Tisch gleich bei der Mauer, in bester Seniorenaussichtsterrassenlage. Es war nicht einfach, in ihrer Nähe ein Plätzchen zu finden. Doch wie oben bestellt, standen plötzlich drei Tische von ihr entfernt zwei Halbtote auf und machten sich auf zu einer langen und beschwerlichen Reise mit Krücken und mitgebrachtem Spucknapf. Gleichzeitig mit mir setzte sich eine Alte mit Rollator in Bewegung, die dasselbe Ziel anpeilte wie ich. Ich verlangsamte meine Schritte und ließ es wie eine knappe Entscheidung aussehen, zeigte dann aber keine Spur von Mitleid, als es in die Zielgerade ging und ich meinen Arsch kurz vor dem ihren auf den Sessel platzierte.

„Erster!"

Ihre Enttäuschung war groß, und ein paar Augenblicke lang war unklar, ob sie den Rückschlag überleben würde. Langsam hob sie ihren Stock, der auf dem Rollator lag, aber für einen Schlag fehlte ihr dann die Kraft, und bevor die Schnappatmung einsetzte, machte sie die Biege.

Kaum hatte ich Platz genommen, rebellierten bei mir die Lungen, ich musste ein paarmal kräftig husten. Als endlich alles Grüne heraußen war, griff ich nach der Speisekarte. Sie war klassisch, es gab Strudel und Kaukau. Ich beliebte aus der Reihe zu tanzen und bestellte ein Großes und ein Kleines.

„Ein großes und ein kleines *was*?", fuhr mich Frl. Christa an, ihr Name stand auf einem rosa Schildchen, das an ihrem vollen Dekolleté hing. Ich sagte: „Ein großes Bier gegen den Durst und ein kleines zum Trinken."

„Und den Apfelstrudel später?"

„Sehr viel später!"

Dann passierte nichts.

Ich wartete und wartete, und während ich wartete, hatte ich genug Zeit und Muße, mal wieder einen Blick in die *Gosse* zu werfen. Die *Gosse* war ein Blatt mit neuem Konzept – von Vollidioten für Vollidioten. Jeder konnte dort seine Bildchen hinschicken und „Zeitung machen", wie die das nannten, und irgendein schreibschwacher Idiot setzte dann seine Sprüche darunter: TÜRKEN SPRECHEN IMMER SELTENER DEUTSCH oder NEUE MIETER IM GEMEINDEBAU: NUR NOCH TÜRKEN! Dazu sah man jede Menge verwackelter Bildchen, die irgendwelche Türken dabei zeigten, wie sie ihre Hammel grillten oder ihren Mist neben die Mülltonne stellten. Der Gauleiter war in Form dieser Zeitung in die Stadt zurückgekehrt, und als Speerspitze bot sie den Volksdichter auf, der sich „King of Ottakring" nannte und dem für heute Folgendes eingefallen war:

Der Türke mit dem großen Bart
Fällt oft gänzlich aus der Art
Schwängert ständig seine Frau
Und auch die Ziegen liebt die Sau.
Interessanter Typ irgendwie!

Die *Gosse* las sich insgesamt wie die Vereinszeitung der „Feinde der Hammelkeule und des Sis-Kebab", immer kriegten die Türken ihr Fett ab, und der King of Ottakring war mittlerweile sogar schon beliebter als die Glocken der blondierten Mädels, die früher mal den Absatz ankurbeln sollten.

Wenigstens hier heroben aber war die Welt noch genau so, wie die *Gosse* sie haben wollte. Türken gab es nur auf den Klos, die sie putzen mussten, und vielleicht noch ein paar in der Küche, wo sie die klein geschnittenen Äpfel in den Strudel hineinsteckten. Im Service aber, wo auch das Auge mitaß, sah man keine Bimbos oder Kameltreiber, hier servierte Frl. Christa mit den strammen Waden in ihren Gesundheitsschuhen.

Bald dachte ich, Hildchen würde hier einfach ihr Wässerchen trinken und dann wieder nach Hause fahren, vielleicht nahm sie sich nur ein paar Stunden Auszeit, bevor sie Herschel wieder die Windeln wechseln musste.

Aber dann plötzlich Action.

Durch die Hecke, die wohl die Grenze zwischen Reha-Klinik und Aussichtsterrasse markierte, zwängte sich ein Kerl in Pyjama und einem Morgenmantel darüber, beim Lulu war seine Hose ganz gelb. Jetzt erst sah ich andere, die sich ebenfalls durch die Hecke in die entgegengesetzte Richtung zwängten, nachdem sie ihre Ration Wiener Zucker zu sich genommen hatten. Manche blieben in der Hecke stecken, andere schoben sie durch, man half sich gegenseitig. Hier herrschte ein reger Grenzverkehr von und nach Zombieland. Dass sie alle durch die Hecke kamen und nicht über den regulären Eingang, ließ mich kombinieren, dass sie eigentlich gar nicht hier sein durften. Wahrscheinlich gab es da diesen Deal zwischen den Besitzern der beiden Häuser: Ihr da drüben mästet unsere Patienten, bis ihnen die Kabel durchbrennen, und wir herüben dürfen sie dann gegen gutes Geld wieder aufpäppeln. Ich konnte mir sogar vorstellen, dass die Klinik-Besitzer mit den Betreibern des Mehlspeisen-Tempels ident waren. Wie die Kühe gingen die Patienten im Kreis und wurden überall gemolken. Synergie ist das gute Tröpfchen, das unsere Wirtschaft am Laufen hält. Sollte Willi in Zukunft vielleicht Apfelstrudel zu seinen Pornofilmen servieren? Ich würde es ihm jedenfalls vorschlagen.

Der neue Gast im Pyjama schaute sich um und entdeckte Hildchen. Er ging vorsichtig und angestrengt zu ihr hin, nicht locker-flockig wie die heißen Bikinischönheiten am Strand von Rio, sondern so, als hätte er ein paar ordentliche Meter Hämorrhoiden im Arsch und Angst, dass sie ihm herausfallen könnten. Von Frl.

Christa verlangte er ein Pölsterchen, bevor er sich setzte, und er bekam es. Sie fragte nach der Bestellung, aber er deutete ihr: „Heute nüscht!“ Sie verschwand mit freundlichem Gruß, der neue Gast schien hier angesehen und beliebt zu sein.

Als er an Hildchens Tisch Platz nahm, deutete nichts auf Erotik hin, es knisterte nur der Kies unter ihren Schuhen. Ich sah keine Hand auf dem Knie, kein Bussi hier, kein Bussi da, nicht einmal die Sonnenbrillen nahmen beide ab. Es wirkte eher so, als wollten sie inkognito bleiben. Und nur ich, Superschnüffler Rock Rockenschaub, wachte über diese heimliche Szene.

Anstatt Blümchen oder Pralinés zur Begrüßung kramte der Kerl mit seinen dicken Fingern eine Wurstsemmel aus seiner Aktentasche heraus, die in Papier von Rotts Wurstwaren seit 1898 eingewickelt war. Er bot Hildchen einen Bissen an, aber sie steckte sich routiniert einen Finger in den Mund und tat, als müsse sie kotzen. Seine Wurst war ihr nicht ganz koscher. Da saß ein primitiver Klotz mit einer wahren Lady zusammen, und ich brauchte eine Weile, um zu kapieren, dass dieser grobe Klotz ja Rott, das braune Arschloch, selbst war.

Mit freiem Auge war an ihm immer noch die ausgeprägte Solariumbräune erkennbar, die er sich zugelegt hatte, als er so etwas wie eine lokale Berühmtheit wurde, von der *Gosse* auf den Schild gehoben als Speerspitze seiner *Türkenbelagerung – nein danke!* Aber mittlerweile hatte sich darüber eine dicke Schicht Gelb gelegt, als wäre er über Nacht Chinese geworden, und seine Haut hing an ihm wie ein weiter, gelber Sack. Seit ein paar Wochen war es still um ihn geworden, und irgendwann in dieser Zeit musste er geschätzte dreißig Kilo Gewicht verloren haben.

Während er umständlich in seiner Aktentasche kramte, fasste er sich immer wieder an die Seite seines Körpers, wo die Leber saß, und verzog dabei vor Schmerzen sein Gesicht. Ich kombinierte, dass sich von dort aus die gelbe Farbe über seinen Körper ausbreitete. Sofort machte ich die Vorsorgeuntersuchung des kleinen Mannes und drückte ein paarmal kräftig gegen den eigenen Sauflappen, aber ich spürte nichts. Bei bester Gesundheit bestellte ich noch ein Großes und ein Kleines, während Rott dann endlich seinen gelben Aktenordner fand und ihn auf den Tisch legte, dorthin, wo eigentlich der Strudel stehen sollte. Unter dem Tisch hielt er weiter seine Wurstsemmel, entsprechend eisig war die Stimmung. Die Szene erinnerte mich mehr an den Obersten Sowjet, wenn sich die Jungs zum Frühstück trafen, als an *Uns bleibt immer noch Paris!* mit Bogey und Ingrid.

Was die beiden dann genau miteinander besprachen, war schwer zu verstehen. Zwar hörte ich immer wieder Satzfetzen, die sich um „Klage", „Gesundheit ruiniert" und „Ich will sie fertigmachen!" drehten. Aber ich wurde nicht recht schlau daraus, denn immer wieder wackelte Frl. Christa mit ihrem Fettarsch durchs Bild und raubte mir die Sicht, und das Knirschen ihrer Gesundheitsschuhe im Kies killte den Ton. Ich schätzte mal, dass die Hälfte aller Apfelstrudel in ihre eigenen fetten Hüften wanderte.

Aber das war natürlich nur eine Schätzung.

***

Hildchen hatte Rotts gelben Ordner dann einfach zugemacht und war ohne sich zu verabschieden und ohne zu zahlen gegangen. Ich notierte „Entwarnung" und folgte ihr nicht, warum auch? Falls die beiden es miteinander trieben, dann wusste ich nicht, wie. Dem Rott tat der Arsch weh, und sie mochte seine Wurst nicht. Da lief also nichts zwischen den beiden, das war die gute Nachricht. Die schlechte Nachricht war: Herschel würde trotzdem keine Freude haben, wenn ich ihm erzählte, dass sich sein Hildchen ausgerechnet mit Rott, dem braunen Arschloch, traf. Da war ja die Geschichte mit dem Holocaust, den er überlebt hatte, und den braunen Arschlöchern, die ihm das Überleben so schwer gemacht hatten. Wenn ich ihm von einem heißblütigen argentinischen Tangotänzer berichten müsste, mit dem es sein Hildchen am Klo trieb, dann würde ihn das zwar treffen, aber er würde es auch rasch wieder vergessen. Aber ein braunes Arschloch? Das würde ihm endgültig den Rest geben.

Ich beschloss also, ihm nichts von Hildchens Begegnung zu erzählen. Der Fall war in meinen Augen keiner. Ich würde Herschel drei Tagessätze verrechnen und ihm sagen, dass sein Hildchen ein braves war.

Ich stieg in den Toyota und fuhr zurück in die Stadt, wo ich noch einen Auftrag zu erledigen hatte.

Nachdem Darjeeling-Silke Lemmy abserviert hatte, waren die Neureichen ins Viertel gezogen, hatten ihre Dachböden ausgebaut und Kinder in die Welt gesetzt, und eine seltsame Mode hatte sich unter ihnen breitgemacht, die Silke plötzlich zu einer heißen geschäftlichen Nummer in der Gegend werden ließ: Teetrinken!

Das Café Club Multikulti musste zusperren, weil nicht mehr genug asoziale Freaks hier lebten, die den ganzen Tag lang Bier tranken und sonst nichts taten, und Silke mietete sich dort ein, ausgerechnet neben Rotts Wurstwaren seit 1898.

Als wäre die Katze neben den Hund gezogen.

Silkes Teehaus hieß jetzt Silkes Darjeeling Teahouse, weil man hier ja neuerdings so international war. Und den Teil des Hauses, in dem ihr Laden war, hatte sie mit kunterbunten Frühlingsfarben angemalt, während daneben die Fassade von Rotts Wurstwaren seit 1898 genau seit damals in blassem Schweinsrosa gehalten war. Sobald der Frühling kam, standen vor Silkes Geschäft überall kunterbunte Frühlingsblumen herum, die Botschaften des Friedens in die Welt hinausschicken sollten, während das braune Arschloch Rott dankenswerterweise darauf verzichtete, seine Würste heraus in die Sonnen zu stellen.

Wenigstens das blieb uns erspart!

Silkes Teahouse war nun *schick*. So nannte man das, wenn plötzlich ein paar Eierköpfe mit schwarzen Brillengestellen auf der Nase in einem Laden einkauften und davon ihren Freunden erzählten, die dann auch dort einkauften. Ihr immer noch naturbelassenes graues Haar hing ihr jetzt nicht mehr offen hinunter bis zum Arsch, sondern war wie bei einer alten russischen Bäuerin als Haarkranz um ihren Kopf gebunden, was angeblich auch schick war. Das sah zwar geringfügig anders aus als früher, aber immer noch richtig scheiße.

Alles gute Gründe jedenfalls, einen weiten Bogen um diese Frau und ihren Laden zu machen. Aber jetzt kurvte ich auftragsgemäß durch das Einbahnengewirr, parkte den Überwachungstoyota in zweiter Spur und ging an ein paar schwarzen SUVs vorbei, die hier neuerdings auch überall herumstanden, die paar Schritte hinüber zu ihrem Geschäft, geduckt und schnell. Denn jeder konnte einen sehen, wenn man da reinging, und man war dann so schnell als Teetrinker verschrien!

Gleich bei der Tür schlugen mir Windhölzer gegen den Kopf, die dort von der Decke hingen und das liebliche Geklimpere asiatischer Gebete in Gang setzten, klimp, klimp, klimp. Als wäre halb Asien hierher gezogen! Oder jedenfalls der Teil, der gerne meditierte.

Es duftete. Ich ging nach vorne zur Kassa und blieb in der Rangordnung hinter einer Fettärschigen hängen, die da mit ihrem kleinen Leopold vor der Kassa wartete. Ich schob die Lady von hinten ein bisschen an und sagte: „Na, wie läuft's denn so?"

Diese fetten Mütter hatten ja oft Sehnsucht nach körperlicher Nähe, weil der Alte zuhause mit seiner schwarzen Brille auf der Nase sie wegen dem ganzen Fett, das sie nach der Geburt nicht mehr runterkriegten, nicht mehr anfasste, da waren sie empfänglich für eine charmante Ansprache.

Wir hatten aber dann gar keine Gelegenheit, uns näherzukommen, weil wir uns sofort in die Haare kriegten, als ihr quengelndes Kind mir plötzlich mit den bananenverklebten Händen an die Hose fasste. Ich sagte: „He! Flossen weg!"

Und die besorgte Mutti meinte: „Na hallo! Wie soll sich denn mein Kind entfalten können, wenn Sie es am Entdecken der Welt hindern?"

Ich sagte: „Ist nicht die Welt! Ist meine Hose!"

Der Rotzlöffel war dann plötzlich verschwunden, und ich war wieder mal echt froh, dass ich in einer oberflächlichen Beziehung mit einer extrem heißen Nutte lebte.

Endlich kam Darjeeling-Silke selbst von hinten aus dem Lager nach vorne und hatte den Stilltee dabei, den die Fette dringend brauchte, so wie Lemmy dringend seinen Blasentee brauchte. Über ihrer Kassa hing ein

Kalender mit Sprüchen, und der für heute ging so: „Jeder Tag ohne Lächeln ist ein verlorener Tag."

Silke musste aber heute schon irgendwann gelächelt haben, denn als sie mich sah, lächelte sie nicht. Und mir verging das Lachen, als sie sich zur Seite drehte und ich unter ihrem Sackkleid ein kleines, süßes Bäuchlein sah, das sie stolz ihrer Freundin zeigte, und – heilige Scheiße! – jetzt ging es aber richtig los: „Nun sag mal, Silke, wann ist es denn bei dir so weit?"

„Ach! Der Termin ist erst um Weihnachten herum ..."

„Nein! Dann wird es ein Christkind?!"

„Jaaa! Aber es kann bei mir natürlich auch schon viel früher so weit sein, weil es ja eine Risikoschwangerschaft ist und der Doktor gesagt hat, dass ..."

„Ja, ja, natürlich, natürlich! Meine Güte, ich freu' mich ja soooooo für dich, ich freu' mich ja sooooo! Und wie geht es ihm damit, wie hat er es aufgenommen?"

Ich tippte mal, dass der „er" ihr Stecher war, der das Schlamassel in Silkes Bauch letztlich angerichtet hatte. Der freute sich jedenfalls auch soooo, denn Silke sagte: „Der freut sich ja auch sooo!"

Man fühlt sich als Mann selten überflüssiger, als wenn zwei Mutterkühe beisammen stehen und über die wachsende Frucht in ihrem immer fetter werdenden Leib reden. Aber man macht sich erst recht keine Vorstellung davon, was es für einen Mann bedeutet, so ein Gespräch wegen einer Packung Blasentee unterbrechen zu müssen. Nichts kommt einem schwerer über die Lippen, als in so einer Situation „Ähem, bitte eine Packung Blasentee!" zu sagen. Beide schauten mich sofort an, als würde ich schon wieder Windeln tragen, und Silke fragte sofort mit einem Schuss Häme: „Ist er für deinen Freund?"

„Äh, ja."

Dann lachten sie, als gäbe es nichts Witzigeres als einen Mann mit einer schwachen Blase.

Plötzlich stand aber der Leopold, der ja kurz verschwunden war, wieder bei meiner Hose, und jetzt lachte ich. Dem Leopold hing nämlich ein Wurstrad aus dem sabbernden Mund heraus, und ein weiteres schob er sich gerade hinein. Er musste unbeaufsichtigt ins Feindesland hinüber zu Rotts Wurstwaren geraten sein und hatte sich dort ein Leckerli geholt. Jetzt war er natürlich gut gelaunt und glücklich, und das vermutlich das erste Mal in seinem Leben. Endlich mal nicht an den Sacktitten von der Müsli-Mama nuckeln müssen, sondern die nahrhafte Extrawurst vom Schwein zwischen den zwei Beißerchen haben.

Ich nahm meinen Blasentee und verzichtete großzügig auf das Wechselgeld. Mein Tag war gerettet, der Leopold war mein Held. Bei der Tür stellte ich der Spinatwachtel noch einen Ordentlichen hinein, und dann nichts wie raus hier.

Wenn ich mich noch länger in diesem Laden aufgehalten hätte, dann wäre mir vielleicht selbst die Milch eingeschossen.

***

Was ich immer sage: Von allen guten Gründen, nicht Vegetarier zu werden, sind vegetarische Mütter die überzeugendsten!

Als ich von meinem Tageswerk nach Hause kam, fand ich Lemmy unten in seinem Keller nachdenklich über die *Gosse* gebeugt, mit einem Stift in der Hand, an dem er kaute.

Ich fragte: „Was machst du?“

Er sagte: „Kreuzworträtsel!“

Ich fragte: „Erfinden oder lösen?“

So angestrengt, wie er dreinschaute, musste die Frage erlaubt sein.

Dem Wal ging es gut, wie er mir dann glaubhaft versicherte. Er übergoß ihn weiterhin regelmäßig mit Wasser und hatte ihn fünfmal gewendet. Aufgewacht war er davon aber bisher nicht.

„Was mach' ich nur mit ihr?“, fragte er mich verzweifelt.

„Ganz ehrlich, Lemmy, ich habe keine Ahnung.“

Irgendwie war ich ja ganz froh, dass ich tief in mir drinnen sagen konnte: Ist echt nicht mein Problem, Kumpel!

Ich gab ihm den Tee und wollte nun endlich wissen, wofür er das Zeug brauchte, wegen dem ich regelmäßig Kopf und Kragen riskierte. Er deutete auf den Tisch, auf dem er gerade seine letzte Ernte ausgebreitete hatte. Daneben stand die Apothekerwaage, mit der er das Gras portionierte. Und dann lag da noch ein altes Säckchen Blasentee auf dem Tisch. Aus diesem holte er die letzten Krümelchen heraus und legte sie zu seiner Ernte dazu. Man sah da irgendwie keinen Unterschied zu seinem Gras, Farbe und Form waren nahezu identisch. Dann schaute er mich an und mischte alles ordentlich durcheinander, er schaufelte sich ein paar Gramm in die Handfläche und zeigte es mir. Ich kombinierte messerscharf: „Du streckst dein Gras mit dem Blasentee von Darjeeling-Silke?“

„Jop!“

Als Lemmy mir damals anbot, bei ihm zu wohnen, räumte er einfach eine Hochparterre-Wohnung frei, in der ein paar verlauste Studenten hausten, und sagte „Eigenbedarf".

Ich fragte ihn: „Scheiße, Lemmy! Ist das vielleicht deine Wohnung?"

Aber er sagte nur: „Es ist mein Haus. Mi casa es tu casa!"

Seither wohnte ich bei Lemmy. Es war nicht gerade das Taj Mahal, das er mir hierhergebaut hatte, aber aus einer Hure ließ sich nun mal schwer eine Heilige machen. Das ganze Haus war eine Schande, die Leitungen leckten vor sich hin, der Putz bröckelte, und im Stiegenhaus war es Tag und Nacht finster. Das gefiel vor allem den Mäusen und Pennern, die hier gerne unter die mitgebrachte Decke schlüpften. Ein Baugerüst hätte das Haus vielleicht noch ein paar Jährchen zusammengehalten, aber ohne Baugerüst war klar, dass es irgendwann auseinanderfallen würde. Der wesentliche Vorteil meiner Bude bestand also darin, dass es nicht hereinregnete. Und die Fenster waren zwar nicht dicht, aber schmutzig genug, um darauf mit dem Finger mein Firmenschild in den Dreck zu malen:

SUPERSCHNÜFFLER ROCK ROCKENSCHAUB
LÖST AUF ALLE FÄLLE ALLE FÄLLE
0-24 UHR

***

Ich war jeden Morgen schwer erledigt, seit ich in Klein-Anatolien wohnte, spätestens ab drei Uhr früh war an den gesunden Schlaf nicht mehr zu denken. Ab dann schnaubte der Muezzin in Istanbul seine ersten Gebete aus den ersten offenen Fenstern der Umgebung, tausende kleine Satellitenschüsseln brachten Muezzin-TV in jede noch so kleine Türkenwohnung, und der warme Sommerwind trug seinen Singsang an mein Ohr. Die haben hier einfach alle keinen Genierer, sich wie zuhause zu fühlen!

Noch bevor über der ungarischen Puszta der Himmel klarte, breitete Marktkönig Abdullah, verlässlich der Erste in den Schuhen, vor meinem Fenster den Teppich aus und warf sich der Länge nach hin, er lieferte den Live-Ton zur Übertragung aus der Moschee, und zwar so laut, dass er dabei die Vögel weckte. Das war der Startschuss für all die anderen, es ihm gleichzutun. Was früher der Hahn erledigte, das erledigte heute Abdullah.

Nach Gebetsschluss legte er sich nicht etwa noch mal auf ein Mützchen neben die Mutti unter die Decke. Er rollte den Teppich zusammen und begann, das Gestänge seines Marktstandes auf den Gehsteig vor meinem Fenster zu werfen, aus seinem Kellerloch herauf, das gleich neben Lemmys Quattro Stazzione lag. Kaum donnerte die erste Stange auf den Asphalt, ging in vielen anderen kleinen Kellerlöchern die Holztür auf, und wie von Zauberhand geschossen flogen immer mehr Stangen herauf auf den Asphalt. Wenn dann endlich der ganze Haufen heroben auf der Straße lag, genehmigte sich Abdullah ein kurzes Päuschen. Er brühte Tee und versammelte die ganzen Heinzelmännchen um sich herum, und zwar vor meinem Fenster. Was sie beim Teetrinken besprachen, konnte ich nicht verstehen. Nicht, weil sie flüsterten, sondern weil sie in einer Geheimsprache redeten. Nach der Pause schlugen sie die Gestänge mit dem Hammer ineinander, und wenn so ein Stand dann aufgebaut war, hatte jede Stange geschätzte hundert Mal gescheppert.

Der Stand war dann aber noch leer und schaute nach nichts aus. Er musste mit den Früchten der Erde und den Textilien aus den Werkstätten Bangladeschs gefüllt werden, dazu kamen Hühnerbeinchen, Fische und Schafskäse. Also fuhren andere Türken mit ihren alten VW-Bussen oder knarrenden Scootern vor und luden das Zeug ab, das heute verkauft werden musste. Dann knatterten sie wieder weg.

Die, die blieben, fingen keine Minute zu früh an, ihre Ware anzupreisen. Als wäre es jeden Tag die größte Überraschung, dass es „Heute Tomaaaaaaaaaaten! Frische Tomaaaaaaten!“ gab. Das war vermutlich der Startschuss für noch mehr Türken, die dann auf anderen Scootern die ganzen gefrorenen Kebab-Ziegeln lieferten. Der Fleischkonsum hier in der Gegend hatte sich deutlich in Richtung Hammel verlagert, das Schwein war am Rückzug.

Irgendwann war ich dann von dem ganzen Lärm so gerädert, dass ich doch noch wegkippte, bis mich um sieben Uhr verlässlich das Klingelingeling von Darjeeling-Silkes Elektrofahrrad weckte.

Schlief ich dann noch mal ein, war es um zehn Uhr Lemmy unten im Quattro Stazzione, der mich endgültig aus den Federn holte, weil er immer pünktlich zu Geschäftsbeginn *I got a friend in Jesus!* spielte, weiß der Teufel, was er damit bezweckte. Vielleicht wollte er den ganzen Abdullahs ein Statement um die Ohren schleudern und die christlichen Werte des Abendlandes verteidigen. Ich schätzte mal, eher nicht, aber nach seinem jahrzehntelangen Drogenabusus konnte ich es auch nicht ganz ausschließen.

Manchmal fragte ich mich also, ob mein Entschluss, hier in Klein-Anatolien um Asyl anzusuchen, richtig gewesen war. Aber dann sagte ich mir wieder, dass sich auf der Kärntner Straße in der City im Wesentlichen das Gleiche abspielte, nur auf einem sogenannten höheren Niveau. Dort fuhren in der Nacht Kleinbusse gegen die Auslagen von Juwelieren, um sie auszurauben, und den ganzen Abend lang schmetterten blinde Slowenen irgendwelche Arien.

Also hatte ich es im Vergleich dazu wahrscheinlich gar nicht so schlecht erwischt.

***

Heute aber war nach dem „Tomaaaaaten, frische Tomaaaaten!“ der Abdullahs nichts mehr passiert. Auf meinen ausdrücklichen Wunsch hin hatte mir Lemmy gestern den Gute-Nacht-Jolly ohne Darjeeling-Silkes Blasentee als Beigabe gebaut, und der musste mich in so schwere Decken gehüllt haben, dass ich in der Früh nicht einmal das Klingelingeling von Darjeeling-Silkes Elektrofahrrad hörte.

Wie von Ferne drang nun das Läuten des Telefons an mein Ohr, ich drückte auf Grün und sagte: „Superschnüffler Rock Rockenschaub löst auf alle Fälle alle Fälle, was kann ich für Sie tun?“

„Ich bin’s, Guttmann!“

Es war Guttmann, der Bulle, und er klang selbst nicht besonders ausgeschlafen. Er sagte: „Schaust du denn kein Frühstücksfernsehen?“

Ich sagte: „Ich bin mehr der Nachmittagsfernseh-Junkie.“

„Und wie sieht’s bei dir mit der Morgenlektüre aus?“

„Ich lese, was am Klo herumliegt, und auch da nur die Kleinanzeigen.“

„Dann vergiss mal Dorota und ihre polnischen Glocken! Beweg deinen Arsch vor die Tür und hol eine frische *Gosse* herein, falls die dort bei dir auch gratis herumliegt."

„In Stapeln!

Ich wackelte wie ein alter Hund zur Tür und stieß sie mit dem Arsch auf. Draußen auf dem Abstreifer lag das Blättchen. Normalerweise schob ich es mit den Füßen zur Seite, dorthin, wo der Hund vom Nachbarn seine Geschäfte machte. Heute hob ich es auf, und tatsächlich, da stand es grün auf weiß:

Rapid mit vier Punkten Vorsprung Meister!

Ich war begeistert, aber die Frage musste erlaubt sein: „Deswegen rufst du mich an?"

Er zwang sich zur Ruhe und sagte: „Weißt du denn noch immer nicht, dass man eine Zeitung von vorne nach hinten liest?"

Ich fragte: „So wie die Japaner?"

Das sollte ein kleiner Witz sein, um dem Gespräch ein wenig die Spannung zu nehmen. Tief drinnen war Gutti nämlich schwer gereizt und drohte zu explodieren, ich spürte es genau. Und als ich das Blättchen umdrehte, wusste ich auch, warum. Da stand es blutrot auf unschuldsweiß, sogar mit Trauerrand:

Skandal! Türke schlägt Wursthändler Rott tot!

Zeitungen wurden heute von irgendwelchen Schulabbrechern gemacht, die schnell viel Geld verdienen wollten. Schreiben musste man dort nicht mehr können, es genügte die reine Niedertracht. Da war also noch viel Luft nach oben, wenn man sich diese Schlagzeile anschaute. Ich fragte Guttmann: „Meinen die Rott, das braune Arschloch?"

„Genau den."

Ich sagte: „Aber das ist doch großartig!"

Meine Begeisterung war nicht gespielt.

Seit der letzten Wahl hatte Guttmann eine neue Vorgesetzte im Ministerium, neben der ein nordkoreanisches Kriegsschiff mit ausgefahrenen Bordkanonen freundlich und charmant wirkte. Die Schreckschraube hatte sich sofort mit dem Boulevard vermählt und ging seither zusammen mit der *Gosse* auf die Jagd nach Ausländern insgesamt und nach Scheinasylanten im Besonderen. Drängendere Aufgaben wie „korrupte Finanzminister an den Eiern aufhängen" lagen ihr nicht so am Herzen. Während der Staat nach innen hin verfaulte, schossen die sich immer nur auf die Türken ein. Die Bullerei umgekehrt kriegte immer weniger Geld, was zwar Lemmy zum Beispiel nicht störte, aber Guttmann schon, seit er sich auch schon mal das Klopapier von zuhause mit in die Arbeit nehmen musste, weil sie im Büro einfach wochenlang keines hatten. Er war jetzt 52 Jahre alt und sollte noch mindestens acht Jahre Dienst schieben, bevor er die Füße ausstrecken durfte. Von diesen acht Jahren würde er zwar mindestens die Hälfte im Krankenstand verbringen, aber die andere Hälfte halt ohne Klopapier.

So einem Menschen konnte ich meine Hilfe nicht verwehren.

Ich verzichtete auf die kalte Dusche, verschob die sorgfältige Mundhygiene auf morgen und spülte den klebrigen Mund mit einem vollen Becher Eau de Wacholder. Das Eau spuckte ich wieder aus, den Erdäpfelsaft aber, den ich dann in den Becher leerte, trank ich.

Wie so oft machte mich der erste Schluck des Tages zuerst euphorisch, dann nachdenklich. Zuerst dachte ich: Kaum laufe ich diesem Rott über den Weg, ist er schon tot, super Sache eigentlich! Vielleicht war es gestern ja meine bloße Anwesenheit, die ihn später sterben ließ, mein schlechtes Karma oder wie man das nannte. Wenn das der Fall war, dann hatte ich vielleicht doch noch eine glorreiche Zukunft vor mir und konnte eine Menge Schotter damit verdienen. Das machte mich euphorisch.

Als ich mir aber die Weißwäsche anzog, rief irgendetwas in mir plötzlich „Alarm!“, und ein paar düstere Gedanken zogen in meinem Oberstübchen auf: Seit ein paar Wochen war es still um Rott geworden. Wie es hieß, hatte er sich eine Fleischvergiftung eingefangen, als er an einer Döner-Bude vorbeigegangen war, von dort aus sollen die bösen türkischen Viren auf ihn übergesprungen sein und ihn vergiftet haben. Das konnte man der *Gosse* glauben oder auch nicht. Ich war da eher skeptisch.

Aber dann tauchte er gestern ausgerechnet mit Hildchen zusammen wieder auf, gerade als ich sie überwachte. Warum? Hatte sie etwas damit zu tun? Guttmann würde mir sicher die eine oder andere Frage dazu stellen wollen, und am Ende kam er noch auf die verrückte Idee, dass Herschel diesem Rott als Türke verkleidet das Licht ausgeblasen hatte, aus Gründen der Eifersucht. Bullen kamen ja oft auf die verrücktesten Ideen!

Nun war ich von Aussehen und Wesen her natürlich kein Türke: Mir fehlten die buschigen Augenbrauen, und ich mochte keinen Hammel; ich aß keine Sonnenblumenkerne und spuckte die Schalen nicht kiloweise auf die Straße. Aber auf meine Art war ich dann doch heimatverbunden, ich wohnte nun einmal hier in Klein-Anatolien, und die vielen lustigen Jogginghosenträger waren mir irgendwie ans Herz gewachsen. Kurz: Ich war jetzt sogar ein wenig stolz, dass einer von „uns“ Rott, das braune Arschloch, zusammengefaltet und ins Jenseits befördert haben sollte.

Als ich auf die Straße trat, fiel mir sofort auf, dass die Schnauzbartträger heute alle ganz fröhlich waren, sie hielten die *Gosse* hoch und schrien „Türkiye!“, und aus ihren Fenstern hingen türkische Flaggen. Man konnte es mit seiner Freude auch übertreiben, natürlich. Aber Rott, das braune Arschloch, hatte auch nicht nur nett über sie geredet.

Und es widerstrebte mir, wie die *Gosse* seit Wochen und Monaten die paar kleinen Probleme unseres Viertels behandelte und dabei immer gegen die Türken und für Rott, das braune Arschloch, Stimmung machte.

Na gut, es gab da diese Überfälle von Türken auf einheimische Kleinstunternehmer wie den Trafikanten Danner, die in letzter Zeit die *Gosse* und ihren Hofdichter beschäftigten:

Türkenbanden, Türkengangs
nehmen sich die Freiheit
zu rauben und zu stehlen
das nennen sie dann Arbeit.

Für mich waren diese Überfälle aber nichts weiter als die logische Folge einer verfehlten Wirtschaftspolitik, und ich schlug mich routinemäßig auf die Seite der Bedürftigen. Jeder musste schließlich schauen, wie er ein wenig Brot zwischen die Beißerchen kriegte. Und ich fand, dass von allen Möglichkeiten, sich was dazuzuverdienen, Arbeit die schlechteste war.

***

Bevor ich gleich bei Gutti andocken musste, wollte ich mir noch einen kurzen Überblick über die hiesige Zeitungslandschaft abseits der *Gosse* verschaffen.

Ich parkte den Toyota vor Danners Tabak-Trafik. Sie lag am äußersten südlichen Rand des Yppenplatzes und war in einer Art Holzkiste untergebracht, die ca. zwei mal zwei Meter maß, auf vier Stützen befestigt war und zu der eine Holztreppe hinaufführte.

Danner war vor einem geschätzten halben Jahr der Erste gewesen, der hier in der Gegend „von einem Türken" überfallen worden war, und es folgten noch vier weitere Überfälle auf ihn. Die *Gosse* hatte seit ihrem Erscheinen ungefähr zur selben Zeit all diese Überfälle ausführlich behandelt, wochenlang verging kein Tag, an dem in dem Käseblatt nicht etwas über Danner zu lesen war:

TRAFIKANT ÜBERFALLEN – ES WAR EIN TÜRKE! (März)

TRAFIKANT – SCHON WIEDER VON EINEM TÜRKEN ÜBERFALLEN! (April)

DANNER – DIESES WAR DER DRITTE (TÜRKEN-)STREICH! (Mai)

Ein paar knackige Wortspenden gegen das zugezogene Hirtenvolk waren von Danner jederzeit zu kriegen. Die jeweiligen türkischen Übeltäter hatten sich nämlich den einzigen ausgewiesenen Rechtsextremisten in der Gegend ausgesucht, der seine Anschauung so selbstbewusst vor sich hertrug wie seine zwei netten Hängebrüstchen und die ordentliche Plautze, die er nur notdürftig unter seinem kampfgrünen Unterhemd verdeckte; fünfzig Kilo weniger auf den Rippen, und er hätte etwas mehr Platz gehabt in seiner Bude. Seine Haut war dort, wo sie nicht mit Blut und Ehre tätowiert war, in extremstem Weiß gehalten, die Haare trug er streng auf Glatze getrimmt, alles ganz vorschriftsmäßig. Schon seine einnehmende Erscheinung wäre eine Erwähnung im Lonely-Planet-Reiseführer wert gewesen.

Interessanter Typ, dachte ich immer wieder, wenn ich bei ihm einkaufte und mir seine Tiraden um die Ohren flogen. Ein bisschen schwierig, ein bisschen paranoid, aber insgesamt eine recht ordentliche Schnittmenge dessen, was den kleinen Mann in unserem schönen Land ausmachte. Darum ging ich da freiwillig nicht so gerne hin, aber Lemmy brauchte nun mal seine langen Papers, und das Monopol für Drogenzubehör aller Art lag oft genug in der Hand rechtsextremer Spinner, nicht nur in Mittelamerika.

Gerade, als Danner als Opfer für die *Gosse* nicht mehr viel herzugeben schien, stürmte vor ein paar Wochen ein weiterer Türke zu ihm hinein, schrie „Geld!" und schoss ihm dankenswerterweise die Eier weg. So jedenfalls schilderte Danner es damals dem Reporter der *Gosse*, und der hatte wieder ein paar schöne Schlagzeilen:

DANNER – VON TÜRKEN ENTMANNT!

DANNER – MEIN LEBEN OHNE HODEN!

So hatte er es zu einer kleinen regionalen Berühmtheit gebracht und war eine feste Größe am *Gossen*-Himmel geworden.

Als ich bei Danner eintrat, sprang mich ein furchtbares Raubtier namens Schweißgeruch an. Es hatte annähernd vierzig Grad da drinnen, aber die Tür war zu, und Ventilator oder Klimaanlage lehnte der Vollnazi aus irgendeinem Grund ab.

Damit es auch richtig kuschelig wurde, hatte er noch die Crème des Viertels um sich versammelt. Teiggesichtige Sozialhilfeempfänger, die in ihren Military-Hosen allesamt keinen Wert darauf legten, sich zu waschen oder sich für die Mädchen in der Szene irgendwie schick herzurichten, scharten sich um ein Exemplar der heutigen

Gosse und besprachen, was zu besprechen war: ob der Scheiß-Türke, der Rott erledigt hatte, der gleiche war, der auch Danner die Eier weggeschossen hatte.

Aber Danner wirkte irgendwie beleidigt, so, als könne er nicht verkraften, dass ihm der Wursthändler Rott den Platz auf der Titelseite der *Gosse* weggenommen hatte. Einem von seinen Kumpels fiel das auch auf, er versuchte ihn zu trösten, indem er Rott schlechtmachte: „Dieser Scheiß-Rott ist ja sowieso nicht hart genug aufgetreten, wenn du mich fragst. Wenn ich hier was zu sagen habe, dann sind die hier nämlich *alle* weg: die Scheiß-Türken und die Scheiß-Afghanen, und die Scheiß-Teeverkäuferin von da drüben auch. Und überhaupt alle Scheiß-Typen ..."

„Und die Scheiß-Haschischfreaks auch ...", sagte Danner ruhig.

Das galt wohl mir, denn als er das sagte, hatte er mich im Gedränge gerade entdeckt, und plötzlich schauten mich auch die ganzen anderen Irren mit Verachtung an. Die von der Bierdosen-Abteilung mochten uns gemütliche Konsumenten weicher Drogen nämlich nicht besonders. Also wartete ich gelassen darauf, dass sich einer von denen vor mir aufbauen und mich hinauswerfen wollte und ich mich dagegen stemmen konnte. So eine kleine Rauferei zum Aufwärmen konnte mir am Beginn des Tages nur guttun, ich fühlte mich ohnehin ein wenig steif und unausgeschlafen in letzter Zeit. Aber als die Jungs ihre Schlagringe auspacken wollten, sagte der Boss plötzlich: „Geht ihr jetzt mal hinüber zum Lidl und holt mir ein paar Dosen Bier, ich hab' Durst!"

„Und er?"

„Er bleibt!"

Ich empfand das nicht als besondere Ehre, im Gegenteil. Vielleicht war es ja deshalb, weil ich ihm als Einziger Geld in die Kassen spülen würde, während die anderen immer nur mit ihm reden wollten. Tief drinnen wirkte Danner müde, wie ein alternder Filmstar, der es irgendwann satt hatte, die immer gleichen Schnurren zu erzählen – „Dann kam der Türke herein ... Dann sagte er ‚Hände hoch!' ... Dann sagte er ‚Geld her!' ... Dann machte es bumm ... Dann diese Schmerzen ..."

Als die Jungs endlich hinausgestolpert waren, bestellte ich „Einmal alle heimischen Zeitungen, für die man bezahlen muss. Und dann noch die Rizla Abadie Papers, aber die langen, bitte."

Er sagte: „Natürlich die langen, du Scheiß-Freak!"

Dabei schaute er mich so komisch an, als wäre er Gehirnchirurg und könnte in meinen Kopf hineinschauen, und zwar in die Abteilung, wo die Geheimnisse wohnten. Ich legte einen Schein auf den Tresen, aber Danner ließ ihn liegen. Stattdessen fuhr er sich über den kahlen Schädel, ganz so wie Marlon Brando, als er diesen Irren im Dschungel spielte, und dann seufzte er: „Ich hab' alles darüber gelesen."

Ich fragte: „Worüber?"

„Über das Zeug, das dein Freund da drüben verkauft."

Ich sagte: „Über Langspielplatten?"

Sofort kam er wieder auf Touren und schrie mich an: „Ich weiß genau, was der da drüben verkauft, ich weiß es ganz genau!"

Wenn man mal einen Fußball in die Eier gekriegt hat oder einen schweren Tritt von der Verflossenen, dann kann man sich vielleicht ungefähr vorstellen, wie weh es tut, wenn einem die Eier weggeschossen werden. Um es mir zu verdeutlichen, legte mir Danner jetzt einen Packen Tabletten auf den Tresen und zeigte darauf. Die Botschaft war klar: Obwohl er gar keine Eier mehr hatte, musste er kiloweise Schmerzmittel fressen, um sich halbwegs durch den Tag zu schleppen, das machte sein Gesicht fahl und seinen Charakter unleidlich. Schließlich schob er sie wieder weg und sagte:

„Dieses verdammte Haschisch ... es soll die Schmerzen lindern, stimmt das?"

Ich hatte ehrlich gesagt nie Schmerzen, wenn ich was von Lemmy rauchte. Andererseits hatte ich vielleicht genau deshalb keine Schmerzen, weil ich es ständig rauchte. Ich hatte also echt keine Ahnung, wovon er redete, aber ich sagte: „Ja, das stimmt. Wieso fragst du?"

Er fragte: „Kannst du mir was besorgen?"

Plötzlich befand ich mich mitten im schönsten Drogen-Anbahnungsgespräch mit einem verdammten Rechtsextremisten. Ich wollte das nicht, aber Lemmy hatte genug zu tun, nicht völlig vom Markt zu verschwinden, weil die ganzen Neureichen alle nur noch Meth rauchten und Speed fraßen, um den ganzen Stress in ihrem Leben zu schaffen. Er war also für jeden neuen Kunden dankbar, notfalls auch für einen Glatzkopf, der den Bundesadler auf seine Schulter tätowiert hatte. Bevor ich den Spinner aber in die Kundenkartei aufnehmen konnte, musste ich ihn noch über das Kleingedruckte im Vertrag aufklären:

„Haschischrauchen ist aber gegen das Gesetz, das weißt du schon, nicht wahr?"

„Ja!"

„Und bist du nicht sehr stark für die Einhaltung der Gesetze?"

„Doch, verdammt noch mal, das bin ich! Aber du hast keine Ahnung, wie sich das anfühlt, wenn einem so ein Scheiß-Türke die Eier wegschießt!"

Immer, wenn ich in letzter Zeit Lemmy seine Papers brachte, war die beliebte Frage, wie sich das wohl anfühlte und was letztlich besser wäre: mit Eiern tot sein oder ohne Eier leben müssen. Jetzt hatte ich unerwartet die Möglichkeit, endlich eine Antwort aus befugtem Mund darauf zu bekommen, also fragte ich interessehalber: „Wie fühlt es sich denn an?"

Das war aber die falsche Frage. Denn Danner fuhr plötzlich an seinem Möbel vorbei die Pranke aus, packte mich am Sack und brachte dort die Eisenzange an. Ich wollte schreien, aber es ging irgendwie nicht, weil mir die Luft dazu fehlte. In meinem Rückgrat steckte auf einmal ein brennender Pfeil, und in meinem Unterbauch zündete eine Bombe. Irgendwann nach gefühlten dreißig Jahren Schmerz hatte ich dann den Eindruck, dass er jetzt vielleicht loslassen würde, aber da läutete nur sein Telefon, und er hob ab: „Deutsches Fernsehen? Ja, natürlich! Wann? Morgen während der Mittagspause, kurz nach zwölf Uhr? Natürlich! Was? Es wäre schön, wenn ich Zeit für Sie exklusiv hätte? Hören Sie, deutscher Freund! Wir werden natürlich ungestört sein, es sei denn, es kommt gerade ein Türke herein, den ich abknallen muss, ist das okay?"

Danner griff nach seiner Schrotflinte, die er mittlerweile unter seiner Anrichte lagerte, und zwinkerte mir neckisch zu, während er die Schrauben noch einmal anzog. Ich hatte mich mittlerweile angekotzt, also fragte er mich mitleidig: „Weißt du jetzt, wie es sich anfühlt?"

Ich nickte schwach, während er sich in aller Seelenruhe die Stadtzeitung *Schmetterling* auf der Anrichte zurechtlegte und darin nach einem Artikel suchte, der mit DIE HEILENDE WIRKUNG VON HASCHISCH überschrieben war.

Genau der richtige Moment für eine lauschige Lesestunde!

Wie ein verdammter Analphabet baute er die Wörter Buchstabe für Buchstabe zusammen, sodass alles noch länger dauerte, und als er endlich mit Vorlesen fertig war, las er sogar noch den Namen des Verfassers vor, der geschätzte fünfzig Buchstaben hatte. Dann fragte er: „Was sagst du jetzt?"

Ich sagte: „Willst du geliefert, oder kommst du gelegentlich bei uns vorbei?"

„Geliefert!"

„Aber das geht dann nur gegen Vorauskassa."

Der Irre lockerte die Zwinge und schob mir den Hunderter wieder herüber, den ich ihm für die Zeitungen hingelegt hatte: „Hier!"

Ich steckte ihn ein und sagte: „Und jetzt bitte die Zeitungen. Und die Papers."

Er fragt: „Die langen?"

Lächelnd gab er sie mir.

Wie ein alter Hausmeister, dem die frechen Buben gerade den Ball in die Eier geschossen hatten, schlich ich hinaus aus seinem Geschäft, gebeugt und um Jahre gealtert.

Sollte sich Lemmy seine Scheiß-Papers in Zukunft doch selber kaufen!

Im Toyota rauchte ich dann einen schnellen Ofen, um den endgültigen Beweis dafür anzutreten, dass dieser verdammte Schreiberling recht hatte mit dem, was er in seinem *Schmetterling* über die schmerzstillende Wirkung von Haschisch verbreitete.

Als hätte das nicht längst jeder gewusst!

Ich entspannte mich wieder, und auf der Fahrt zu Guttmann nutzte ich dann die rote Welle, um die ganzen großformatigen Quälgeister mit ihren vielen Buchstaben durchzuackern, bei jeder Ampel einen. Die wussten zwar auch alle, dass Rott tot war, aber eben nur: gestorben.

ROTT TOT AUFGEFUNDEN! (*Der Bürger*)

FERDINAND ROTT VERSTARB GESTERN ABEND UNTER NOCH UNGEKLÄRTEN UMSTÄNDEN AM PARKPLATZ DER AUSSICHTSTERRASSE WALDBLICK! (*Die Neue*)

RECHTSPOPULIST TOT AUFGEFUNDEN! (*Die Nachrichten*)

Die *Standarte* meinte: TOD EINES MENSCHEN AM RANDE!

Und auch die gute alte *Posse* hatte in diesem Fall das Nachsehen: WURSTHÄNDLER ROTT AUF KLINIKPARKPLATZ TOT AUFGEFUNDEN – VON AUTO ÜBERFAHREN!

Ich dachte: Aha, von Auto überfahren. Wieso das denn?

Nur die *Gosse* gab vor zu wissen, dass Rott von einem Türken hingestreckt wurde, und sie hatte auch das entsprechende Bildmaterial dazu, das ihrer Schlagzeile einen Hauch Glaubwürdigkeit verlieh.

Das kam mir dann doch alles ein bisschen komisch vor.

***

Nachdem ich angefangen hatte zu überwachen, kamen immer mehr Freunde von Willi aus ihren Löchern gekrochen, die allesamt eine Sorge umtrieb: Was macht meine Alte, wenn ich nicht bei ihr zuhause bin?

Irgendwann hatte ich dann die wirklich scharf aussehende Mieze eines wirklich sehr engen Freundes von Willi zu überwachen, ein blondes Teufelchen, wie es leckerer nicht sein konnte. Der Freund von Willi hatte gehofft, dass es bei ihm so ähnlich ausgehen würde wie bei Willi selbst – das Frauchen zuhause auf der Couch, die Finger im Gin-Glas und alle paar Minuten ein tiefer, gelangweilter Seufzer, während sie geduldig auf die Rückkehr des Gatten wartete.

Aber er hatte durchaus eine Ahnung, dass es nicht so sein würde.

Eine klassische Eifersuchtssache also, die auf den plötzlichen, gewaltsamen Tod der Gattin hinauslaufen musste, und ehe ich michs versah, war es auch schon passiert. Eine Kugel hatte ihr hübsches Köpfchen ganz schön durcheinandergebracht.

Mir hing der Arsch in der Hose, weil ich nicht wusste, ob Willis Freund nun mich im Verdacht haben würde oder nicht, denn dieser Lady war ich sehr viel näher gekommen, als es Willis Freund lieb sein konnte.

Aber dann fand man plötzlich so einen Nachwuchsspinner draußen im Garten seiner Villa, mit einer Schaufel in der gespaltenen Stirn, was wirklich nicht gut aussah. Herzchen hatte Willis Freund also gleich mehrgleisig betrogen, und noch bevor ich ihm irgendwelche Hinweise auf die Fehltritte seiner Gattin liefern konnte (exklusive derer, in denen ich vorkam), war er ihr selbst auf die Schliche gekommen und hatte sie einfach umgelegt. Und einen ihrer Lover gleich mit dazu.

Herzchen war nämlich nicht geboren zum Heimchen, und daran würde er nichts ändern können, nicht mit teurem Schmuck und nicht mit harten Fäusten. Also war ihm nur noch wichtig, dass sie ihn nicht mehr betrog. Wäre er mal zufällig nach Hause gekommen, als ich sie zwischen ihren Schenkeln liegend überwacht hatte, dann wäre wohl ich in seinem Garten gelegen.

Am Tatort ließ er sich dann widerstandslos festnehmen, und zwar von einem Kerl, den ich vom Sehen aus Willi's Swedish Pornhouse kannte, wo er immer in der letzten Reihe Mitte saß und dort über zwei Sitze seine 150 Kilo Lebendgewicht ausbreitete, während er sich *Mutti hat dich lieb!, Mutti gibt die Brust!* oder *Mutti macht Männchen!* anschaute.

Unser erstes Zusammentreffen an ungewohntem Ort war zunächst natürlich peinlich, und zwar für Guttmann. Aber ich konnte ihm berichten, worum es bei der Mordsache ging, und so hatte er nach Jahren wieder mal ein Erfolgserlebnis und konnte den Fall ratzfatz lösen.

Später dann nahm er mich im Kino mal zur Seite und sagte: „Ich bin also Guttmann, der Bulle."

„Und ich bin Rock Rockenschaub, der Superschnüffler."

Es folgten ein warmer Handshake und in der Folge ewige Männerfreundschaft.

Ich parkte den Toyota vorschriftswidrig, aber rasant vor Guttis Zentrale ein. Danach brummte mein Schädel insgesamt noch stärker als vorher, denn ich hatte den Hydranten übersehen, der in meiner Parklücke stand, und diesmal kriegte nicht nur der Toyota was ab, sondern auch meine Stirn. Leicht bedeppert stieg ich aus.

Wenn man jemandem zeigen wollte, wie wenig er einem bedeutete, dann kriegte er Guttmanns Büro im fünften Stock. Seine Ministerin hatte ihn hierher ins Kommissariat West abgeschoben, wo es keinen Pisstopf zu gewinnen gab. Im feuchten Biotop des Gürtels mit seiner Hinterhof-Sexindustrie und den vielen schlimmen Ausländern sollte er sich an Mord- und Gewaltdelikten die Zähne ausbeißen und dann freiwillig abdanken. Aber Guttmann wollte nicht abdanken. Er hatte keinen Anhang, keinen Hund, keinen Schrebergarten, keine Hobbys. Was sollte er also den lieben langen Tag tun? Willi's Pornhouse öffnete erst um 16 Uhr.

Als ich eintrat, roch es idealtypisch für einen Mann, der sich gewohnheitsmäßig schlecht ernährte und regelmäßig zu viel trank. Ich riss das einzige Fenster auf und tauschte die abgestandene Luft herinnen mit der abgestandenen Luft von draußen. Ich fragte: „Darf ich rauchen?"

Er sagte mit Unterton: „Rauch doch, was du willst!"

Dann klagte er über seine Schmerzen im Arsch. Wie es aussah, hatte ich es heute nur mit Schmerzpatienten zu tun. Ich erzählte ihm von dem Artikel, den mir Danner vorgelesen hatte, und fragte ihn, ob er nicht auch mal probieren wollte, nur aus medizinischen Gründen.

Aber er lehnte rundheraus ab: „Ihr verdammten Freaks da draußen!"

Lieber schob er sich ein Stück Würfelzucker zwischen die Beißerchen, was ihm einen kleinen Schub gab, dann deutete er in Richtung meiner Stirn und sagte: „Du blutest."

Ich sagte: „Ja, ich weiß auch nicht so recht. Hast du vielleicht mal was zum Desinfizieren für mich?"

Er griff in die Lade und holte eine Flasche klares Zeug heraus, ohne Etikett drauf. Er gab sie mir, dazu ein Taschentuch. Ich nahm einen kräftigen Schluck aus der Pulle und rotzte ihm das Tempo voll. Dann sagte ich so was wie: „Aaaaaahh! Ei, ei! Wuuuhuuuu!"

Das Zeug brannte nämlich wie die verdammte Hölle,

ich fragte: „Wo hast du denn das her?"

„Das haben wir einer rumänischen Schieberbande abgenommen, Planquadrat am Gürtel neulich. Kamen in einem Kleinbus ins Land, natürlich illegal. Zusammen mit ca. vierzig zusammengepferchten Chinesen, natürlich auch illegal."

In solchen Momenten liebte ich rumänische Schieberbanden, ich fragte: „Gibt es denn noch mehr von dem Schnaps?"

„Den ganzen Lieferwagen voll abzüglich der Chinesen. Kannst du haben, wenn du willst. Mir brennt er sowieso zu stark."

„Mir nicht."

Ich bedankte mich artig, gab das Taschentuch zurück und bestellte frei Haus, dann sagte ich: „Jetzt erzähl doch mal in aller Ruhe und der Reihe nach."

Guttmann erzählte: „Ich war ja gestern Abend schon fast im Pyjama, als es bei mir läutete, 21.30 Uhr circa, kurz nach *Bauer sucht Frau.* Ein Toter durch äußere Gewalteinwirkung, hieß es, auf einem Parkplatz vor einem Reha-Zentrum draußen im 16. Bezirk, nahe Wilhelminenberg. Als ich dort eintraf, stellte sich mir die Sache so dar: Die Gewalt gegen den Körper des Toten war vom Wagen eines ca. hundert Jahre alten Halbtoten ausgegangen, der am Nachmittag seine Schwester dort oben besucht hatte und dann nicht mehr recht wusste, wo sein Wagen stand. Bis er ihn dann endlich gefunden hatte, waren Stunden vergangen, und als er endlich ausparkte, überfuhr er dabei Rott. Dann blieb er im Wagen sitzen und wartete darauf, dass irgendwas passieren würde, aber es passierte nichts. Als man ihn um ca. 21 Uhr endlich fand, war er über alle Maßen verwirrt, er wusste gar nicht, wie das passiert war. Aber weil es sich bei dem Toten um einen Politiker handelte, wurde routinemäßig ich von der Mord-West hinzugerufen. Zunächst gab es nichts Auffälliges, also nahmen wir nur die Daten von diesem Spinner auf bzw. den Teil, an den er sich erinnern konnte, und brachten ihn in die nächste Klapsmühle. Dann packten wir den Toten weg, und ich fuhr wieder nach Hause."

Guttmann stand auf, zog sich die Hose hinauf und schob sich ein weiteres Stück Zucker in den Mund, bevor er die *Gosse* nahm und auf den Tisch knallte.

„Es sah alles wie ein verdammter Scheiß-Unfall aus. Aber heute Morgen wissen diese Freaks es wieder besser!"

Wir schauten uns die Bildchen in der *Gosse* noch einmal in aller Ruhe zusammen an. Recht unscharf und verschwommen, wahrscheinlich mit einem dieser kleinen Telefone aufgenommen, die einem heute überall nachgeschmissen werden, zeigten sie den Parkplatz vor der Reha-Klinik samt ein paar Autos, was nicht weiter überraschte.

Zwischen zwei von diesen Autos sah man auf dem ersten Foto zwei Gestalten. Die eine war ohne Zweifel Rott. Ich erkannte ihn an seinem Schlafmantel und an der gelben Farbe im Gesicht. Die andere trug einen Trainingsanzug mit Kapuze und war klein, aber breit gebaut. Das half uns nicht weiter, denn es gab bei uns in der Gegend an jeder Ecke Typen, die klein und breit gebaut waren. Sie trainierten sich ihre Minderwertigkeitskomplexe weg, boxten oder machten anderen Kampfsport und steckten sich obendrein Gurken oder Zucchinis in die Jogginghose. Es gab nämlich auch an jeder Ecke Zucchiniständе und an jeder zweiten Ecke irgendeinen Box- oder Vollkontakt-Club, die meisten rein türkisch, aber auch gemischte, wo die heimischen Spargeltarzans sich am Abend mal austoben konnten.

Theoretisch brauchte ich mich also nur dort durchzufragen, ob von ihnen einer der Türke auf dem Foto war. Ich fragte Guttmann: „Soll ich das tun?"

Er sagte: „Leck mich am Arsch!"

Auf dem zweiten Foto holte der Türke gerade mit dem linken Hammer aus, seine Bewegung schien dabei eher auf einen Körpertreffer abzuzielen und nicht auf Rotts Schädel. Guttmann bestätigte das: „Er schlug gegen seinen Körper, ich weiß es."

„Warum?"

„Der Alte brach ihm beide Beine unterhalb der Knie, als er ihn überfuhr. Aber als wir ihn fanden, lag er seltsam gekrümmt da wie ein Embryo und hatte die Hände nicht an den gebrochenen Beinen, wovon man eigentlich ausgehen müsste, sondern gegen den Bauch gedrückt."

„Weil er schon tot war, als er ihn überfuhr? Was sagt denn Biene Mayr dazu?"

„Die sagt erst mal schöne Grüße, sie ist noch auf Fortbildung und wird ihn frühestens am späten Nachmittag, eher erst in der Nacht aufschneiden."

„Darf ich fragen, worum es bei der Fortbildung geht?"

„Um französische Rotweine."

„Das dachte ich mir!"

Auf dem dritten Bildchen schließlich war Rott nicht mehr zu sehen, weil er mutmaßlich zusammengefaltet zwischen zwei Autos herumlag. Der andere hatte sich vom Tatort weggedreht und schaute in Richtung der Kamera, die ihn fotografierte. Man sah sein Gesicht deutlich genug, um darauf einen buschigen schwarzen Schnauzer zu erkennen, der Rest seines Gesichts war allerdings von der Kapuze seines Trainingsanzugs bedeckt. Es konnte also ein Türke sein, ein Pole, ein Serbe oder ein Kärntner auf Durchreise, weiß der Teufel. Ich fragte Guttmann: „Was sind noch mal die Nationalfarben der Türkei?"

„Ich glaube, Rot mit ein bisschen Weiß."

Die Farbe seines Trainingsanzuges war aber Grün mit leichten Einsprengseln von Weiß und Rot. Ich kannte diese Farbkombination von irgendwoher, aber mir war im Moment nicht ganz klar, woher genau. Ich sagte: „Nicht gerade die Farben der Türkei. Also wer weiß, ob sein Schnauzer nicht aufgeklebt war, was meinst du?"

Gutti meinte: „Leck mich am Arsch!"

Ich lenkte das Gespräch auf etwas, das nur wenig erfreulicher war als Guttmanns Arsch, unsere Zeitungslandschaft nämlich: „Du hast doch sicher schon bei denen von der *Gosse* angerufen und gefragt, wie sie denn zu den schönen Schnappschüssen gekommen sind!"

„Der Typ, mit dem ich gesprochen habe, heißt Jean-Pierre Moorloch und nennt sich Chefredakteur. Er war aber nicht sehr gesprächig, Arroganz ist in diesen Kreisen ja weit verbreitet, gepaart mit Alkoholismus. Der Kerl hatte schon frühmorgens eine schwere Zunge."

„Er hat dir also nicht verraten, wer die Bildchen gemacht hat?"

„Keine Chance! Er konnte mir nur sagen, dass sie ‚das Material', wie er das nennt, gestern Abend per E-Mail bekommen haben. Nachdem die Polizei den Tod von Rott bestätigt hatte, entschloss er sich, die Bilder zu veröffentlichen."

„Und warum hat der Fotograf nicht gleich die Polizei verständigt?"

„Weil wir kein Geld hinlegen für so einen Scheiß! Verdammtes Zeitungspack!“

Was die Ministerin und die *Gosse* jetzt von Gutti wollten, war klar: Der Mörder musste so schnell wie möglich gefunden werden, und er musste möglichst nach Zwiebeln stinken und in zwölfter Generation Ziegen ficken. Alles andere wäre eine echte Enttäuschung und würde der *Gosse* keine Story wert sein. Wenn es noch ein politischer Mord wäre, dann umso besser!

Kaum hatte ich das gedacht, schob sich Guttmann ein weiteres Stück Würfelzucker hinein und sagte: „Die von ganz oben glauben, das ist was Politisches.“

Ich sagte: „Übertreiben die von ganz oben da nicht ein bisschen? Rott war doch nur ein kleiner österreichischer Fleischhauer, der seine Schweinswürste nicht mehr verkaufen konnte.“

Er sagte: „Der Letzte, der nur ein kleiner österreichischer Postkartenmaler war, dem man seine Bilder nicht abkaufen wollte, hat, glaub' ich, dafür gesorgt, dass unser Freund Herschel zum arschlochfixierten Dauerkarteninhaber in Willi's Pornhouse wurde. Ich finde also nicht, dass es diesbezüglich irgendwelche Einschränkungen gibt!“

Guttmann griff zum Hörer und sagte: „Kainz kann kommen!“

Manchmal fragte ich mich, ob Guttmann nicht auch als Sprachkünstler seinen Weg gemacht hätte. Nur „Kurt Kainz kann kurz kommen, Karl!“ wäre irgendwie noch besser gewesen.

Ein schmales Kerlchen mit hängenden Schultern und großen Lauschern kam herein, ich dachte: Der sieht ja aus wie ein Maulwurf. Kaum hatte ich fertig gedacht, kam die Bestätigung: „Rock! Das hier ist unser Maulwurf."

Als könne er in meinen Gehirnwindungen lesen!

Mir fiel kein Film ein, in dem dieser Affe hätte mitspielen können. Vielleicht noch irgendwas von diesem Woody Allen: *Was Sie schon immer über Sex mit der Mutter wissen wollten* oder wie dieser Film hieß. Aber war das überhaupt ein richtiger Porno?

Der Zwerg setzte sich, knackste mit seinen Fingern, schob sich die Sehhilfe zurecht, und dann holte er etwas weiter aus: „Worum ging es bei Rott? Um eine neue Türkenbelagerung! Um verfehlte Integration, um Türkenweiber, die immer noch mehr kleine Kopftuchträgerinnen werfen, und jede Menge gewaltbereiter, arbeitsscheuer Jugendlicher, die nur in den Park gehen wollen und den Hammel grillen, das ist jedenfalls meine Meinung ..."

Ich fragte Guttmann: „Darf der denn das?"

„Was?"

„Eine eigene Meinung haben."

„Ich hab' ehrlich gesagt nicht zugehört."

Die politischen Diskussionen in diesem Land erreichten mitunter ein erschreckend tiefes Niveau.

Ich versuchte etwas Struktur in die Plauderei zu bringen und fragte nach mehr Schnaps. Guttmann stellte eine frische Pulle auf den Tisch, woraufhin der Maulwurf die Nerven verlor. „Ihr trinkt im Dienst Alkohol?"

„Herrgott, du gehst mir auf den Sack!", schrie Guttmann ihn an, dabei fasste er sich an die schön gewachsenen Brüste, die sein angeschlagenes Herz schützten. Ich reichte ihm die Plörre, und er nahm einen ordentlichen Schluck zur Beruhigung. Plötzlich wollte auch der Maulwurf, Guttmann gab ihm die Flasche, er griff zu. Nach ein paar kräftigen Schlucken hörte er sich an wie ein verdammter Gehirnchirurg: „Wir haben gesicherte Informationen, dass sich dort in der Gegend des Brunnenmarktes eine radikalreligiöse türkische Terrorbewegung namens *Das Schwert des Ostens* etablieren möchte."

Ich fragte: „Warum *Das Schwert des Ostens?*"

„Wegen der Waffe, die der mutmaßliche Terrorpate gleichen Namens mutmaßlich bei sich trägt. Ein gewaltiges Schwert!"

Ich dachte an ein Schwert aus reinem Gold und mit reichlich Verzierungen dran, alles in allem so an die zehn Kilo schwer, während der Maulwurf immer weiterredete:

„Jedenfalls suchen die seit längerem eine Immobilie in Klein-Anatolien, um dort einen Tempel zu errichten."

Ich sagte: „Ich weiß nicht viel über die Türken, aber Tempel errichten die keine. Das sind die Schoschonen."

Mir stieg langsam der Schnaps in die Birne, und Guttmann versank immer tiefer im Sessel. Der Maulwurf aber blieb unbeirrt:

„Wir haben weiters gesicherte Informationen, dass sich der Terrorpate dieser Organisation zurzeit in Serbien aufhält, mit Stoßrichtung unsere Heimat. Leider haben wir gerade keine Leute, die gut genug Serbisch sprechen. Wir sind also auf Mutmaßungen angewiesen, wo genau er sich momentan aufhält."

Ich fragte: „Habt ihr Spinner denn wenigstens genug Leute, die gut genug Türkisch sprechen? Ihr glaubt doch nicht im Ernst, dass dieser Scheiß irgendwas mit dem Mord an Rott zu tun haben könnte?"

Der Maulwurf druckste herum: „Na ja. Rott mochte doch keine Türken, und sicher mochten die Türken den Rott auch nicht, also finde ich …“

Guttmann explodierte: „Herrgott, Kainz! Halt dich vielleicht einmal ein bisschen kürzer in deinem Leben!“

Als er das hörte, presste der Maulwurf die Knie zusammen und fing im Stehen fast an zu scheißen, dann hüpfte er herum wie Rumpelstilzchen und schrie: „Jetzt bin ich enttarnt! Ich bin enttarnt!“

Guttmann blieb ruhig: „Aber warum denn? Stehst du vielleicht im Telefonbuch, du Spinner?“

Er sagte: „Nein! Aber …“

„Dann scheiß dir nicht in die Hosen! Es wird ja wohl noch andere Karl-Heinz Kainze geben! Und jetzt schnall dir wieder deine Radioteleskope an und schwing dich auf den Gaul, hühott!“

Kainz verzog sich. Guttmann schob meine Füße vom Tisch und legte seine eigenen drauf, er schüttelte den Kopf und rieb sich die schmerzenden Venen. Er sagte: „Du hast keine Ahnung, mit welchen Idioten ich es den ganzen Tag zu tun habe!“

Ich sagte: „Täusch dich mal nicht!“

***

Guttmann musste dann dringend mal für kleine Mädchen, und wie bei kleinen Mädchen üblich, ging ich mit ihm. Auf dem Weg dorthin hakte er sich bei mir unter und fragte:

„Wie geht es denn Willi? Schon irgendwelche Hinweise?“

Einmal Bulle, immer Bulle! Gott sei Dank hatte er keine Frau zuhause, mit der er in der „Irgendwelche

Hinweise?"-Sprache reden konnte – „Irgendwelche Hinweise, Schätzchen, was es heute Abend zu futtern gibt? Irgendwelche Hinweise, wann du mich wieder mal drüberlässt?"

Ich sagte: „Keine Ahnung. Du könntest versuchen herauszufinden, in welchem Krankenhaus er liegt."

Ein alter Mann wie Willi, ganz ohne familiären Anschluss, konnte heute leicht im Wahnsinn der medizinischen Versorgung verloren gehen. Wenn wir ihn nicht rechtzeitig irgendwo fanden, dann würde das Pornhouse auf ewig geschlossen bleiben, und ich sah schwarz für unsere zukünftige Abendgestaltung. Falls er den Angriff überhaupt überlebte!

Wir bogen in Richtung Pissoir ab, wo wir für gewöhnlich unter Ausschluss der Öffentlichkeit das Geschäftliche regelten und die Rahmenbedingungen unserer Deals absteckten. Guttmann ließ es laufen und sagte: „Geh raus und finde diesen Türken!"

Ich fragte: „Und was schaut für mich dabei heraus?"

„Du kriegst den Schnaps."

„Und was noch?"

„Wir können ihn liefern."

Ich sagte: „Du liebst mich nicht wirklich, oder? Da kann ich doch gleich bei Lemmy ein Säckchen Gras rauchen und die Zeit überbrücken, bis Willi das Schwein wieder aufsperrt. Die Tage würden auch so vergehen, und ich müsste mich nicht um diesen Mist kümmern. Herrgott, Guttmann! Es muss etwas Verlockendes sein, das mich die Option Lemmy vergessen und stattdessen für dich arbeiten lässt!"

Verlockende Gefälligkeiten hielten Freundschaften länger am Leben als wahre Liebe. Bei der Polizei hatte es sich mittlerweile eingespielt, dass auch schon Ermittlungen privatisiert wurden. Was Banken und staatsnahe Betriebe anging, kamen bei den Privatisierungen natürlich immer die Freunde des Finanzministers zum Zug. Aber was Guttmann anging, war der Privatisierungsgewinnler ich. Ich verdankte ihm einen guten Teil meiner Garderobe, die er aus dem Nachlass eines Gürtel-Krösus für mich in Sicherheit gebracht hatte – ein paar weiße Anzüge, flotte Schlagringe und all das Zeug, das man so brauchte, wenn man da draußen auf Brautschau ging.

Auch meine Lizenz hatte ich Gutti zu verdanken. Dass man sich gerne Jack-Schleck-Filme anschaute und sie alle auswendig kannte, das genügte heute nicht mehr, um eine Schnüffler-Lizenz zu bekommen. Man sollte auch die Knarre möglichst geradeaus halten können, was bei einem Test geprüft wurde, und ein kleiner Abriss über die aktuelle Gesetzeslage wurde auch verlangt. Dazu eine Gesundenuntersuchung und der deutliche Hinweis, dass man keinerlei gröbere Probleme mit Alkohol und Drogen haben sollte, wobei mich immer wieder die Unterscheidung zwischen Alkohol und Drogen amüsierte.

Alles Hürden, die ich ohne Guttmann nie genommen hätte.

Nachdem wir also gemeinsam abgeschüttelt hatten, wies ich ihn dezent darauf hin, dass mein Überwachungstoyota ein wenig den Biss verloren hatten, und er sagte: „Na gut, ich habe da einen Wagen konfisziert, von dem ich annehme, dass er dir gefallen könnte. Aber vorher bringst du mir den Türken!“

Darauf ließen wir einen fahren und schlugen ein, ohne uns vorher die Hände zu waschen.

***

Wie sagte Jack Schleck immer, bevor er den Frauchens die Unterhose auszog? „Dann wollen wir doch mal das persönliche Umfeld ausleuchten ..."

Ich besann mich also auf die gute alte Jack-Schleck-Schule, als Gutti und ich die weiteren Schritte besprachen. Wenn es tatsächlich ein politischer Mord war, wie er vermutete, dann musste ja Rotts Ehefrau am ehesten etwas davon mitbekommen haben. Ich stormte mein Brain, und heraus kamen ein paar diesbezügliche Fragen: War ihrem Gatten eine gewisse angespannte Nervosität am Abend anzumerken, wenn er vom Wurstverkaufen nach Hause kam und die Füße hochlegte? Riskierte er vielleicht mal einen besorgten Blick zu viel hinaus beim Fenster? Hatte er in letzter Zeit vielleicht sogar eine Alarmanlage installieren lassen oder irgendwelche bedrohlichen Anrufe zur frühen Gebetsstunde des Muezzins erhalten, die sich nicht eindeutig zuordnen ließen?

Frauen waren so, dass sie immer alles mitlesen wollten, vielleicht kam mir dieser unsympathische Zug an ihnen jetzt zugute.

Ich fragte Gutti: „Hast du die Hinterbliebenen schon informiert?" Was man halt so fragt.

Er sagte: „Informiert schon, aber nicht befragt. Das machst du." Was man halt so sagt.

Mir war es recht. Solche hinterbliebenen Ehefrauen waren ja oft sehr anlehnungsbedürftig, da war vielleicht eine schnelle Nummer am Vormittag für mich drinnen. Guttmann zog einen Zettel hervor, auf dem er ein paar Informationen für mich notiert hatte: „Rott war seit 1983 Fleischhauer von Beruf, nicht Klempner.

Und verheiratet war er seit 1987 mit Trude. Sie haben keine Kinder, dafür eine kleine Stadtwohnung gleich oberhalb ihrer Wurstbude am Yppenplatz. Aber dort ist sie nicht."

„Sagt wer?"

„Eine Wurstverkäuferin namens Rosi. Die steht in der Wurstbude hinter der Theke."

Die Sache war die: Ich bin kein Vegetarier, ich bin alles andere als ein Vegetarier. Und weil ich schön langsam einen kleinen Hunger kriegte, stellte ich mir Rosi jetzt in ihrer ganzen Herrlichkeit vor, wie sie dort in ihrer viel zu engen Schürze hinter der Wursttheke stand und mit ihren dicken kleinen Fingerchen Wurst schnitt; und wie sie dabei auf die sehr gute Idee kam, mich mit kleinen Wursträdchen zu füttern, während ich bei ihr auf der Anrichte herumlag. So ein bisschen orgienmäßig halt.

Aber Guttmann nannte mir nur die Adresse, wo ich die Trude jetzt finden würde, und schickte mich in die Spur. Er war mir keine Orgie vergönnt.

Problemlos erreichte ich ein weiteres Mal die Ausläufer des Wienerwaldes, wo ich ordentlich Kies aufwirbelte und den Toyota in Richtung Ausgang der Sackgasse parkte. Ich schaute mich um, ob ich beim Einparken vielleicht einen räudigen Köter überfahren hatte – leider nein! Das war mir früher öfter gelungen, aber der Toyota reagierte heute nicht mehr so scharf wie am Anfang, darum brauchte ich ja was Neues.

Ich stieg aus und wollte mir ein bisschen die Füße vertreten. Ich fing bei der Hausnummer eins an, und nach einer halben Stunde hatte ich endlich die ganze Scheiß-Siedlung umrundet, bevor ich praktisch wieder da ankam, wo ich weggegangen war und wo die Nummer 48 lag.

Ich hätte nur schräg über die Straße gehen müssen!

Auf meinem Spaziergang hatte ich überall Gärten gesehen samt kleiner Pools, an denen überall halbnackte alte Leute ungeniert in der Sonne herumlagen. Halbnackte alte Leute, die ungeniert in der Sonne herumliegen, sind so ziemlich das Ekelhafteste, was sich die Natur jemals ausgedacht hat.

Hinter Rotts Hecke lag ein leidlich großer Garten, inmitten des Gartens stand ein niedliches Häuschen samt Veranda, davor ein Pool. Früher mussten die Wurstgeschäfte mal ganz gut gegangen sein, hier baute nicht jeder.

Ich fragte mich, ob sich Madame vielleicht hierher zurückgezogen hatte, um dem Trubel zu entgehen, der sich um den Tod ihres Mannes entwickeln würde. Aber sie hatte offensichtlich schon begonnen, die Vergangenheit hinter sich zu lassen und den ganzen Krempel, der sie an ihn erinnerte, auszumisten. Der Stapel mit den *Gosse*-Titelseiten, auf die es Rott im Laufe der letzten Monate geschafft hatte, stand schon heraußen beim Altpapier. Wer immer sie gesammelt hatte – ihr bedeuteten sie nichts!

Ich läutete und wartete, und während ich wartete, läutete ich noch einmal. Aus dem Haus trat eine verwelkende Blume im Morgenmantel, schon etwas wackelig auf den Beinen. Herzchen hatte eine entsprechend belegte Stimme, und mit der sagte sie: „Hallöchen!“

Ich dachte: So eine bist du also – sagst Hallöchen zur Begrüßung und Tschüssikovski zum Abschied?

„Mein Name ist Rock Rockenschaub, Gnädigste, ich bin Privatdetektiv und ermittle im Auftrag der Polizei. Darf ich reinkommen?“

Sie nickte gelangweilt und drückte den Summer. Ich war gerührt und geschüttelt und näherte mich dem Bau entlang des Pools über die Veranda, von dort trat ich ins Wohnzimmer. Es war schwül und heiß, das alles hier erinnerte mich sofort an *Jack 500*, seinen Swimmingpool-Klassiker, in dem er sie *alle* schleckte – ein Mann, eine Zunge und 500 Frauchens. Der erste Gang-Schleck der Filmgeschichte, da hatte Jack wirklich ordentlich zu tun.

Herzchen legte sich wieder auf die Couch zurück, wo sie scheinbar auch vorher schon gelegen war. Alleine? Mir war sofort, als hätte ich sie bei etwas gestört, der Geruch von außerehelichem Geschlechtsverkehr bohrte sich mir tief in die Nase.

Sei's drum!

Sie hatte den Morgenmantel sorglos um den müden Körper drapiert. Er war nicht schwarz, wie es die Gesetze der Trauer vorschreiben, sondern blassrosa wie die Schweinchen, aus denen ihr Mann Wurst gemacht hatte. Ich öffnete ein kleines Zeitfensterchen in die nähere Zukunft, und durch das sah ich uns beide gemeinsam auf der Couch liegen. Auf ihre Art kam sie nämlich immer noch scharf rüber. Ihre Schenkel waren nicht mehr ganz fest, aber okay. Sie glänzten vom Schweiß, der sich in kleinen Rinnsalen den Weg zu ihrem Allerheiligsten suchte, in Zeitlupe. In ihrem Gesicht war zu sehen, dass auch Herzchen ein Fan der gesunden Bräune war. Ich roch Piz Buin, obwohl doch eine Flasche Tiroler Nussöl auf dem Tisch stand. So konnte man sich täuschen!

Ich sagte: „Das mit Ihrem Mann, es tut mir aufrichtig ... es tut mir ..."

Aber irgendwas tief in mir drinnen sträubte sich dagegen, diese Lüge auch auszusprechen. Sie blieb kühl und wollte das eine Mal in ihrem Leben besonders schlau klingen: „Lassen Sie nur. Ich begann mich ohnehin schon länger immer mehr für meinen Mann zu desinteressieren.“

Du lieber Himmel!

Dass sie schon jetzt leicht angedüdelt war, machte sie mir nur noch sympathischer. Sie war desillusioniert, aber was war schon gegen desillusionierte Frauchens zu sagen? Irgendwann in ihrem Leben war sie aus der Kurve geflogen, die beste Zeit lag eindeutig hinter ihr, jetzt ging es nur noch darum, die wenigen Brosamen aufzuheben, die auf ihrem holprigen Weg vielleicht noch irgendwo herumlagen.

Und mir ging es genauso.

Ich nahm mir also einen Sessel und schob ihn nahe zu ihr, ich setzte mich drauf und begann mit einer medizinischen Frage:

„Wissen Sie vielleicht, warum Ihr Mann da draußen in dieser Reha-Klinik eingecheckt war? Und sagen Sie mir bitte nicht, es war der jährliche Routine-Check für Fleischhauer!“

Aber Herzchen war nicht in Stimmung für Medizinisches. Sie sagte leicht schnippisch: „Er war dort wohl zur Behandlung.“ Gefühlsmäßig hing sie nicht mehr sehr an ihrem Gatten. Ihre große Liebe galt wohl dem Gin, der in einer Flasche unter dem Beistelltischchen versteckte war, sie war schon halb leer. Ich griff danach und fragte: „Was trinken?“

Sie gab ihre gespielte Zurückhaltung auf und holte das Glas hervor, das sie hinter der Couch versteckt hatte, ich schenkte ihr gut ein. Sie deutete mit dem Kopf zur Anrichte, ich stand auf, griff mir ein Glas und bediente mich selbst.

„Sehr zum Wohle!"

Dann bohrte ich weiter, schon ein wenig geschwächt von der Hitze:

„Können Sie mir *irgendetwas* über Ihren Mann erzählen?"

Sie langte nach ihren *Eves*, zündete sich eine an und blies mir den Rauch ins Gesicht. Sie sagte: „Mein Mann war starker Raucher."

Ich dachte: Na immerhin!

„Er ging oft zu diesem Danner. Der wiederum war starker Wurstesser, er kam also oft zu meinem Mann ins Geschäft. Danner infizierte meinen Mann mit seinem Hass auf die Türken! Er beklagte ihren Zigarettenschmuggel, mein Mann beklagte, dass sie seine Schweinewurst nicht aßen. Man beklagte und beklagte, blablabla!"

„Da haben sich zwei gesucht und gefunden, kann man das so sagen?"

„Zwei Idioten! Nach dem ersten Überfall auf Danner kühlte die Liebe ab. Denn Danner war plötzlich in der Zeitung, aber mein Mann nicht. Dass es ein Trafikant aus der Gegend auf die Titelseite der *Gosse* geschafft hatte, das beeindruckte ihn sehr. Also gründete der Spinner seine Volksfront, damit er auch in die Zeitung kam. Dass er schließlich öfter in der Zeitung war als Danner, freute ihn."

Ich dachte an den Stapel, der draußen vor der Tür beim Altpapier stand. Herzchen teilte seine Freude nicht.

Gelangweilt erzählte sie weiter: „Aber dann schoss irgendwer Danner die Hoden weg, und dann war wieder Danner öfter in der Zeitung als mein Mann."

Ich fragte: „War Ihr Mann eifersüchtig auf Danners Ruhm?“

Sie sagte: „Ja. Schließlich kam es zum Bruch zwischen den beiden.“

„Diese verdammten Rechtsextremisten sind solche Idioten, nicht wahr?“

„Sie sagen es.“

Ich tröstete sie: „Na immerhin: Die letzte Schlagzeile gehörte Ihrem Mann.“

Sie sagte „Ja, bravo!“ und klatsche müde in die Hände.

Ich fragte: „Darf ich nachschenken?“

Sie nickte. Aber die Flasche war jetzt leer, sie hatte sich zwischendurch selbst bedient. Sie deutete mit dem Kopf in Richtung des offenen Kamins, der natürlich um diese Jahreszeit nicht in Betrieb war. Gott sei Dank, es war heiß genug! Dort drinnen stand die Kühltasche. „Im dunklen Kamin ist es am kühlsten“, sagte sie, und dass der Gin kühl sein sollte, das war ihr ein ehrliches Anliegen. Ich kam mit einer neuen Pulle zurück und machte uns beide glücklich: „Prost!“

Auch wenn mir Herzchen ein Eifersuchtsdrama zweier Männer schilderte, die nach mehr Scheinwerferlicht gierten, schloss ich Danner als möglichen Täter sofort aus. Er selbst war kein Türke, und dass er einen Türken beauftragt hätte, für ihn Rott zu ermorden, das war kaum vorstellbar. Lieber hätte er sich den Arsch auch noch weggeschossen, bevor er mit einem Türken diesbezüglich ins Gespräch gekommen wäre.

Auftragsgemäß fragte ich daher, ob es vielleicht irgendwelche politischen Drohungen gegen ihren Mann gegeben hatte, insbesondere von Seiten türkischer Terroristen.

„Na, Terroristen!“, lachte sie. „Was denn für Terroristen?“

Sie war jetzt nicht mehr nur angedüdelt, sondern bis oben hin dicht, und konnte gar nicht mehr aufhören zu kichern. Mir war die Terroristen-Version ja auch suspekt, also ließ ich sie fallen und lenkte das Gespräch wieder in Richtung Medizin: „Als Ihr Mann da draußen in dieser Reha-Klinik das letzte Mal gesehen wurde, da brachte ihm die Kellnerin ein kleines Pölsterchen, auf dem er dann herumrutschte, als hätte er irgendwas mit dem Arsch. Können Sie mir vielleicht sagen, ob er irgendwas mit seinem Arsch hatte?“

Plötzlich kühlte es ab im Zimmer, eisiger Atem wehte aus ihrer Nase, als sie mich anschnaubte. Irgendetwas gefiel ihr nicht an meiner Frage, also hakte ich nach: „Dann wissen Sie wenigstens, warum Ihr Mann gegen Ende seines Lebens hin so gelb im Gesicht war? Zu viel Alkohol vielleicht?“

„Nein!“

„Dann Reisen in ferne Länder, Malaria, verseuchte Sumpfgebiete?“

Die schwülen Sumpfgebiete ließen sie wieder etwas auftauen, plötzlich schüttelte es sie wieder vor Lachen:

„Reisen in ferne Länder? Aber dort sind doch überall diese Ausländer! Also nein, wirklich! Seine gesunde Bräune holte er sich woanders, er amüsierte sich lieber zuhause um die Ecke!“

Ich sagte: „Darf ich fragen, wo genau diese Ecke war?“

„Kennen Sie das Bräunen solange du willst um 8,88?“

„8,88? Was für ein beschissener Preis!“, sagte ich mehr zu mir selbst, aber wenn man länger alleine lebt, dann fängt man halt an, mit sich selbst zu reden.

Tatsächlich kannte ich den Laden vom Sinnlos-Herumfahren. Er lag direkt am Gürtel, etwas nördlich von Mannis Tankstelle und Dirty Willi's Swedish Pornhouse, gleich hinter dem Parkplatz.

Ich fragte: „Und was machte er dort?"

Aber sie antwortete nicht mehr. Ihr träger Blick schweifte plötzlich hinaus in den Garten, hin zum Buchsbaum. Ich drehte mich um, und dann sah auch ich, dass da draußen einer herumstand. Nach einer kurzen Schrecksekunde fragte ich: „Wer ist er?"

Sie sagte, beinahe erdrückt von der Hitze des Tages: „Das ist mein Gärtner."

Ich wusste sofort, dass sie log. Im Gesicht trug er einen gewaltigen Schnauzer, darüber funkelten zwei sogenannte südländisch-stechende Augen. Der eine Nasenfügel bebte, vielleicht eine Art Krankheit, vielleicht aber auch einfach nur blinde Wut. Ich dachte: Türkischer geht es nicht! Herzchen war ihrem Mann also ideologisch kein großer Rückhalt, wenn sie im Garten einen Türken beschäftigte. Und der Türke war ihr im Garten keine große Hilfe, wenn er die elektrische Heckenschere weiterhin verkehrt herum hielt. Zu seiner Entschuldigung musste aber gesagt werden, dass der Türke als solcher kein natural born Landschaftspfleger war. Dazu fehlte ihm die Erfahrung von mindestens drei Generationen Mittelstandsglück im behüteten Vorstadtelend. Sein Revier war die enge Ein-Zimmer-Wohnung und der von der Allgemeinheit gepflegte Park, in dem er sich mit der ganzen Sippe zum Hammelgrillen traf und zum Sonnenblumenkerne-Ausspucken. Welche Ahnung sollte so einer von der elektrischen Heckenschere haben, wo er doch nur die einfache Schafschere kannte? Wenn ich ihm also irgendwann einen Rat geben durfte, dann vielleicht den, dass er das Teil mal gegen den eigenen Wildwuchs richten sollte, mit dem Shaver alleine würde er da nichts mehr ausrichten. An seinem Körper hingen die Haare eines ganzen Volkes, vom Bauch hinauf über die Brust bis zum Hals, wo sich der Teppich teilte und sich hinten über den gesamten Rücken bis zum Arsch fortsetzte. Wie er so dastand, konnte man fast zusehen, wie ihm der Pelz wuchs und wie sich die Schenkelhärchen, allesamt dick wie Taue, im Schritt ineinander verhakten. Und ich konnte in ihren Augen sehen, wie Frau Rott davon träumte, ihm das alles wieder zu entflechten, während sie ihm mit Piz Buin après solaire die Innenseite der Schenkel eincremte.

Der war also gar nicht ihr Gärtner, sondern ihr Stecher, und als ich läutete, war er noch bei ihr auf der Couch gelegen, und in der Eile hatte er sich dann die Unterhose verkehrt herum angezogen, das Braune war vorne drauf und das Gelbe hinten. Er schämte sich noch nicht einmal dafür, sondern trug seine Tighty Whities, wie der frühe James Bond oder die ganzen Muttersöhnchen entlang der Adria ihre Badehose trugen – ganz weit hinaufgezogen! Und mit einem sehr ansehnlichen Prügel darin, der sich unter der Baumwolle abzeichnete.

Ich sagte: „So ein Schlingel!“

Frau Rott vergrub ihr Gesicht in den Händen und schüttelte seufzend den Kopf. Als wäre er ihr eigener schwieriger Sohn, der nie mehr lernen würde, wie man sich die Unterhosen richtig anzog!

Ich versuchte mir ein Eifersuchtsdrama zurechtzuzimmern, das dem Fall sofort alles Politische genommen hätte. Herzchen betrog ihren Fleischhauer seit längerem mit diesem Türken, und der wollte sie schließlich für sich alleine, so wie es halt seine Art war, also blieb ihm keine andere Wahl, als den Ehemann ...

Aber bevor ich am Drama weiterzimmern konnte, brach der Blitzkrieg über mich herein. Der Waldschrat stiefelte auf einmal ins Wohnzimmer herein wie Godzilla in die Kapelle. Die erste Attacke mit der Heckenschere ging noch knapp über meinen Scheitel hinweg und köpfte statt meiner eine Vase, die zweite Attacke versandete in einem steinernen Gefäß, die Klinge brach. Ich bewaffnete mich mit Herzchens Gin-Flasche und schleuderte sie backhand gegen den Tobenden, der Alkohol schmeckte ihm gar nicht, er war ja Moslem. Er lag am Boden und wand sich, als müsse er den Teufel selbst besiegen. In blinder Wut schlug er um sich, traf dabei jedoch nur die Möblage. Wieder auf den Beinen, wollte er mir mit einem linken Schwinger das rechte Auge ausschlagen, aber mit routiniertem Reflex fing ich sein Mäusefäustchen ab. Der Sportsfreund schnaubte wie ein Stier, aber er schaffte es nicht, einen ordentlichen Bums anzubringen. Ich trat ihm mit dem einen Fuß auf die Zehen und mit dem anderen gegen sein behaartes Knie, es knackte laut, als alle seine Bänder rissen. Sein Mund weitete sich langsam und entließ einen elenden Schrei, der alle Muezzins hätte vor Neid erblassen lassen. Vermutlich wünschte er sich jetzt in den Arm seiner anatolischen Großmutter zurück, aber diesen Wunsch erfüllte ich ihm nicht. Stattdessen packte ich ihn bei den Nackenhaaren und schleppte ihn hinaus in den Garten, wo er von meinem Ellenbogen eine auf die Nase kriegte, bevor meine beiden Fäuste in Bud-Spencer-Manier auf seiner Schädeldecke landeten. Als er zusammensackte, zog ich ihm noch die Unterhosen über beide Ohren. Heute würde er die Witwe nicht mehr besteigen.

Herzchen stand nun auf der Veranda, die Arme vor der Brust verschränkt, das Glas mit Gin in der einen Hand, den nassen kleinen Finger der anderen Hand zwischen ihren Lippen, was bei vielen Frauen sexy aussah, bei ihr aber nicht.

Ich fragte: „Wie heißt er?"

Sie sagte: „Erdal."

Ich fragte: „Wie die Schuhpflege?"

Zur Sicherheit zog ich die *Gosse* hinten aus meiner Hosentasche heraus und legte sie neben ihn. Ich verglich das Gesicht auf dem Bildchen darin mit seinem. Heraus kam zwar ein Türke, aber keiner, der Rott zusammengefaltet haben könnte. Der hier war kein Rechtsausleger und hatte von Boxen keine Ahnung, er würde keine Oma in den Sand werfen, wenn sie mit ihrer Handtasche um sich schlug. Ich nahm nicht einmal seine Daten auf, und sein Alibi kannte ich bereits, bevor ich mich überhaupt danach erkundigte.

„Er war gestern den ganzen Abend bei mir. Falls Sie *daran* denken."

Höflichkeitshalber fragte ich: „War's wenigstens lustig?"

Aber sie hob nur gelangweilt die Schultern. Wie ich so über ihrem Erdal stand, das schien ihr zu gefallen. Dass ich den starken Bären umgelegt hatte, weckte in ihr gewisse Gefühle, aber nicht für den Bären, sondern für mich. Sie machte auf ihren Absätzen kehrt und verzog sich – neckisch mit dem Arsch wackelnd – zurück in ihr kühles Zimmer, dort sagte sie: „Gut gemacht, Rocky."

Ich sagte: „Sag bitte nicht Rocky zu mir, ich heiße Rock wie der Felsen und nicht Rocky wie das Felschen."

Sie sagte: „Dann lass mich dich sprengen."

Ich dachte: Du lieber Himmel!

Als ich reinkam, lag sie schon wieder auf der Couch. Sie wischte mit dem Zeigefinger über den Boden, wo sich der ganze Gin ausgebreitet hatte, und steckte ihn sich in den Mund, bevor sie daran saugte, lange und genüsslich. Irgendwas wollte sie mir damit sagen, aber ich kam nicht dahinter, was. Schließlich half sie mir auf die Sprünge: „Um auf deine Frage zurückzukommen, was mein Mann im Bräunen solange du willst um 8,88 machte ..."

„Ja?"

„Er ließ sich dort in den Arsch ficken."

Sie würgte den Satz heraus wie einen dreckigen, verwesenden Klumpen Fleisch. An solche Überraschungen musste man als Superschnüffler gewöhnt sein, sonst lief man den ganzen Tag nur mit offenem Mund herum, und das sah dann irgendwie scheiße aus.

Ich ließ den Mund also geschlossen, während sie sich zur Wand drehte und den Arsch in meine Richtung reckte. Mir war nicht ganz klar, ob ich das als Einladung verstehen sollte, oder ob sie jetzt einfach schlafen wollte.

Plötzlich hörte ich sie leise schluchzen. Sie verlor sich in einer Welt aus Schmerz und Verdruss, aus tiefer, vollkommener Kränkung. Rott, der Ehemann, hatte ihr das Genick gebrochen. Nicht Rott, der Politiker, und auch nicht Rott, der Wursthändler, der immer weniger von seinen Schweinswürsten verkaufte und daher von einem Trafikanten inspiriert zum Führer einer *Volksfront Türkenbelagerung – nein danke!* aufgestiegen war.

Der Mann, den sie geheiratet hatte und von dem sie irgendwann mal erfahren musste, dass er schwul war, hatte sie aus der Bahn geworfen, und sie wollte jetzt, dass ich das auch wusste:

„Ich hatte mir immer einen guten Ehemann gewünscht. Aber mein Mann war kein guter Ehemann."

Ich tat mir immer recht schwer, aus solchen Gesprächen auszusteigen, also fragte ich hilflos: „War er denn wenigstens ein guter Fleischhauer?"

Sie sagte: „Er liebte seine Würste!"

Ihr Gesicht zeigte Ekel, also fragte ich: „Sie selbst essen wohl keine Würste, was?"

„Nein. Ich esse lieber Fischstäbchen."

Ich war ehrlich entsetzt: „Ja wissen Sie denn nicht, was in solchen Fischstäbchen alles drinnen ist?"

Aber sie konterte geschickt: „Wissen Sie denn, was in seinen Würsten alles drinnen war?"

Es war verdammt noch mal wirklich Zeit zu gehen.

***

Auf dem Parkplatz der Reha-Klinik suchte ich für den Toyota ein hübsches Plätzchen, stieg aus und schaute mir kurz den Tatort an. Ein paar Lichtlein waren aufgestellt; dazu ein Foto von Rott in seiner Schlachterschürze vor einem aufgehängten Schwein, auf das einer „Türke" geschrieben hatte; ein paar Titelseiten der *Gosse* mit Rott als Helden des Abwehrkampfes; nur zwei Blumen. Die alten Mütter waren ihm als Kundschaft weggebrochen, weil sie das Zweiter-Weltkrieg-Spar-Gen hatten und zu wenig Pension kriegten, um sich bei ihm einzudecken. Die 90-jährigen Kämpfer wiederum, die den Krieg noch erlebt hatten und ihre Schweinewurst vor Stalingrad aus der Dose aßen, trug man nach und nach aus ihren Substandardwohnungen hinaus, und aus Anatolien kamen genug Ziegenhirten nach, die darin wohnen wollten, aber lieber Hammel aßen. Und wenn sie nicht schnell genug waren, dann legten die Neureichen ein paar kleine Wohnungen zusammen und machten einen großen Neureichentraum daraus. Aber die aßen dann lieber Fisch!

Das war im Wesentlichen die demografische Lage, also standen jetzt nur ein paar seiner eisernen Fans betropezt herum, die meisten im schlichten Unterhemd des einfachen Volkes, allesamt schwitzend und Freunde der ungesunden Ernährung. Ich sagte: „Versucht's doch mal mit Sauerkrautsuppe!"

Menschen können so ekelhaft sein.

Ich ließ diese Schweine hinter mir, überquerte den Parkplatz und durchschritt das Innere der Schlagobersbude, bald stand ich wie gestern im Gastgarten. Mein Plan war, die letzten Stunden von Rott zu rekonstruieren. Also zwängte ich mich durch die Hecke hinüber zum Gelände der Reha-Klinik, durch die Rott gestern herüber zur Aussichtsterrasse gekommen war, um Hildchen zu treffen. Das brachte mir ein paar Schrammen und Stiche ein, aber keinen großen Erkenntnisgewinn. Die Hecke war eine sinnlose Barriere, mehr Zierde als Hürde.

Auch die Klinik hatte einen schönen Garten zum Lustwandeln, aber hier lustwandelte niemand. Die Leute kamen scharenweise aus dem Gebäude heraus und steuerten wie Zombies die Hecke an, angezogen vom süßen Duft des Zuckers. Es war kurz nach Mittag, Essenszeit.

Über quietschendes Linoleum durchquerte ich schließlich die Klinik nach vorne Richtung Haupteingang, vorbei an niedlichen kleinen Krankenschwestern in gesunden

Schuhen, die mich allesamt freundlich anschauten, und ich schaute gerne und freundlich zurück. Die da und die und die würden ohne Zweifel meine Nähe begrüßen, und die und die und die dort auch. Da ich kein Geld hatte und keine anderen Vermögenswerte, musste es an meiner Ausstrahlung und meinem guten Aussehen liegen.

Oder war ich hier einfach der Jüngste?

Ich stiefelte zu einer von denen hinüber und fragte probehalber: „Schwester, mein Nacken spannt, haben Sie heute Abend schon was vor?“ Aber sie lächelte mich nur freundlich an, wie es diese Asiatinnen von klein auf gelernt haben, und wackelte mit dem Kopf. Ein Problem der modernen Medizin ist ja, dass sie uns zwar alle immer weiter durchschleppt, wir dann aber keine Einheimischen finden, die uns Hinfälligen und Siechen auch pflegen wollen.

Betört vom Anblick dieser exotischen Schönheit vergaß ich beinahe, was ich hier eigentlich suchte. Es war meine Nase, die mich schließlich auf die richtige Spur brachte. In Krankenhäusern roch es ja normalerweise nach Apfelmus und Schonkost, aber je weiter ich mich dem Haupteingang näherte, desto stärker dominierte der reine Gestank, den man aus schlechten U-Bahn-Filmen wie *Schweiß!* kennt, in denen an fetten, ekelhaften Körpern nie gewaschene, völlig durchnässte Shirts kleben, die aus minderwertigen Mikrofasern gestrickt sind.

Alles in mir schrie „Flucht!“, bis auf den Superschnüffler, der unbedingt die Quelle dieses Gestanks erkunden wollte. Sie saß in der finsteren Portiersloge gleich links neben dem Haupteingang und sah aus wie ein riesiger, schnell atmender Knödel, dem ein paar nasse Haarsträhnen ins Gesicht hingen, während sein Puls auf 200 war und das Fett unter seinem weißen XXXL-Pflegeberufe-Shirt kochte. Ich war geruchsmäßig ja einiges gewöhnt, von daher, wo ich wohnte, aber der Kerl hier schlug wirklich alles, was ich je gerochen hatte. Er war gerade dabei, sich etwas in den Mund zu schieben, aber als ich ihn dabei störte, brach er sein Vorhaben ab und schob das Zeug zurück in die Lade. Kurz versuchte er aufzustehen, schaffte es aber nicht und fiel wieder zurück in seinen Sessel. Wie sein Arsch dabei noch lange nachwackelte, das gefiel mir. Ich bat ihn daher, die Nummer für mich noch einmal zu spielen. Er lächelte zunächst unsicher, versuchte es aber freundlicherweise noch mal und scheiterte wieder. Allein für den Versuch hatte er sich einen guten Ratschlag verdient: „Verdammt noch mal! Du musst endlich lernen, Nein zu sagen!"

Ich gab Pfötchen und stellte mich artig vor, dabei übertrieb ich ein kleines bisschen und machte mich zum „Sonderermittler Politische Attentate, top secret". Dann deutete ich auf das Namensschildchen an seinen beeindruckenden Hängebrüstchen und sagte: „Jetzt hör mal zu, Tilman, hat dir deine Mama nie gesagt, dass es nicht der Schweiß ist, der stinkt, sondern der Dreck?"

Das war ein alter, aber bewährter Trick – Menschen, die durch ihr nachteiliges Äußeres (in diesem Fall: Fett!) ohnehin schon schwer verunsichert waren, mit einem gezielten Keulenschlag an den Rande des Abgrunds zu drängen, um sie dann mit einem kleinen Stück Zucker vor dem Selbstmord zu bewahren. Das Stück Zucker, das ich ihm reichte, hörte sich schließlich so an: „Aber Tilman ist ein richtig schöner Name, da hat sich deine Mama wirklich was einfallen lassen!"

Wie erwartet zeigte er Dankbarkeit und fragte: „Kann ich was für Sie tun?"

Ich fragte, ob ich mal in die Krankenakte von Rott Einblick nehmen dürfte, aber er brauchte noch etwas mehr Zucker, denn er gab sich leicht störrisch: „Dürfen Sie denn das?"

Ich ging zum Fressautomaten und drückte mir zwei Riegel herunter, einen hielt ich ihm gleich unter die Nase. Er griff danach wie der Ertrinkende nach dem rettenden Ast, aber ich zog ihn natürlich zurück und sagte: „Erst die Akte!"

Während er aß, las ich sie – und verstand nichts. Das alles war in einer sehr fremden Fremdsprache abgefasst, altes Schwedisch oder so. Ich gab Tilman den zweiten Riegel und bat ihn, mir das alles zu übersetzen. Ich hätte aber nur umblättern müssen, denn auf der nächsten Seite stand alles auf Deutsch. Tilman sagte: „Rott war an einer unheilbaren Form der Hepatitis erkrankt."

Ich fragte: „Und wo kriegt man die, wenn man sie haben will?"

Er sagte: „Man steckt sich an."

Ich dachte an das Bräunen solange du willst um 8,88, von dem Rotts Gattin mir erzählt hatte, und an die dort mutmaßlich geübte Praxis des Arschfickens. Wenn man da nicht aufpasste, dann konnte man sich alle möglichen Krankheiten einfangen, das war nun mal so.

Aber Tilman brachte mich auf eine völlig andere Spur, als er undeutlich etwas wie „Uh! Da steht noch, dass er sich das Rektum hat bleachen lassen!" murmelte.

Ich wurde etwas lauter, als ich „Geht's vielleicht deutlicher, ich hab dich akustisch nicht verstanden!" zu ihm sagte, das war einer meiner Lieblingssätze. Man kam im Leben nämlich nicht weiter, wenn man nicht frei heraus „Er hat sich sein braunes Arschloch bleichen lassen!" sagen konnte.

Das war jedenfalls meine Meinung.

Ich hatte bisher noch gar keine Gelegenheit gehabt, Tilman auf die Schweinerei in seinem Gesicht anzusprechen, sein Gesicht war ja insgesamt eine Frechheit. Aber während er so lautstark seine Riegel aß, verstärkte sich mein Hunger, und ich fragte: „Was ist denn das da überhaupt in deinem Gesicht?"

Er wischte sich mit seinen Fettfingern darüber, schaute die Wurstteile an, die er aus seinem Gesicht erntete, und sagte wider besseres Wissen: „Das da? Gar nichts!"

Wenn Tilman log, dann schwitzte er. Und wenn er stark log, dann schwitzte er stark. Jetzt schwitzte er immens, also log er auch immens. Ich sagte: „Du lügst mich doch hoffentlich nicht an?"

Langsam beugte er sich hinunter zu seiner Lade und zog das Papiersäckchen heraus, das er vorhin verschwinden hatte lassen. Ich fragte: „Wo hast du denn das her?"

Er sagte: „Das wurde hier gestern Abend für Herrn Rott abgegeben."

„Wann genau?"

„So um 20.30 Uhr. Jemand fragte nach ihm."

„Mann oder Frau?"

„Junger Mann. Schlank. Gutaussehend. Braungebrannt."

„Das genaue Gegenteil von dir, was?"

„Ja."

Ich wusste auch nicht, warum ich immer so auf die Fetten hinhackte. Vielleicht, weil ich im tiefsten Inneren selbst so unsicher war?

Ich klopfte Tilman gegen die Sacktitten, die gleich wieder ordentlich hüpften, deutete ihm ‚Her mit dem Säckchen!' und fragte: „Ist noch was übrig?"

Er wurde noch röter und sagte: „Jetzt nicht mehr."

Es dauerte auch bei mir ein Weilchen, bis ich endlich kapierte, dass der Arsch die ganze gute Jause einfach alleine aufgegessen hatte. Wie um mich selbst zu quälen, fragte ich noch, was denn drinnen war in dem Säckchen, und Tilman wusste es noch genau: „Geselchtes, Geräuchertes und Schinken, alles vom Schwein."

Ich überlegte kurz: Nichts, was einer essen sollte, der mit einer kaputten Leber hier herinnen lag, aber natürlich allemal besser als Apfelmus mit Tee. Ich kombinierte, dass sich Rott mit diesem Zeug hier heimlich versorgen ließ und dass es gestern nicht mehr zur Übergabe der verbotenen Früchte kam, weil er schon tot war. Einigermaßen verzweifelt fragte ich: „Kann ich wenigstens den Sack haben?"

Ich hätte ihm jetzt natürlich auch ein Verfahren wegen Vernichtung von Beweismitteln androhen können, aber ich entschied mich für ein weiteres Stück Zucker. Ich beugte mich zu ihm hinunter und flüsterte ihm ins Ohr: „Wie lange bist du denn schon im Dienst?"

Er sagte: „Seit 2008."

„Ich meine, seit wie vielen Stunden, du Spinner!"

„Seit über 96."

Das war ein guter Mittelwert in diesen privatisierten Krankenhäusern. Die Arbeitsbedingungen hier waren alles andere als arbeitnehmerfreundlich, aber so wie Tilman ausschaute, konnte man wenigstens davon ausgehen, dass er keine Familie zuhause hatte, die auf ihn wartete.

Ich überlegte also, ob sich für Lemmy in solchen Krankenhäusern vielleicht ungeahnte Einnahmequellen auftun könnten. Ich zapfte eine erste an und fragte: „Meinst du nicht auch, dass es für dich einfacher wäre, hier Nachtdienst zu schieben, wenn du die Schweinsäuglein auch während der Nacht offen halten könntest?"

Der Gedanke gefiel ihm. Sicher schaute er jede Nacht Pornos mit Fetten und schlief immer schon vor Müdigkeit ein, bevor es richtig zur Sache ging.

Ich sagte: „Ich kenne da zufällig einen, der solche Substanzen im Angebot hat, was für Bomberpiloten. Interessiert?"

„Sehr."

Ich schob ihm was von dem Zeug hinüber, das ich eigentlich Willi mitnehmen sollte. Er wollte sofort danach greifen, aber ich wollte zuerst Rotts Zimmer sehen. Tilman wurde zunehmend lockerer, er nahm einfach den Schlüssel vom Board, stellte das „Komme gleich!"-Schild auf den Tresen und sagte: „Folgen Sie mir unauffällig."

Er fand das irgendwie witzig, und ich sagte: „Hihi."

Wir nahmen den Lift, der mir gleich ein bisschen leidtat, als er sich in Bewegung setzen musste. So nahmen früher alte Dampfrösser Fahrt auf, dachte ich, sehr langsam und sehr angestrengt. Im ersten Stock war die Fahrt dann schon wieder zu Ende, und ich musste Tilman ein bisschen tadeln: „Kannst du nicht mal ein

Stockwerk zu Fuß gehen? Das würde dir verdammt noch mal wirklich guttun!“

Es war aber nur der Lift kaputt. Also keuchten wir noch drei Stockwerke hinauf. Ich war eine Stunde früher da als er. Jetzt noch einmal um eine Ecke, dann standen wir endlich vor Rotts Zimmer.

„Jetzt aber schnell, bitte!“

Tilman zitterte, ich nahm ihm den Schlüssel ab und machte auf. Wir traten ein, es war noch nicht ausgeräumt. Anscheinend hatte Rott im Voraus bezahlt, also kümmerte sich in dieser Privat-Reha-Klitsche niemand darum, ob er noch lebte oder nicht. Garderobentechnisch war bei Rott nicht viel zu holen, auch keine Blumen, die man hätte weiterschenken können, keine privaten Schnappschüsse, die man an eine Zeitung hätte verkaufen können. Ein Fleischhauerleben eben.

Nur auf seinem Nachttisch lag ein gelber Ordner, den nahm ich mit, und ein Kalender von seiner Bank, da stand aber nicht viel drinnen. Nur für gestern, 16 Uhr hatte er sich etwas notiert: Bukowski, Terrasse.

Da sagte mir der Kalender aber auch nichts Neues. Ich klemmte ihn mir mitsamt dem gelben Ordner unter den Arm und sagte: „Das nehm' ich mit. Dafür kriegst du frei Haus geliefert.“

Er sagte: „Au, fein! Danke.“

Unten angekommen fläzte sich Tilman wieder in seine Loge. Dort kannte er sich aus, dort fühlte er sich am wohlsten. Eine kräftige türkische Putzfrau mit schönem Damenbart schob ihr Putzwägelchen an uns vorbei, sie wälzte sich durch den Gang wie ein träger Tsunami. In Tilmans Augen sah ich, dass sie ihm gefiel. Auch einer wie er musste schließlich mal träumen dürfen. Ich sagte: „Genau dein Typ, was?"

Tilman lief rot an, er schämte sich. Aber da gab es nichts zu schämen. Fette zieht es zu Fetten, das ist nun mal so. Und warum? Weil Schlanke sich nicht mit Fetten treffen wollen. Zu unterschiedlich sind die Esskulturen, das Freizeitverhalten, die sexuellen Vorlieben (das ist allerdings eine Annahme, die sich auf keinerlei persönliche Erfahrungen stützt) usw.

Der Damenschnauzer der Türkin brachte mich schließlich zur letzten Frage der Veranstaltung: „In letzter Zeit vielleicht irgendwelche auffälligen Schnauzbartträger hier gesehen, die man im weitesten Sinne Türken nennen konnte? Außer die da?"

Ich deutete auf die Putzfrau, und Tilman sah mich bescheuert an. Ich verzichtete darauf, weiterzubohren. Stattdessen griff ich nach dem Telefonhörer auf seinem Schreibtisch und bat ihn, mir ein Gespräch nach draußen zu zaubern. In diesen Tagen war es vor allem wichtig, auf der Ausgabenseite zu sparen. Ich nannte ihm die Nummer von Gutti, die er eintippen sollte, und schon hob der ab: „He, Guttmann, hast du schon herausgefunden, wo Willi das Schwein liegt?"

Er sagte es mir, und ich gab Tilman den Hörer zurück.

„Danke."

„Bitte."

Er lächelte mich an. In einem anderen Leben hätten wir vielleicht Freunde werden können. In diesem musste ich ihm aber noch mit einem guten Ratschlag aushelfen: „Versuch es doch mal mit Sauerkrautsuppe gegen das ganze Fett, Tilman! Geruchsmäßig kannst du ja nicht mehr viel anrichten!"

***

Diese Dicken machten mich immer so fertig, sie konnten einem richtig leidtun. Und erst ihr Gestank!

Im Toyota zog ich erst mal einen Ordentlichen durch, den ich auch dringend nötig hatte. Während ich durchzog, studierte ich den Briefverkehr, den Rott mit einer Schönheitsklinik im 19. Bezirk geführt hatte, in der er Anfang Mai eingecheckt war, zum Zwecke des Anal-Bleachings, wie das dort hieß. Allem Anschein nach machte er diese Klinik für seine Krankheit verantwortlich und drohte ihr mit einer Klage. Er wollte eine nicht geringe Summe für erlittene Unbill, die Klinik wollte aber nicht zahlen, weil sie abstritt, die Unbill verursacht zu haben. So stand's in den Briefen.

Plötzlich fiel mir auf, dass mit Ende Juni die Korrespondenz aus der Klinik heraus mit anderem Briefkopf geführt und Rott in etwas sperrigem Deutsch darauf hingewiesen wurde, dass die Klinik nun einen neuen Eigentümer habe und also nicht zuständig sei, die vielen Üs und Ös in der Korrespondenz deuteten darauf hin, dass hier Türkisch geschrieben wurde. Rott hing da irgendwie in einer Warteschleife fest und wusste nicht recht, an wen er sich wegen seiner Klage wenden sollte. Und ich überlegte nun, ob sein Treffen mit Hildchen etwas damit zu tun gehabt hatte, schließlich war sie Anwältin. Ein rein berufliches Zusammentreffen der beiden wäre mir jedenfalls sehr recht gewesen.

Die vielen Buchstaben in den vielen Briefen und der Joint in meinem Mund machten mich schießlich müde, zusammen mit dieser verdammten Hitze, und so schlief ich irgendwann im Toyota ein.

Beim Schlafen war ich dann leider blöd genug, den linken Arm aus dem Toyotafenster hängen zu lassen. Das sah zwar kühl aus, war aber letztlich zu heiß. Als ich nämlich wieder aufwachte, war mein linker Hammer rot wie die kommunistische Fahne und brannte wie die katholische Hölle.

Verdammt!

Ich überlegte kurz, ob ich damit gleich zu Willi dem Schwein ins Krankenhaus fahren sollte, dort hätten die sicher eine kühlende Salbe für meinen Arm gehabt. Aber auch wenn ich Willi vermisste, vom Krankenhausmief hatte ich vorerst genug. Und da ich noch immer nichts gegessen hatte – wenn man mal davon ausging, dass gerauchte Nahrung nicht galt –, lenkte ich den Toyota zurück in Richtung Heimat.

Als ich schließlich bei Rotts Wurstwaren seit 1898 am Yppenplatz ankam, hätte ich mir wenigstens hier ein wenig mehr Aufmarsch und Gedränge erwartet zu Ehren des Verstorbenen. Aber hier am Yppenplatz war kein Kernland mehr für Rechtsextremisten. Rott hatte sein Reich nicht an die Türken verloren, sondern an die Reichen und Gutmenschen.

So wie sein Geschäft da zwischen trendigem Fischrestaurant links und Silkes Darjeeling Teahouse rechts eingeklemmt war, konnte man es je nach Sichtweise als letzten Schandfleck des herausgeputzten Platzes sehen oder als letzte Bastion des alten Brunnenmarktes.

Oder es konnte einem einfach nur leidtun.

Gut möglich, dass sich auch Darjeeling-Silke für diesen Tag einen Aufmarsch trauernder Rechtsextremisten erwartet hatte und deswegen ihr Teahouse vorausschauend geschlossen hielt, der Gehsteig musste heute jedenfalls ohne ihre Blumen auskommen, und ihr Elektrofahrrad – Pferd des Teufels! – stand heute auch nicht da. Die Vorstellung, dass vielleicht ein paar Besoffene mit Springerstiefeln zu ihr hereinkommen und Tee kaufen könnten, hatte ihr vermutlich nicht gefallen.

Mir gefiel sie aber schon.

Als ich die Wursthandlung betrat, stand Rosi pflichtschuldigst hinter der Wursttheke. Sie sah aus wie eine trauernde Mutterkuh, die man auf einer Landwirtschaftsmesse vergessen hatte, mit zwei richtig schweren Dingern vorne dran, die ihre Rückenmuskulatur stärkten. Sie trug Schwarz, inklusive einer Strumpfhose, was bei der Hitze keine geringe Leistung war. Anscheinend hatte sie ihren Chef sehr gerne gehabt. Vielleicht nicht einmal so sehr wegen seiner dummen Sprüche. Oft genügte es ja, wenn so einer das Geld pünktlich überwies, dann schloss man ihn schon dankbar ins Herz und war bereit, alles für ihn zu tun.

Ich deutete auf das Käseblatt, das vor ihr auf der Anrichte lag, und sagte: „Den Türken da vorne drauf vielleicht schon mal hier gesehen?"

Sie fragte: „Was geht's dich an, Großer?"

Ich erklärte es ihr und bestellte eine Leberkäsesemmel, das freute sie. Jeder Mensch kann irgendetwas besonders gut, und Rosi konnte ohne Zweifel sehr gut Leberkäsescheiben abschneiden, umwerfen und in die Semmel hineinlegen. Das Ganze dauerte bei ihr höchstens eine Sekunde – Weltrekord! Dabei zitterte das Fett an ihren Oberarmen, und die Fingerchen in ihren Plastikhandschuhen bewegten sich überraschend schnell. Ich bestellte gleich noch eine mit Senf, und die Servietten, die sie mir dazugab, konnte ich dann wirklich brauchen.

Nächster Versuch: „Irgendwelche Probleme mit den Türken in letzter Zeit?“

Sie sagte: „Mit den Türken eigentlich gar nicht. Probleme gab es mehr so mit der da drüben.“

Sie richtete das Messer in Richtung Teahouse, ich sagte: „Aber heute nicht, denn heute hat sie geschlossen. Es wird ihr doch hoffentlich nichts passiert sein?“

Sie sagte: „Hoffentlich schon! Seit die schwanger ist, ist sie ja unerträglich!“

„Weiß man denn, von wem sie schwanger ist?“

Ich fragte das nur so aus Interesse, und Rosi feuerte eine weitere Breitseite gegen die Nachbarin ab: „Früher hätte ich getippt, von irgendeinem bedürftigen Asylanten. Heute aber würde ich sagen, dass sie dieser Kerl angestochen hat, der seit ein paar Monaten da drüben ein- und ausgeht, ihr hin und wieder Blumen bringt oder ein Stück vom Salat und ihr dabei über den Bauch streichelt.“

„Ein Türke?“

„Ein einheimischer Zwerg Bumsti mit schwarzer Brille und schwarzen Hemden, die er sich nicht in die Hose steckt.“

„Hat er wenigstens einen Schnauzer?“

„Nein.“

Das war dann schon wieder nicht der, nach dem ich suchte! Nachdem Rosi anfangs ein paar Stacheln aufgestellt hatte, entpuppte sie sich jetzt erwartungsgemäß als „Mir brauchst du gar nichts zu erzählen, die Einzige, die hier redet, bin ich!“-Typ. Ich bestellte noch eine Semmel, und wir kamen langsam ins Plaudern: „Das war dann vielleicht keine so gute Idee von der Hausverwaltung, den Teeladen hier neben dem Wurstladen einzuquartieren?“

„Na!“

„Offene Feindschaft?“

„Offene Feindschaft vielleicht nicht gerade. Mehr so wie Israel und Palästina.“

„Wie wenn einer im Papstgewand über dem Swingerclub einzieht?“

„Als wären wir die reinsten Schweine, nur weil wir hier Wurst verkaufen!“

Ohne dass ich sie danach gefragt hätte, holte sie einen Packen Beschwerdebriefe hervor. Ich blätterte sie durch, und sie erinnerten mich in Art und Inhalt an die Beschwerdebriefe, die seit Monaten auch bei Willi dem Schwein eingingen. Wir hatten ja immer auf „irgendwelche fanatischen Katholen-Mütter“ getippt, die in ihren renovierten Wohnungen saßen und ihren Arsch zusammenzwickten, aus Angst davor, dass ihnen ein wildes Tier was hineinstecken könnte. So ungefähr hatte uns jedenfalls Kubelka, der Gehirnschlosser, das Problem mit diesen anonymen Briefschreibern erklärt. Aber jetzt sah die Sache natürlich anders aus. Ich fragte: „Die kommen von der da drüben?“

„Darauf verwette ich meinen Arsch! Hier, riech mal!“

Sie meinte die Briefe, nicht ihren Arsch. Sie dufteten nach Jasmin und anderen Sachen, die man nur in verdammten Teehandlungen riechen konnte. Plötzlich war mir sogar, als würde ich an einem Brief eine Nuance Blasentee riechen, aber ich konnte mich natürlich auch täuschen. Sie sagte: „Der Chef war da vielleicht ein bisschen sehr einseitig in seiner Ablehnung, was die Türken betrifft. Wenn es nach mir gegangen wäre, dann hätte er ruhig auch eine *Volksfront Teetrinker – nein danke!* gründen können. Als hätte irgendwer darauf gewartet, dass die aus Tirol zu uns hierher zieht und Tee verkauft! Ich meine, ich hab' selbst fünf Kinder aus den Windeln gebracht, aber sicher keines ohne Wurst! Die da drüben glaubt aber, dass die Welt ohne Wurst auskommen soll, dabei hat sie ihr Balg noch gar nicht geworfen!"

Da fiel mir der kleine Leopold ein, wie er gestern mit einem Rädchen Wurst zwischen den zwei Beißerchen ins Teahouse gekommen war. Jetzt war ich mir sicher, dass er von Rosi angefüttert worden war, ich dachte: Sehr gut! Solange es Leute wie Rosi gab, die sich und andere gesund ernährten, musste man sich um die gesunde Wurstkultur in unserem schönen Land keine Sorgen machen. Ich bestellte noch eine Leberkäsemmel und steckte einen der Briefe ein. Man konnte da heute ja herausfinden, mit welchem Drucker die gedruckt wurden, welche Schweißperlen sich darauf befanden oder ob jemand ein Haar darauf verloren hatte usw., ganz, ganz tolle Sachen. Der Verfasser des Briefes war also praktisch schon überführt, interessehalber fragte ich noch: „Wusste denn Silke, dass der Chef mit seiner Leber so bedient war?"

Die Antwort war eindeutig: „Ja!"

Was wiederum eine recht logische Zusatzfrage nach sich zog: „Und woher, wenn ich fragen darf?"

„Von mir!"

„Ach!"

„Der Chef war ja so verzweifelt, dass er mich selbst zu ihr geschickt hat mit der Frage, ob es nicht vielleicht auch ein Kräuterchen gegen seinen schweren Leberschaden gibt."

Ich dachte: Als hätte Tee schon mal gegen irgendwas geholfen!

„Ich hab' sie also gefragt, ob sie was Leberstärkendes hat, was für eine Hepatitis. Oder gegen eine Hepatitis? Wie heißt das jetzt richtig?"

Ich überlegte kurz, wie das beim Fußball hieß: Waren das heute drei Punkte *für* den Abstieg, oder waren es drei Punkte *gegen* den Abstieg? Ich entschied mich für „*Gegen* die Hepatitis!" und fragte: „Hatte sie was?"

„Sie hätte einen Mariendistelkrautdingsbumstee gehabt, aber der ist so ein Teufelszeug, hat sie gesagt, fast schon eine Droge, den darf man nur sehr dosiert einnehmen, sonst verdreht es einem gleich die Augen."

Ich dachte: Aha! Beim nächsten Mal unbedingt Mariendistelkrautdingsbumstee kaufen!

„Da hab' ich ihr natürlich sagen müssen, dass es nicht meine Leber ist, die bedient ist, sondern die vom Chef, sonst reden die Leute ja wieder schlecht über meine Leber. Aber wie sie mir gesagt hat, dass zehn Gramm von dem Kraut 688,70 in neuem Geld kosten, hab' ich sofort gemerkt, dass sie den Chef sterben sehen will, also hab' ich es nicht gekauft, ich bitte Sie, 688,70 für zehn Gramm, das ist keine Leber wert, auch nicht die vom Führer."

„Uuups!"

„Also vom Chef. Führer hat natürlich keiner zu ihm gesagt, auch wenn er das sicher gerne gehört hätte, dass wir Führer zu ihm sagen, ‚Guten Morgen, Herr Führer!' und so, aber gesagt hat es letztlich keiner, ehrlich. Sind ja lange vorbei die Zeiten."

***

Ich hatte da so meine Zweifel und legte den Papiersack, den mir Tilman von der Jause übrig gelassen hatte, zu dem Stapel mit Briefen dazu, dann fragte ich Rosi, wie denn der ihrer Meinung nach gestern zur Reha hinaufgekommen sein konnte. Kaum schaute sie den Sack an, brach sie in Tränen aus, und zwar deswegen: „Ich hab' mir noch gedacht, wegen der Stunde Verspätung wird der Chef ja nicht gleich sterben. Aber dann ..."

„Ist er doch gestorben."

„Ja."

Ich gab ihr eine kurze Minute Zeit, damit sie sich wieder fangen konnte, dann interessierte mich Folgendes: „Was meinen Sie denn mit Verspätung?"

„Es war gestern gegen 19 Uhr, ich wollte gerade zusperren und die Jause für den Chef herrichten, die wir ihm jeden Abend hinauf zum Parkplatz bringen mussten, da ruft einer an und bestellt eine Wurstplatte für dreißig Personen, und zwar pronto oder gar nicht!"

„Das hieß was?"

„Umsatz! Ist ja keiner mehr da, der heute noch Wurst isst und sich auch dazu stehen traut! Früher haben wir drei Semmeln verkauft, heute eine!"

„In der Stunde?"

„Am Tag! Und dann bestellt einer eine Wurstaufschnittplatte gleich für dreißig Leute, da überlegt man als Angestellte nicht lange, da lässt man auch mal die Überstunden Überstunden sein und fängt einfach an zu schneiden für den Chef, pro Person dreißig Deka, das waren dann insgesamt ...

„Na?"

„Da kommt jedenfalls was zusammen! Polnische, Krakauer, Extra-, Paprika- und Salamiwurst, alles hauchdünn. Und nicht vielleicht alles nur auf einen Haufen geworfen, sondern eine richtige Aufschnittplatte, das heißt: Verteilen der Wurst auf der Platte, die Wurst schön anrichten. Zum Schluss noch die Garnitur drauf – Paprika, Gurkerl, Pfefferoni, kleine Zwutschkitomaten, Zwieberl. Dann Senf, Ketchup, Mayonnaise."

Wenn sie mir jetzt noch sagen konnte, wer den Aufschnitt abgeholt hatte, dann wären wir wirklich einen großen Schritt weiter gewesen. Aber so gerne sie auch redete, jetzt enttäuschte sie mich:

„Niemand! Ich hab' eine Stunde geschnitten, bis mir fast die Hand abgefallen ist, und dann stehe ich da mit der Aufschnittplatte wie bestellt und nicht abgeholt."

Es hätte Rosi auffallen müssen, dass die Bestellung so kurz vor der Sperrstunde eine Falle war. Sie war ja hier mittlerweile umgeben von Fischlokalen und Kleine-Häppchen-Läden, es gab schlicht keine Zielgruppe mehr für die abendliche Wurstjause, außer vielleicht polnische Schwarzarbeiter, aber die kauften die Wurst eingeschweißt im Supermarkt. Der unbedingte Glaube aber an das Produkt ihres Chefs hatte sie blind werden lassen, und so richtete sie einfach knappe zehn Kilo Aufschnitt her, ohne vorher groß darüber nachzudenken! Ich sagte:

„Können Sie mir vielleicht etwas über den Anrufer sagen?"

„Was denn? Wie er ausgeschaut hat?"

Ich lachte schwach, dann präzisierte ich: „Glockenhell die Stimme oder mehr der tiefe Brummer? Türkisches Deutsch vielleicht?"

„Was ist denn türkisches Deutsch, bitte?"

„‚Ey! Alter! Machst ma zehn Kilo Aufschnittwurst, oder mach ich dich Messer!' Hat er so geredet?"

„Keine Ahnung! Die Bestellung hat ja der Manuel aufgenommen."

„Wer ist der Manuel?"

„Der Lehrbub, der dem Chef immer die Wurst hinauf hat bringen müssen."

Ich fragte: „Jung, braungebrannt, schlank, gutaussehend?"

„Na ja. Wie man's nimmt. Der Chef hat ihn erst vor ein paar Wochen eingestellt, und kaum ist der Chef tot, ist er auch schon wieder weg! Aber qualifiziert hat er sich beim Chef sowieso nicht durch seinen Arbeitseifer, qualifiziert hat sich der beim Chef durch was ganz anderes. Dabei hätte auch ich ihm die Wurst hinaufbringen können, schließlich hab' ich ein Auto und der Manuel nur ein Moped. Aber die Wurstsemmel war in der ganzen Sache sowieso nur primär, wichtiger war da was anderes, und zwar was ganz was anderes."

Am wichtigsten wäre vielleicht mal ein Fremdwörterlexikon zum Geburtstag gewesen, aber sei's drum.

Ich musste plötzlich an den Schlaks denken, der gestern oben am Parkplatz bei Mannis Tankstelle Zettel der *Volksfront Türkenbelagerung – nein danke!* für Rott verteilte und der verdammt nach Wurst roch. Und Manuel hieß er obendrein oder wahlweise mit a hinten dran Manuela. Ich dachte: Gut möglich also, dass Rott ihn im Bräunen solange du willst um 8,88 aufgelesen hatte, sich dort von ihm anstechen ließ und ihm dann eine Lehre als Fleischhauer anbot, damit er immer in seiner Nähe sein konnte, bevor man später gemeinsam ins EU-Parlament einziehen wollte. So ungefähr stellten sich diese Idioten das immer vor. Die Frage war aber: Hatte dieser Manuel auch was mit Rotts Krankheit zu tun?

Rosi ging jetzt nach hinten, ich schrie ihr nach: „Seit wann lief denn das mit den beiden Hübschen?"

Sie schrie zurück: „Na ja, nachdem man dem Danner die Eier weggeschossen hatte, brauchte der Chef ja was Frisches."

Ich schluckte kurz: „Danner und der Chef ... die trieben es also auch miteinander?"

„Na freilich! Wie Romeo und Julia! Und wissen Sie, was? Der Danner war dann sogar noch böse auf den Chef, dass er sich einen anderen nimmt! Aber was stellt der Spinner sich vor? Dass der Chef ihn auch ohne Eier will und vielleicht bis ins Altersheim hineinschiebt, ihm dort abends die Zähne herausnimmt und ihm dann aus ‚Mein Kampf' vorliest, während sie Händchen halten? Der Chef stand ja noch ordentlich im Saft, ein Bild von einem Mann, nur halt leider komplett schwul. Komplett! Wirklich ein Jammer."

Kein einziger Film, den wir bei Willi dem Schwein jemals gezeigt hatten, konnte es mit dieser perversen Seifenoper im rechtsextremen Milieu aufnehmen.

Rosi kam mit ihrer Aufschnittplatte zurück, die sie aus dem Kühlraum geholt hatte. Ein wahrlich beeindruckendes Teil, auf das sie zu Recht stolz sein konnte. Sie stellte die Platte vor mich hin und fragte: „Was ist jetzt? Kommt der noch und holt sie ab, oder nicht? Was glaubst du?"

Ich versuchte Rosis Schnurren mit Guttmanns Theorie eines politischen Mordes in Zusammenhang zu bringen. Dazu stellte ich mir einen Türken vor, wie er das Wurstgeschäft tage- und wochenlang beobachtete und dabei notierte, wann Rosi genau das Geschäft verließ und Manuel mit dem Moped hinausfuhr zur Reha, um dort Rott vereinbarungsgemäß auf dem Parkplatz die Wurst zu übergeben – und weiß der Teufel was noch alles mit ihm zu machen. Ich stellte mir weiters vor, wie dabei in dem

Türken der hinterhältige Plan wuchs, Rott, dem braunen Arschloch, mitsamt seiner Schweinewurst den Garaus zu machen, um die Welt von der Plage des gegessenen Schweins zu befreien. Und wie er gestern Abend schließlich zur Tat schritt und bei Rosi zehn Kilo Aufschnitt bestellte, um für sich selbst ein Zeitfenster zu schaffen, während dem er seinen hinterhältigen politischen Mord an Rott ausführen konnte, im Namen von *Das Schwert des Ostens!*

Aber irgendwie kam mir das alles nur blöd vor, und so wollte ich ihr keine falschen Hoffnungen machen. Sie war verzeifelt: „Und was mach' ich jetzt mit der Wurst?"

Mein verbrannter Arm bat mich seit längerem inständig darum, dass ich ihn abschneiden und in die kühle Wurstplatte hineinlegen möge. Den Gefallen konnte ich ihm leider nicht tun, aber vielleicht ging es ja anders. Ich fragte Rosi: „Darf ich?"

„Na freilich! Was ist denn überhaupt mit deinem Ärmel passiert?"

„Verbrannt!"

Ich griff mir ein kühles Blättchen Extrawurst und legte es auf meinen Arm, man hörte ein leises Zischen, als die Flüssigkeit aus der Wurst verdampfte. Herrlich! Dann noch eins und noch eins, während Rosi mich fragte: „Weißt du eigentlich, dass Extrawurst mehr Vitamin C hat als eine ganze Zitrone?"

„Das wusste ich nicht."

Schließlich umwickelte sie meinen Arm zärtlich mit geschätzten fünf Kilo nie abgeholter Wurst, während ich nach dem Telefon griff, das neben ihrer Kassa stand, und Guttmann anrief: „Hör zu. Finde heraus, wer diese

Telefonnummer, die du jetzt auf deinem Display siehst, gestern um 19 Uhr herum angerufen hat."

„Dafür brauche ich aber einen richterlichen Beschluss!"

„Dann besorg ihn dir!"

Dann legte ich auf.

Rosi umwickelte meinen Wurstarm noch mit Klarsichtfolie, die das alles zusammenhielt, dann sah sie mir tief in die Augen und sagte: „Wenn es dich interessiert, Großer: Kommenden Samstag bin ich ab 20 Uhr im Calypso beim Sunshine-Reggae-Abend."

Ich sagte: „Gut zu wissen."

Da konnte ich dann nämlich kommenden Samstag einen großen Bogen ums Calypso machen!

***

Manchmal macht man als erwachsener Mann Sachen, an die man sich später nicht mehr so gerne erinnert, zum Beispiel „Mit einem Wurstarm spazieren gehen". Diese verdammten Jungfamilien haben ja alle immer auch einen Familienhund mit dabei, den sie natürlich nicht anleinen. Dazu kommen die ganzen niedlichen Kampfhunde der Jogginghosenträger, die eine Leine grundsätzlich ablehnen, aus Gründen der persönlichen Freiheit. „Mein Hund beißt nicht!", ist der Schlachtruf in dieser Stadt.

Noch bevor ich den Toyota erreichte, war ich also von einer Bande Höllenhunde umgeben, die alle als Vorspeise die Wurst wollten, die um meinen Arm gewickelt war, als Hauptspeise mich und als Nachspeise meinen Arm. Sie versperrten mir den Weg zu meinem Toyota, sodass ich die Flucht in Richtung Lemmy hinauf zu Fuß antreten musste. Aus allen Fenstern reckten die Türkenmuttis ihre

Köpfe heraus, weil sie so etwas hier noch nie gesehen und gehört hatten. Und auch Danner stand vor seinem Laden, den er gerade nach der Mittagspause wieder aufsperrte, und lächelte mir aufmunternd zu. Ich sah ihn jetzt natürlich mit anderen Augen und hätte ihm gerne „Schwulibert!" zugerufen, aber die Hunde drängten mich in eine Seitengasse, was ihn königlich amüsierte. Dort schaffte ich es immerhin, den Wurstverband abzustreifen und unter einen schwarzen Range Rover zu werfen, da krochen dann alle darunter, und die Wurstteile flogen nur so durch die Luft. Ich dachte erleichtert: Hätten diese wahnsinnigen Mütter gewusst, dass ihre Familienhunde keine astreinen Vegetarier waren, sie hätten sie nie gekauft!

Endlich rettete ich mich hinunter zu Lemmy, der gerade siestamäßig mit einem Stift im Mund über der *Gosse* brütete. Aber nicht die dramatische Schlagzeile des Tages interessierte ihn und auch nicht die Kleinanzeigen mit Dorotas polnischen Glocken, sondern immer noch sein verdammtes Kreuzworträtsel. Er sah aus wie Ozzy Osbourne beim Scheißen, so angestrengt dachte er nach. Endlich nahm er den Stift aus dem Mund und deutete mit dem Teil auf mich: „Großmacht mit drei Buchstaben?"

Ich sagte: „ICH!"

Was den heimischen Zeitungskrieg anging, hatte Lemmy sich längst entschieden. Die altehrwürdige *Posse* lehnte er ab, weil sie etwas zu viel Druckerschwärze auf seinen weißen Schenkelchen hinterließ, wenn er in seinen kurzen Hosen damit am Klo saß. Auch was Kreuzworträtsel anging, zog er die *Gosse* vor. Außerdem kamen die Gedichte, die der „King of Ottakring" in der *Gosse* absonderte, seinem Bedürfnis nach Schöngeistigem am Klo entgegen, jeden Morgen las er mir den Scheiß laut vor, aber heute hatte Lemmy noch nicht die Gelegenheit gehabt, also holte er Versäumtes nach, ohne dass ich ihn darum gebeten hatte. „Hör zu, Rock!"

Türkenbanden, Drogengangs
besetzen unser Land
wo wird das alles enden?
In schwarzer Türkenhand!

Da musste Lemmy kurz kichern: „Drogengangs ... hihi."

Wie ein alter Mann stand er auf und ging nach hinten, dabei sagte er: „Du entschuldigst mich, ich muss mal kurz die Bewässerungsanlage ein Stückchen weiter aufdrehen."

Ich sagte: „Vergiss nicht den Wal umzudrehen!"

Seine Augen glänzten und schauten mich sanft an. „Mach' ich sowieso!"

Auch wenn die Fettwurst nichts mit ihm redete, so hatte er wenigsten jemanden, um den er sich kümmern konnte. Er bettete sie um, damit sie sich nicht wund lag, und wenn sie schwitzte, hielt er ihr ein feuchtes Tuch gegen die Stirn. Und manchmal schaute er sie auch geil an, das war mir natürlich schon aufgefallen. Ich sagte: „Du machst doch hoffentlich nichts mit ihr, was irgendwie verboten ist!"

Da war er dann kurz beleidigt und meinte: „Als hätte ich das nötig!"

Sicherheitshalber begleitete ich ihn, aber es gab tatsächlich nichts zu beanstanden. Die Kleine schlief immer noch ruhig und fest, und sie hatte noch immer alle Klamotten an. Es schien, als würden die Düfte seiner Pflanzungen sie in mildem Dämmer halten, und ich dachte: Wenn ich doch nur ein bisschen mit dir reden könnte, Blume des Ostens! Vielleicht würde sich mir dann das

Wesen von euch verdammten Türken erschließen. Was treibt euch an, wovon träumt ihr, was sind eure Ängste?

Man wusste einfach viel zu wenig voneinander!

Als wir zurückkamen, gab ich Lemmy die Papers für seine Joints. Er sagte „Danke!“, aber nicht: „Wie war dein Tag, Schatz, möchtest du etwas essen?“

Bei der Gelegenheit fiel mir auf, dass ich ihn überhaupt noch nie etwas essen gesehen hatte, genauso wenig wie pissen. Irgendwann vor ein paar Jahren hatte er mal versucht, sich eine Pizza ins Quattro Stazzione liefern zu lassen, aber irgendwie hatte das nicht so recht geklappt, weil die von der richtigen Pizzeria sich von ihm verarscht gefühlt und „Schieb dir deine Pizza doch in den Arsch, du Scheiß-Freak!“ zu ihm gesagt hatten. Also ließ er es in der Folge einfach bleiben und ernährte sich von Weed.

Als wir wieder vorne Platz genommen hatten, deutete Lemmy auf meinen Arm und sagte: „Du siehst ja aus wie eine verdammte Rothaut!“

Ich sagte: „Tja.“

Irgendwie verloren wir uns alle in einem bunten Völkergemisch – Weiße wurden zu Roten, Braune zu Gelben. Und ich hatte gerade eine neue Spezies Außenseiter in der Gegend kreiert, mal sehen, wer mir als Erster ins Gesicht brüllte: „Geh zurück nach Hause, du rote Sau! Du gehörst nicht hierher!“

Ich fragte: „Hast du vielleicht mal eine Creme oder so was für mich?“

Er sagte: „Ich hab’ Fußbalsam.“

Es hätte mich irgendwie gewundert, wenn Lemmy seinen Fußbalsam für die eigenen Füße verwendet hätte, aber das tat er auch nicht. Er verteilte ihn vielmehr überall in seinen Räumen, um durch den intensiven Geruch die

Schnüfflerhunde der Finanz zu verwirren, falls die mal zu ihm kamen und wissen wollten, womit er genau sein Geld verdiente. Er sagte: „Ist besser als Schuhpasta!“, mit der man früher die Schnüfflerhunde verwirrte.

Als ich den Balsam auftrug, kühlte er immerhin. Als Dank sagte ich ihm endlich, dass Darjeeling-Silke schwanger war und dass ich sogar ungefähr wusste, wie der Kerl aussah. Ich hätte dann eine Art dramatischen Zusammenbruch von ihm erwartet, weil er ja zum Dramatischen neigte und Silke nun endgültig für ihn verloren war. Aber Lemmy blieb gelassen wie einer, der eine kleine türkische Maus da hinten in seinen Anbaugebieten liegen hat, die ihm nie mehr davonlaufen kann.

Ich schnappte mir die *Gosse*, drehte und wendete sie und sah mir noch einmal die Schlagzeile des Tages an:

Skandal! Türke schlägt Rott tot!

Ich fragte Lemmy: „Was fällt dir dazu ein?“ Er sagte: „Das ist ein astreiner Scoop, Alter, astrein!“

Die Frage musste erlaubt sein: „Ein was?“

Lemmy war ja früher selbst mal bei einer Zeitung gewesen, daher kannte er sich mit Zeitungen irgendwie aus. Auch wenn Zeitung vielleicht ein zu großes Wort war, wenn man vom *New Music Chronicle* sprach, den Lemmy früher mal zusammen mit seinem Kumpel Charly gemacht hat. Die beiden gingen in ihre Stammhütte, tranken dort ein paar Bierchen, hörten ein paar Stunden lang Musik, rauchten ein paar Joints, und nachts schrieben sie über den Scheiß, den sie sich anhörten oder bei Konzerten anschauten. Sie kopierten das Geschriebene, hefteten es zusammen und nannten es *New Music Chronicle*. Dann legten sie es in den einschlägigen Kellerlokalen auf, in denen heute noch ein paar übrig gebliebene, schwarz gekleidete alte Säcke herumhingen und in der Nase bohrten, die vor dreißig Jahren schon schwarz gekleidet dort herumhingen und in der Nase bohrten, nur waren die Haare damals noch nicht so grau. Dichter und Möchtegerndichter allesamt, Schreiberlinge und Möchtegernschreiberlinge. Der *New Music Chronicle* war also die erste Gratiszeitung, wenn man so will, noch lange vor der *Gosse*.

Lemmy sagte: „Du glaubst doch nicht, dass da gestern jemand zufällig vorbeikam und sein Telefon zückte, als der Türke dem Rott das Licht ausblies. Dann hätte der schon verdammt großes Glück gehabt, und die *Gosse* hätte ein noch viel größeres verdammtes Glück gehabt, dass derjenige dann ausgerechnet ihnen die Fotos geschickt hat und nicht etwa der verdammten Konkurrenz."

Das war mal ein interessanter Ansatz, ich fragte: „Du meinst also, die *Gosse* hat den Türken dort hingeschickt, um Rott kaltzumachen, und sie haben es gleich selbst fotografiert?"

Er sagte: „Keine Ahnung, Alter! Aber ich sag' dir mal was! Wenn wir früher im *New Music Chronicle* eine Story zum Beispiel über die besten Schlagzeugsoli von 1982 bis 1984 gemacht haben, dann haben wir eine Story über die besten Schlagzeugsoli von 1982 bis 1984 gemacht, nur die harten Fakten, sonst nichts. Dieser Typ vom *New Music Express* aber, dieser Hans-Peter ..."

„Hans-Peter?"

„Ja, Hans-Peter irgendwas. Der hat sein Blättchen natürlich damals schon in Farbe kopiert und nur über Weiber und Sex und Rock-'n'-Roll-Orgien und ‚Mick Jagger in Wien gesehen!' und so einen Scheiß geschrieben, was natürlich alles erstunken und erlogen war, aber die Leute wollen immer das lesen, was erstunken und erlogen ist, und Hauptsache bunt wie diese Scheiß-*Gosse* hier, darum geht es! Du musst einfach bunt sein, sonst gibt es dein Käseblatt nur zwei Ausgaben lang, verdammt!"

Bitterer Nachsatz: „So wie meines."

Ich sagte: „Das tut mir ehrlich leid, Lemmy. Noch immer."

Er konnte es nach wie vor nicht fassen: „Dabei hab' ich den Arsch sogar mit meinem Gras beliefert! Scheiße, ich möchte echt wissen, was aus diesem Hans-Peter geworden ist!"

Wir rauchten noch einen und hielten uns dabei sogar die Hände. Das war natürlich ein bisschen schwul, aber wann hatte man heutzutage noch die Gelegenheit, mit einem Freund am frühen Nachmittag ein ehrliches Gespräch auch und gerade über das Scheitern zu führen?

Weil Lemmys Motor nun schon mal gut am Laufen war, fütterte ich seine Maschine des Wissens der Welt gleich weiter. Ich redete ihn auf seine schlechte Gesichtsfarbe an und schlug ihm vor, vielleicht mal ins Solarium zu gehen, wenn er schon die frische Luft und die direkte Sonneneinstrahlung mied, zum Beispiel ins Bräunen solange du willst um 8,88. Dann fragte ich: „Was sagst du dazu?"

Er sagte: „Muss ich wirklich?"

„Mir genügt eigentlich, wenn du mir sagen kannst, warum der Laden deiner Meinung nach so einen beschissenen Preis hat."

Er sagte: „Ich hab' da leider auch keine Ahnung, Rock, ich kenn' mich ja in der Solariumszene nicht so gut aus, wie du siehst." Dabei deutete er auf seine mehr als weißen Beinchen.

„Aber was ich aus der Neonaziszene weiß, verwenden diese Idioten die doppelte Acht als Symbol für Heil Hitler, weil das H ja der achte Buchstabe im Alphabet ist, capito?"

Ich kombinierte: „Dann ist das also ein Solarium für Neonazis?"

„Möglich."

„Das sind aber drei Hs im Namen. Warum nicht 8,80?"

„Dann hieße es ja ‚Heil Hitler die Null'! 8,88 kannst du als ‚Heil, Hitler, Heil!' lesen. Ich kenn' mich ja wie gesagt nicht besonders gut aus mit Solarien, aber wäre es eines für kubatreue Kommunisten, dann würde es vielleicht Bräunen solange du willst um 5,63 heißen, das 5,63 steht dann für ‚Eviva Fidel Castro!' Nur so zum Beispiel."

Mein aufrichtiger Dank war ihm sicher, falls er mir noch eine letzte Frage beantworten konnte: „Und was weißt du übers Anal-Bleaching?"

***

Willi hatte in letzter Zeit ein wenig die Lust an seinen Schweinereien verloren, die Umsätze waren eingebrochen, die Kosten aber gestiegen. Ich selbst bekam in Nutten bezahlt und in säuselnden Worten, die aneinandergereiht folgenden Satz ergaben: „Irgendwann wird das alles hier dir gehören!" Willi selbst war ja trotz eines regen und erfüllten Sexuallebens kinderlos geblieben, er hatte einfach nichts im Sack gehabt, und mit den Jahren entwickelte er halt so etwas wie väterliche Gefühle für mich. Aber dieser Satz hörte sich natürlich heute, wo längst die DVD erfunden war und sich wirklich jeder wirklich überall einen herunterholen konnte, nicht mehr so verlockend an wie noch vor dreißig Jahren, als ich das erste Mal in Willis Laden hineingefallen war und Filme zu sehen kriegte, die in der Mitte noch zu brennen anfangen konnten, knapp bevor es richtig heiß zur Sache ging.

Zu den Umsatzrückgängen war in letzter Zeit noch der ganze Ärger mit dem Stoßtrupp „Besorgte Mütter" hinzugekommen, diesen ausgedörrten Gemüsefresserinnen, die nicht nur Big Bärbel und ihre Gang aus dem Huberpark zu drängen versuchten, sondern mit Willis hoher Filmkunst genauso wenig Freude hatten wie mit den verarbeiteten Tierabfällen von Wurstkönig Rott. Nun werden diese verdammten Mütter Willi das Schwein vorgestern nicht selbst zusammengeschlagen haben. Aber um das Grosny Creditsky nahe dem Huberpark lungerten den ganzen Tag lang jede Menge Typen herum, die man sich gegen ein wenig Bargeld wahlweise für ein paar Stunden Trockenschalenverlegen mieten konnte oder auch mal für einen hinterhältigen Mord, was nur unwesentlich teurer war.

Daran hatte ich auf meiner Fahrt hierher zum Krankenhaus denken müssen, als ich verträumt an Rosis Brief schnupperte, der verdächtig nach Tee roch. Und nach reiflichem Schnuppern und einigen Überlegungen traute ich diesen Spinatwacheln eigentlich alles zu!

Ich parkte mich ein. Dort, wo alle Krankenhäuser ihren Blumenladen hatten, kaufte ich noch einen Strauß Gänseblümchen, sodass ich wie einer aussah, der seine niedergekommene Gattin mitsamt dem Nachwuchs besuchen wollte. Im Lift schauten mich dann alle begeistert an und dachten: So ein netter Papi! Bisschen alt vielleicht, bisschen unrasiert, doch insgesamt sehr lecker.

Aber halt! Was ist denn das für ein befremdlicher Geruch, der ihn gar so penetrant ummantelt? Riecht dieser Papa vielleicht nach Haschisch?

Diese Frage konnte ich an ihren Gesichtern ablesen, und alle waren dann irgendwie froh, als sie auf der Neugeborenen-Etage ausstiegen, ich aber nicht.

Ich fuhr nämlich noch ein paar Stockwerke weiter hinauf bis zur Notaufnahme. Dort kam man immer so schwer hinein, wenn man nicht gerade mit dem Patienten in direkter Linie verwandt war, weil es da oft um letzte Dinge wie Erbschaft und so einen Scheiß ging. Aber genau dafür hatte ich ja jetzt die Pflanzen mit.

Ich ging damit zur Lady an der Rezeption, die jung und hübsch war und in einem engen, weißen Kasack steckte, was an ihr wirklich super aussah, lehnte mich galant nach vor und sagte: „Zu Herrn Willi Nejedlik, bitte."

„Ist das Ihr Vater?"

„Ja, genau."

„Darf ich Ihren Ausweis sehen?"

Ich reichte ihr stattdessen die Blumen hinüber und spielte den Charmebolzen mit Lizenz zum Fiakerfahrer, wobei ich ihr einen flotten Kutschenritt in Aussicht stellte, wenn sie für mich dieses eine Mal eine Ausnahme machte und auf die Vorlage des Ausweises verzichtete. Sie verstand und sagte: „Aber bitte keine Schlägereien, ja?"

Sie hatte wohl in Willis Krankenakte geblättert.

Ich ging also den Gang hinunter bis zu Zimmer 365, man hatte ihn mittlerweile in ein Privatkassen-Zimmer verlegt, dort trat ich ein. Willi hatte sich leidlich erholt, roch nach Apfelmus und freute sich, mich zu sehen. Das sah ich am kleinen Finger der rechten Hand, den er schwach hob, und an einer Augenbraue, die er kurz bewegte. Dazu kam ihm einer aus, wie ich ihn lange nicht mehr gehört hatte, wenigstens das funktionierte noch. Ansonsten war er überall bandagiert, und altersgemäß war er über Nacht ein wenig steif geworden, sodass er sich kaum bewegen konnte. Ich fragte trotzdem: „Soll ich dir vielleicht die kleine Schwester von draußen besorgen?"

Da hatte ich schon wieder fast vergessen, dass wir ja in einem Krankenhaus waren und nicht in seinem Puff.

Willi aber war gar nicht nach Sex zumute, er brauchte viel dringender eine Leibschüssel, also klingelte ich, und dann setzte ich mich zu ihm ans Bettchen, hielt ihm die Pfote und erzählte ihm, in welchem Zustand wir ihn vorgestern gefunden hatten, wie er dann hierher gekommen war und so weiter. Smalltalk halt, den man pflegt, wenn einer im Krankenhaus liegt. Aber all das schien Willi gar nicht sonderlich zu interessieren. Endlich schaffte er es, sich aufzurichten, dann fragte er mit brüchiger Stimme: „Hatte Lemmy die Pillen dabei?"

Und ich sagte: „Fast hätte ich's vergessen!"

Lemmy hatte mir ja noch ein schönes Schächtelchen mit Pillen für Willi zusammengepackt, mit viel Liebe, aber ohne Masche drumherum. Ich öffnete es und packte alles aus, was man sich nur wünschen konnte, Uppers und Downers, Grüne und Gelbe. Willi bediente sich, und ich reichte ihm das Wasser zum Hinunterspülen, während er sich beklagte: „Die hier geben mir nur Prostagutt forte für die Nacht! Verdammtes Scheißpack!"

Ich sagte: „Apropos verdammtes Scheißpack!"

Dabei zog ich den Brief hervor, den mir Rosi gegeben hatte, und erklärte Willi, wie ich den mit den Hassbriefen gegen ihn in Zusammenhang brachte: „Riech mal! Riecht verdammt nach Teehaus, was?"

Dann fragte ich: „Waren es vielleicht diese verdammten Mütter, Willi? Haben sie sich oben vorm Grosny Creditsky ein paar Kaukasier organisiert, die bereit waren, dich für ein paar lausige Kröten zusammenzuschlagen? Sag schon, Willi, waren es die?"

Aber Willi schüttelte nur den Kopf und sagte: „Es waren die verdammten Daltons."

Die verdammten Daltons also!

Willi erzählte: „Die Spatzen pfeifen es schon länger von den Dächern, dass die Jungs investieren wollen, und mein Pornhouse wäre ihnen gerade recht, weil es die Fassade nach vorne, zum Gürtel hin hat, während sie ihren Schweinekram in der dunklen und wenig befahrene Friedmanngasse auf gerade mal vier Quadratmetern anbieten müssen!"

Aber so viel Geld dürften sie dann doch nicht haben, dass sie Willi den Marktpreis als Ablöse bezahlen konnten, also versuchten diese Arschlöcher gestern mit ein paar Rechts-links-Kombinationen den Preis zu drücken.

Ich steckte also Rosis Brief wieder ein und dachte an Happiness und ein paar ihrer nigerianischen *Brothas*, Jungs aus der Holzfällerbranche mit diesen blutunterlaufenen roten Augen, die sie in der Nacht so niedlich aussehen ließen wie Zombies, mit Händen so groß wie Kanaldeckel und Muskeln aus Stahlbeton. Ich fragte Willi: „Soll ich ein paar von denen buchen, damit sie den Hosenscheißern in den Arsch treten?"

Aber Willi wollte nicht so recht, und langsam fragte ich mich, wo denn das Schwein in ihm geblieben war. Lemmys Pillen schienen noch nicht weit genug in sein Hirn vorgedrungen zu sein, jedenfalls noch nicht dorthin, wo bei ihm die Angst saß. Ich schob ihm also ein paar mehr hinein, und dann rückte er endlich heraus mit der Sprache:

„Die haben da so eine Art mächtige Organisation im Hintergrund."

Willi griff nach seiner Hose, die er gestern anhatte, als sie ihn umhauten. Er gab sie mir und sagte, dass in der Arschtasche etwas stecken würde, das ich mir anschauen sollte. Ich zog ein Fax heraus, von dem Willi erzählte, dass er es vor einer Woche bekommen hatte. Der ganze verdammte Briefkopf war in Türkisch gehalten oder jedenfalls in einer Sprache, die ich für Türkisch hielt, weil im wesentlichen nur Üs und Ös und solche Buchstaben aneinandergereiht waren. Ich konnte es nicht schwören, aber der Briefkopf erinnerte mich irgendwie an den, den ich in Rotts gelbem Ordner auf einigen der Briefe aus dieser Schönheitsklinik im 19. Bezirk gefunden hatte, und zwar auf denen, die ihn nach der Übernahme durch den neuen Eigentümer erreicht hatten.

Der eigentliche Text auf Willis Fax war dann aber auf Deutsch abgefasst, wenn man das mal Deutsch nennen wollte, was die Affen da zu Papier brachten:

„Dü!

Sinde wirre sehrre indaressssird ann öbjekkte was hasta dü, dü vahandalunga machsta mit üns? Ja? Nein? Machma Messer mit di, dü dich, wennnst Vahandalung dü sagst nein!!

Dü An rüffe!"

Und darunter stand tatsächlich die Telefonnummer.

Willi erzählte weiter: „Frag mich bitte nicht, warum, aber die wollen da so eine Art Porno-Tempel in der Gegend errichten."

„Einen Tempel?"

In meinem Hirn schlugen die Windungen plötzlich aus in Richtung Kainz, den Maulwurf, der mir auch von einem Tempel erzählt hatte, und bei ihm hatte sich das alles nicht weniger bescheuert angehört als jetzt bei Willi.

Ich wollte der Sache schnell auf den Grund gehen und wählte die Nummer, ich ließ es ein paarmal läuten, und dann hörte ich eine nette Frauenstimme, die in einer Sprache, die ich nicht recht verstand, womöglich „Die gewählte Rufnummer ist im Augenblick nicht erreichbar, rufen Sie zu einem späteren Zeitpunkt wieder an“ sagte. Türkisch war das aber nicht, zu wenige Üs und Ös. Willi und ich hörten uns den Text zusammen noch einige Male an, und schließlich waren wir uns einig, dass sich die Lady anhörte wie Tante Jolanda im Hard & Heavy, wenn sie sich eine heiße Gulaschsuppe über die Schürze schüttete und dann ordentlich fluchte.

„Serbisch? Serbisch!“

Jetzt musste ich natürlich noch stärker an Guttmanns Maulwurf denken, der mir ja erzählt hatte, dass sie den Chef der Terrorgruppe gerade in Serbien verloren hatten, und ich fragte Willi: „Weißt du denn zufällig, wie diese verdammte Organisation heißt?“

Er sagte: „Keine Ahnung! Irgendsoeine Schwanzkult-Scheiße. Meine Nutten klagen seit längerem, dass diese verdammten Türken immer größere Schwänze in der Hose haben. Aber das ist doch krank, Rock! Man muss doch auch mal zufrieden sein mit dem, was man hat!“

Was das betraf, war Willi ganz entspannt und old school. Aber diese reife Haltung hatte natürlich weiß Gott nicht jeder, sie hatte mit Lebenserfahrung zu tun und mit Büchern wie *Das kleine Ich bin ich,* das Willi regelmäßig las, das aber wahrscheinlich noch nicht ins Türkische übersetzt war. Heute war jeder immer mit allem gleich unzufrieden, und es ging immer nur um größer und stärker, und wenn man da nicht mitmachte, dann galt man schnell als schwul oder als „Girlie Man".

Genau wie ein solcher jammerte Willi jetzt weiter: „Ich weiß echt nicht, was die wollen! Am Gürtel lässt sich doch seit langem kein Geld mehr verdienen, ich halte das Pornhouse doch nur noch offen, um euch Idioten eine Freude zu machen!"

Ich war ehrlich gerührt und sagte: „Ist das wahr, Willi? Danke!"

„Und jetzt drängen auch noch diese verdammten Türken in den Markt. Sie expandieren, wo es nur geht, und versuchen gewachsene Strukturen zu verdrängen!"

Der Gürtel war seit langem zu großen Teilen in der Hand der Albaner, und Willi war einer der letzten Einheimischen, die sich dort noch tapfer im Geschäft hielten, wobei Geschäft vielleicht nicht das richtige Wort war. Er erzählte: „Als ich das Pornhouse aufmachte, da traf man sich Samstagnacht auf eine gemütliche Schlägerei, anschließend ging man zu dem oder zu jenem ins Puff, und man versoff zusammen wieder alles, was man dem anderen beim Kartenspielen abgenommen hatte. Alle trugen schicke Anzüge mit Krawatten, alle hatten Benimm, und wer sich die Schuhe nicht wichste, der wurde erst gar nirgends hineingelassen. Aber heute ist das alles nur noch ‚Business', es geht um Scheiß-Investments und so was. Herrgott, früher gab es Banden, heute gibt es Franchises! Deswegen bin ich ja so depressiv, Rock, weil das alles überhaupt keinen Spaß mehr macht!"

Ich hatte Willi aufmerksam zugehört und ermahnte mich nun: Öfter mal aufmerksam zuhören, lieber Rock! Nicht immer so oberflächlich sein! Dann werden die Kumpels nämlich nicht so schnell depressiv.

Willi stiegen Tränen der Wehmut und der Erinnerung an den Gestank von Zigaretten und abgestandenem Bier in die Augen. Aber als ich schon dachte, jetzt bricht er mir endgültig zusammen und fällt tot aus dem Bett heraus, tat er das genaue Gegenteil, denn Lemmys Pillen begannen plötzlich zu wirken, und Willi fand ein paar seiner verbliebenen Lebensgeister wieder. Er richtete sich in seinem Bett auf und drückte mir fest die Hand, dabei sagte er: „Sollen die Daltons von mir aus weiterhin vor ihrem Türkpörn herumstehen und ihre Hand in die Jogginghose stecken, aber mein Pornhouse kriegen sie nicht!"

„Niemals!"

Am liebsten hätte sich Willi sofort sein rosa Plüschhemd angezogen und wäre mit mir hinausgezogen an die Front.

Aber da kam endlich die Schwester mit der Leibschüssel herein und bremste ein wenig seinen neu gewonnenen Elan.

***

Dreißig Jahre lang hatte ich mich in meine Hawaiihemden gezwängt, mir das hellblaue Seersucker-Jackett übergeworfen und war in die spitzen Schühchen geschlüpft. Hatte dazu reichlich Nuttendiesel aufgetragen und eine schwere Uhr um das Handgelenk geschnallt, die zwar nicht echt war, dafür aber gut aussah. Als Pornokino-Manager brauchte ich nämlich sowieso keine Uhr, sobald das Rädchen erst einmal lief: 16 Uhr, 18 Uhr, 20 Uhr, 22

Uhr, das war meine Welt. Wann immer er mich brauchte, meldete ich mich um 15.35 Uhr bei Willi zum Dienstbeginn, ich ging nach oben und legte die Filmrolle ein, dann lief ich zur Kassa, dort verklopfte ich die Karten an unsere Stammkunden, selten an Laufkundschaft. Dann ging ich schnell zum Saaleingang, wo ich der Ordnung halber die Karten auch abriss. Sobald alle meine Schäfchen im Stall waren, lief ich wieder hinauf in den Vorführraum, wo ich den Motor anließ, und dann ging es los: *Jack schleckt sie alle!, Jack schleckt zurück!, Jack schleckt sich durch!* (sein berühmter Gefängnis-Ausbruchsfilm). Das waren dreißig Jahre meines Lebens, dreißig Jahre Glück.

Und das sollte nun alles vorbei sein?

Auf dem Rückweg vom Krankenhaus hierher musste ich dann mal sehr dringend, und zwar tanken. Ich war ja heute schon ein paar Meter gefahren, also bog ich vom Gürtel her kommend durch die Stadtbahn-Unterführung kurz nach links ab, dann scharf rechts hinein in die Friedmanngasse, dann wieder scharf rechts zu Mannis Tankstelle. Es war ein gutes Gefühl, mich an ein paar tiefer gelegten Karossen vorbeizudrängeln, die da vor Mannis Billigtanke anstanden, denn sofort ging das Gejammere los: „Ey, Oida! Isch bin vor dir dran!" Die jungen Türken blickfickten mich der Reihe nach und ließen ihre Motoren aufheulen. Einer sprang sogar aus seinem Opel, stellte sich breitbeinig davor, steckte beide Hände in die Hose und tat, als müsste er ein ganz schweres Gewicht tragen. Du meine Güte! Die Jungs hatten einfach nichts übrig für unsere Musik, für unser Essen, für unsere Bräuche, und sie hatten nichts übrig für unseren Sex. Dass Jack Schleck wie ein Gott schleckte, das sagte diesen jungen Pennern einfach rein gar nichts, sie hatten wahrscheinlich ihre eigenen Helden, und so blieb man sich die ganze Zeit fremd. Das war schon irgendwie echt traurig, dass man mit diesen verdammten Türken einfach nicht reden konnte!

Als Manni mir den Stutzen ruhig und zuvorkommend hineinsteckte, beruhigten sich die Affen wieder halbwegs, denn Manni war nicht nur mein Freund, sondern auch über zwei Meter groß. Und während der kostbare Tropfen in meinen Toyota hineinfloß, fragte ich ihn, ob der Junge, der vorgestern Abend hier auf seinem Parkplatz Zettel für die *Volksfront Türkenbelagerung – nein danke!* verteilt hatte, nur vorgestern da gewesen war, oder ob der öfter mal vorbeikam?

Manni fragte: „Schlank, braungebrannt, gutaussehend?"

Ich sagte: „Ja."

„Der kommt jede Nacht hierher. Ist ein verdammter Stricher, der Kunden für das Bräunen solange du willst um 8,88 da drüben abschleppt."

***

Ich hatte den langen Tag über ganz aufs Biertrinken vergessen, was bei der Hitze gefährlich werden konnte, wegen der vielen Elektrolyte, die man beim Schwitzen verlor. Noch im Toyota rief ich also Guttmann an und bestellte ihn ins Hard & Heavy zu Jolanda, wo ich meinen Elektrolytehaushalt wieder ins Lot bringen wollte, und bei der Gelegenheit würde ich ihn auch gleich über den Stand der Dinge informieren.

Jolanda hatte irgendwann ein paar Flaschen Slibo eingepackt und war damit aus ihrem kleinen Kaff in Istrien abgehauen, sie war irgendwie hierher gekommen und hatte einen geheiratet, der den Schnaps dann ganz alleine soff und sie drei Jahre lang schlug, bis sie sich endlich scheiden ließ. Danach suchte sie lieber nach einem alten Wirtshaus als nach einem neuen Mann, und sie fand ein Plattengeschäft mit dem Namen Hard & Heavy, das genau gegenüber vom Quattro Stazzione lag, auf der anderen Seite der Brunnengasse. Sie warf alles, was mit Platten zu tun hatte, zu Lemmy hinunter und stellte stattdessen ein paar Tische und Stühle hinein. Alle paar Wochen fuhr sie hinunter nach Istrien und holte neuen Plavac. Der schmeckte uns, und Lemmy steckte ihr im Gegenzug immer was von seinem Gras zu, so freundeten wir uns an. Im Hinterzimmer bauten wir ihr eine Küche ein, die Küche war das Wichtigste bei Jolanda, denn sie kochte, wie eine kochen musste, um einen Mann glücklich zu machen. Den Namen zu ändern fand sie nie der Mühe wert, wer sie und ihre einmalig feurige Gulaschsuppe finden wollte, der fand sie auch so, da hielt sie es ganz wie Lemmy.

Wir mochten Jolanda sehr.

Als Guttmann kam, bestellte ich ein Großes und ein Kleines, und Guttmann fragte: „Ein Großes und ein Kleines *was*?"

„Ein großes Bier gegen den Durst und ein kleines zur Entspannung."

Guttmann wollte das auch. Dann betrachtete er den Ordner, den ich ihm auf den Tisch gelegt hatte, und sagte: „Schickes Gelb. Was ist denn da drinnen?"

Ich trank das Große gegen den Durst und begann zu erzählen: „Im Mai dieses Jahres war Rott in einer Schönheitsklinik im 19. Bezirk eingecheckt, er ließ sich dort das Arschloch bleachen."

„So was gibt's?"
„So was gibt's."
„Was es nicht alles gibt!"
„Anal-Bleaching ist der letzte Schrei in Hollywood. Zuerst machten's alle in der amerikanischen Pornoindustrie, weil man mit der neuen High-Definition-Videotechnik jedes verdammte Wimmerl und jedes Braun am Arsch ganz genau sehen kann, das sieht dann speziell bei *Anal total* oder *Anal brutal* nicht so gut aus. Bald machten es alle anderen Schauspieler auch. Dann waren die Ostküsten-Juden an der Reihe, weil sie sich buchstäblich von der braunen Scheiße befreien wollten, bei denen ist das aber mehr ein Kopfproblem, wie du weißt."
Man hatte als Privatdetektiv in den Vorstädten auch einen gewissen Bildungsauftrag, also gab ich gerne weiter, was mir Lemmy zu dem Thema ins Ohr geflüstert hatte. Guttmann hakte nach: „Und jetzt machen's sogar schon unsere heimischen Rechtsextremisten, oder was?"
„Wie es aussieht, ja."
„Hölle auch!"
„Rott glaubte, dass er sich dabei eine schwere Hepatitis-Erkrankung eingefangen hat, die Leber war jedenfalls seine Achillesferse, wenn man so will."
„Hm. Das würde erklären, warum er gestern so gelb im Gesicht war, als wir ihn gefunden haben. Das hab' ich dir vielleicht noch gar nicht erzählt."
Ich sagte: „Erspar' mir bitte die Details, ich weiß genau, wie er gestern ausgesehen hat."
Guttmann fragte das einzig Richtige: „Warum?"
Ich legte nun auch den Kalender auf den Tisch, den ich in Rotts Zimmer gefunden hatte, und sagte: „Da steht, dass er gestern um 16 Uhr einen Termin mit einem

‚Anwalt‘ auf der Terrasse der Schlagobersbude neben der Reha-Klinik hatte. Ich selbst habe gestern im Auftrag eines Klienten dessen Frau überwacht, die sich dort draußen mit einem Mann getroffen hat. Wie sich herausstellte, war dieser Mann Rott, und der Anwalt, den er treffen wollte, war eine Anwältin namens Bukowski und lustigerweise die Frau meines Klienten. Das hab' ich dir vielleicht noch gar nicht erzählt."

Ich rechnete fest damit, dass Guttmann gleich ein bisschen böse auf mich sein würde, weil ich Geheimnisse vor ihm hatte, die man vor einem Freund nicht haben sollte. Aber stattdessen schrie irgendwas in ihm plötzlich „Hoffnung!", und er sagte:

„Dein Klient ist nicht zufällig Türke und trägt einen Schnauzer?"

Ich musste ihn enttäuschen: „Mein Klient ist Jude."

Aber Guttmann hoffte weiter:

„Ein stadtbekanntes braunes Arschloch und ein Jude? Das ist ja fast noch besser! Wie heißt denn dein Jude?"

„Es ist unser Freund Herschel Bukowski."

„Herschel der Jude?"

„Genau der."

„Aber der hat doch gar keinen Schnauzer ..."

Guttmann und ich hatten so Phasen, in denen unsere Gespräche ein wenig ins Leere liefen. Das wurde nicht besser, je älter wir wurden, es wurde aber auch nicht mehr schlechter. Er fragte:

„Warum hat denn Herschels Frau diesen Rott da draußen getroffen?"

„Das weiß ich noch nicht genau, aber ich nehme an, dass Hildchen zur selben Zeit in der Schönheitsklinik eingecheckt war wie Rott, sie hat nämlich unglaubliche

Titten, von denen ich mir nicht vorstellen kann, dass sie ihr einfach so gewachsen sind.“

Er fragte: „Wie alt ist sie denn?“

Ich sagte: „78! Aber mit zwölf hatte sie keine Zeit, sich die Titten operieren zu lassen, da war sie im KZ!“

„Verdammt!“

„Jedenfalls wird es nicht einfach, Herschel beizubringen, dass seine Frau sich ausgerechnet mit einem braunen Arschloch getroffen hat. Du weißt doch, wie er zu braunen Arschlöchern steht!“

„Heilige Scheiße, ja. Herschel *hasst* braune Arschlöcher!“

Um der Diskussion ein wenig das Bedrückende einer Holocaust-Debatte zu nehmen, bestellten wir noch eine Runde, und ich zündete mir einen an, bevor ich weitererzählte:

„Hier in diesem Ordner sind Briefe und Klagsdrohungen von Rott an diese Schönheitsklinik. Irgendwann muss Rott Hildchen dort über den Weg gelaufen sein, und sie musste ihm erzählt haben, dass sie Anwältin ist.“

„Und jetzt sollte sie die Klinik für ihn verklagen?“

„Ich nehme es an. Der Schleifstein, mit dem die dort das Bleaching durchgeführt haben, könnte tatsächlich verseucht gewesen sein. Möglich ist aber auch, dass sich Rott die Krankheit von einem gewissen Manuel – oder auch Manuela, je nachdem – geholt hat, beim ungeschützten Geschlechtsverkehr. Der Junge hatte so eine ungesunde Farbe in den Augen, als ich ihn sah.“

Guttmann: „Rott war schwul? Herrgott! Was sind denn das für Scheiß-Rechtsextremisten, die sich ihr braunes Arschloch säubern und sich dann von irgendwelchen Halbwüchsigen ficken lassen? Wenn das herauskommt, wird kein Nazi mehr das Horst-Wessel-Lied singen können, ohne dass er dabei an Rotts Arschloch denken muss ..."

„... das zum Schluss nicht einmal mehr braun war!"

„Zum Kotzen! Und wer ist Manuel?"

„Rotts Wurst-Lehrling. Er hat ihn vor ein paar Monaten eingestellt, und seit er sich in der Reha befand, musste der ihm jeden Abend pünklich um 19.30 Uhr ein paar Wurstwaren aus seinem Laden als kleines Leckerli hinauf zum Parkplatz der Reha bringen, wo sie sich trafen, und das leckerste Leckerli war er selbst. Weißt du denn schon, wer gestern in der Wursthandlung angerufen hat?"

„Noch nicht. Die zuständige Richterin ist auf Fortbildung."

„Das dachte ich mir. Dieser Manuel ist aber nicht nur Wurstlehrling, sondern auch ein Stricher, der auf dem Parkplatz neben Mannis Tanke Kunden für ein Solarium namens Bräunen solange du willst um 8,88 keilt, vermutlich ein Treffpunkt für schwule Rechtsextremisten, schon mal gehört?"

„Nein, sollte ich?"

„Du gehst wohl nicht so gerne ins Solarium, was?"

„Gefällt dir mein Teint nicht?"

„Jedenfalls haben alle in Rotts Bewegung einen stark gebräunten Teint, das scheint eine Art Wiedererkennungsmerkmal bei denen zu sein. Aber das heißt noch nicht, dass sie alle schwul sind, okay?"

„Aber es heißt, dass sie alle braun sind?"

„Das schon. Außer Danner, mit dem Rott was hatte, bevor man dem die Eier wegschoss. Der ist weiß wie Schnee."

„Diese verdammten Freaks!"

„Rotts Ehefrau war bezüglich seiner sexuellen Ausrichtung seit Jahren desillusioniert und tröstete sich ihrerseits mit einem Türken, den sie als Gärtner tarnte. Als ich heute bei ihr war, dachte ich kurz an ein mögliches Eifersuchtsdrama. Aber der Erdal, so heißt der Türke –

„Wie die Schuhpflege?“

„Genau so. Der wollte mich zusammenschlagen, allerdings hatte er überhaupt kein Dynamit in seinem Ärmel, sodass er als Mörder nicht infrage kommt. Außerdem hat er ein Alibi.“

„Schade. Wer kommt dann infrage?“

„Ich dachte auch kurz an Danner, als ich hörte, dass er früher mal mit Rott Händchen gehalten hatte, wieder Stichwort: Eifersuchtsdrama. Aber der sieht nun wirklich nicht aus wie der verdammte Türke in der *Gosse*.“

„Auch schade. Noch wer, der nicht infrage kommt?“

„Manuel, vielleicht auch ein Eifersuchtsdrama? Aber der sieht auch nicht aus wie ein Türke, und er ist viel zu schmal.“

Guttmann stand auf, schob sich ein Stück Würfelzucker in den Mund, steckte sich das Hemd hinein und sagte: „Mit anderen Worten also: Du hast rein gar nichts herausgefunden, kann man das so sagen?“

Wir mussten dann beide mal pissen. Jolanda schaute uns skeptisch nach, als wir gemeinsam auf ihrer engen Toilette verschwanden, wir hatten dort kaum Platz, uns zu bewegen. Diesmal lief es ganz gut, aber das Peinliche beim Gemeinsam-Pissen ist natürlich das Schweigen. Also erzählte ich Guttmann von meinem bedrückenden Gespräch mit Willi dem Schwein, und dass es die Daltons aus dem benachbarten Türkpörn waren, die ihn zusammengeschlagen hatten, weil sie es auf sein Pornhouse abgesehen haben.

Guttmann drehte nicht gerade durch vor Freude, als er das hörte. Vielmehr schien er in besorgten Gedanken durchzuspielen, was das für ihn als Bulle wieder an unerwünschter Arbeit bedeuten würde – hinfahren zu den Daltons, sie befragen, ihr Alibi überprüfen, der ganze verdammte Scheiß halt. Sein Widerwille war greifbar, aber ich konnte ihn diesbezüglich beruhigen: „Das braucht dich nicht weiter zu belasten, Gutti. Ich hab' mir da was überlegt mit ein paar Freunden von Happiness aus der afrikanischen Kickboxer-Szene. Nicht ganz legal, das Ganze, aber sie kommen aus Bratislava, also kann uns das auch wieder egal sein."

Guttmann überlegte kurz, verstand schnell, was ich meinte, und stimmte zu: „Na gut. Ich weiß aber von nichts."

„Natürlich nicht."

Wir tropften ab und gingen wieder hinaus. Ein frisches Großes und Kleines standen auf dem Tisch. Ich zog das Fax von Willi aus der Arschtasche und zeigte es Guttmann: „Willi hat mir erzählt, dass die Daltons so eine Art Organisation im Hintergrund haben, die da bei uns in der Gegend eine Art Porno-Tempel errichten will, ich betone: Tempel! Als ich diese Nummer hier drauf anrief, hörte es sich irgendwie Serbisch an, ich betone: Serbisch! Klingelt da was bei dir?"

Er sagte: „Na ja, schon. Und jetzt?"

Dann wählte ich die Nummer, die auf dem Fax stand, stellte bei dem Teil die Lautsprecher auf zehn und bat Jolanda, sich das mal anzuhören. Sie aber zuckte nur mit den Schultern, als einer abhob und anfing zu fluchen: „Hallö? Verflücht! Ydiöt!"

Ich fragte sie: „Serbisch?"

Sie sagte: „Nix Serbisch."

Guttmann schüttelte überlegen den Kopf, als habe er von vornherein gewusst, dass der Kerl Türkisch reden würde. Er trank ein weiteres Kleines zur Entspannung und sagte:

„Ydiöt!"

***

Happiness fragte mich, ob ich noch für eine schnelle Geht-aufs-Haus-Nummer über sie drüberrutschen wollte, aber heute wollte ich nicht, denn ich hatte noch was anderes mit ihr vor: „Überraschung!"

Happiness liebte Überraschungen.

Nach einer langen und anstrengenden Tagesschicht trug ich sie also hinaus zum Überwachungstoyota, setzte sie hinein und fuhr los. Schon auf halbem Weg wusste sie natürlich, wohin ich sie heute ausführen würde, und sie sagte mit nicht geringer Vorfreude: „Oh, Rock! Danke!"

Happiness liebte nämlich das Catchen auf dem Wiener Heumarkt, sie war ein großer Fan. Ein paar Bierchen zur Entspannung und ein halbes Grillhähnchen gegen den Kohldampf, dazu im Ring ein paar schwitzende Idioten, die versuchten, sich gegenseitig aus dem Ring zu werfen – an manchen Abenden gab es nichts Besseres.

Kaum hatten wir in einer der vorderen Reihen Platz genommen, gab es auch schon die ersten „Was macht denn die Dreckige da?"-Rufe, die sich gegen meine Begleitung richteten.

Unser Land gefiel Happiness, seit sie bei ihrer illegalen Einwanderung von einem diensthabenden Beamten vergewaltigt worden war, der irgendwie geglaubt hatte, das stünde ihm zu. Aber er hatte nicht gedroht, sie umzubringen, wie das in ihrem Heimatland immer der Fall gewesen war, wenn sie vergewaltigt wurde – und das war dann immerhin ein Fortschritt.

Während der Mob am Heumarkt begann, Bier auf uns zu schütten und Pommes nach uns zu werfen, musste ich vor dem Spaß noch Geschäftliches mit Happi besprechen und sagte: „Duuhuuu?"

Dann erzählte ich ihr, dass da ein paar verrückte Anatolier unseren Freund Willi das Schwein zerlegt hatten, dass ich mir deswegen aber nicht selbst die Hände schmutzig machen wollte: „Ich hab' da an deine nigerianischen Kumpels gedacht, die drüben in Bratislava den H-Markt kontrollieren."

Im Grunde ganz liebe Rottweiler, die im Dunkel der Nacht nicht weiter auffielen. Happiness fragte: „Wie viele brauchst du?"

Ich sagte: „Die Türken sind zu viert. Damit es also halbwegs fair abläuft, genügt mir einer von denen."

Sie sagte: „Ich geb' dir die Nummer von Lovegod. Glaub jetzt bitte nicht, ich wüsste aus persönlicher Erfahrung, warum er Lovegod heißt, aber du wirst es dir ja ungefähr denken können, nicht wahr?"

„Ja, das kann ich."

„Es gibt noch zwei andere, Steal und Concrete, falls du doch noch mehr von denen brauchst. Sind alles meine Brüder, aber glaub jetzt bitte nicht, sie sind wirklich meine Brüder."

„Sie sind deine *Brothas*, nicht wahr?"

„Yo, man. Sie sind immer für mich da."

„So wie ich."

„Du bist mehr als mein *Brotha*, Rock, aber das weißt du doch. Und jetzt schlag die da hinten endlich mal zu Brei, oder muss ich Rocky zu dir sagen?“

Die ganzen Spinner hinter uns waren inzwischen wirklich lästig geworden, Happis Kleid war völlig durchnässt, ihre Haare voll mit Pommes, und mein Hemd war auch nicht mehr ganz frisch. Ich drückte ihr meinen Bierbecher in die Hand, den sie bitte kurz halten sollte, zog die Jacke aus, streckte mich mal kurz durch, und dann sagte ich: „Das musst du nicht.“

Als ich sie später nach Hause fuhr, behandelte sie im Wagen ein paar kleinere Wunden an meiner Stirn, und dann wollte sie mir aus Dank dafür, dass ich sie so gut unterhalten und die ganze Bande alleine aufgemischt hatte, einen blasen. Aber es ging nicht. Klein-Rocky versteckte sich in der Hose und wollte nicht an die frische Luft. Sie fragte: „Was ist denn mit dir los, mein kleiner Zuckerpups?“

Ich druckste noch ein wenig herum, bevor ich endlich mit der Wahrheit herausrückte: „Na ja, was du mir da neulich über die Türken erzählt hast, dass die alle so einen Großen in der Hose haben ...“

Es wollte mir verdammt noch mal einfach nicht mehr aus dem Kopf gehen!

Aber Happiness brachte die Dinge wieder ins Lot, als sie mir bestätigte, dass die alle operiert waren und irgendeinem verdammten Schwanzkult huldigten, von dem ich noch nicht recht wusste, wie ich ihn einordnen sollte. Vermutlich war das alles Teil eines größeren Plans, von dem wiederum Willi's Pornhouse ein kleineres Teilchen hätte werden sollen. Weiß der Teufel!

Als ich mich endlich wieder entspannte und Klein-Rocky bereit war für die Belohnung, hielt sie ihn in der Hand, ihr süßes Köpfchen lag in meinem Schoß, und aus ihrem Mund tropften dünne Fäden Speichel. Happiness war eingeschlafen, und das alles nur, weil ich so ein verdammt empfindsamer Typ war!

***

Gutti war noch müde von gestern und gähnte in einem fort, als wir mit dem Aufzug in den Keller hinunterfuhren. Biene Mayr aka Dr. Beate Mayr hatte endlich Zeit gefunden, sich Rotts Leiche anzuschauen, sie hatte Guttmann deswegen aufgeweckt und er dann mich.

Wir bogen um ein paar Ecken, und dann musste er schon wieder pissen, nicht mehr lange, und er würde im Hotel Inkontinent einchecken. Ich ging mit ihm, und als wir dann vor der Muschel standen, starrten wir die Wand an und schwiegen, bis Gutti das Schweigen brach:

„Sag mal, weiß man eigentlich was von Jack?"

Ich sagte: „Sie haben bei ihm ein Zungenkarzinom festgestellt. Das ist ungefähr so, als würde dem Bauern die Gabel brechen, er kann dann nicht mehr arbeiten, und Jack kann ohne seine gesunde Zunge auch nicht mehr schlecken. Wenn er also Pech hat, muss er aufhören zu Drehen, und seine Karriere ist im Eimer."

Gutti sagte: „Was für eine Karriere!"

„Wenn er ganz großes Pech hat, dann schneiden sie ihm den Lappen überhaupt ganz heraus, und er kann nicht einmal mehr reden, man kann nämlich nicht reden ohne Zunge, wusstest du das?"

„Das wusste ich nicht. Gibt es denn keine Prothesen für so eine Zunge? Heutzutage gibt es doch für alles Mögliche eine Prothese."

Diese Frage stellt er in die peinliche Stille hinein, die uns immer umgab, wenn wir beide nicht konnten. Ich sagte: „Für *diese* Zunge wohl nicht!", und Guttmann sagte: „Was für eine Zunge!"

Langsam entspannten wir uns doch noch, und als wir es endlich laufen ließen, jaulten und stöhnten wir erleichtert wie die Frauchens, die sich unter Jacks Zunge wanden, und nachdem wir uns entleert hatten, sahen wir uns tief in die Augen, und Guttmann sagte: „Es waren verdammt schöne Zeiten mit Jack. Wäre doch ein Jammer, wenn er nicht mehr schlecken würde."

Es fehlte nicht viel, und wir wären uns weinend in den Armen gelegen, ohne uns vorher die Hände zu waschen.

***

„Man kann in einen Menschen nicht hineinschauen!" galt bei Biene Mayr unten im Keller nicht, sie hatte das entsprechende Werkzeug, um jeden Menschen zu öffnen und alles Mögliche aus ihm herauszuholen.

Als wir eintraten, summte die Biene, weil sie sich freute, mich schöne Blume zu sehen. Ich begrüßte sie herzlich und erkundigte mich nach der Qualität ihrer Fortbildung. Sie berichtete von erfreulichen Rotweinen, wenn auch von keinem ganz außergewöhnlichen Jahrgang. Guttmann war gereizt und mahnte: „Zum Unerfreulichen!"

Guttmann mochte keine Leichen, und in seinem Magen begann es daher schon zu rumoren, als Biene

Mayr noch an ihrem Arztkittelchen herumnestelte, das kaum mehr bedeckte als das Nötigste. Auf ihren Stilettos umrundete sie dann langsam die Leiche, während sie eine erste Allgemein-Expertise lieferte: „Männer mit dürren Beinen und einem dicken Bauch oben dran – igitt! So etwas hasse ich schon, wenn sie noch leben!"

Biene Mayr hatte ihre eigene Vorstellung von dem, was schön war, darum zwinkerte sie mir immer wieder mal zu, während sie Guttmann, der selbst dürre Beine und einen dicken Bauch darüber hatte, im Wesentlichen ignorierte.

Wie üblich fing sie dann mit einem kleinen Scherz an, als sie sanft einen Finger auf Rotts geschwollene Wampe legte. Gutti und ich kannten das Spiel natürlich schon, und ich zumindest fand es immer noch sehr lustig. Man war ja trotz allem immer wieder befangen in solchen Räumlichkeiten, und es lockerte einfach die Stimmung, wenn so einer Leiche ein ordentlicher Furz auskam, also sagte ich: „Nur zu!", und Biene Mayr drückte leicht drauf – pffffft.

Du meine Güte, es war die Hölle!

Mit einem Schuss frischen Alkohols im Blut würde es sich gleich wieder freier atmen lassen, also bat ich die Biene um einen Schluck vom Nektar, den sie unter ihrem Schreibtisch stehen hatte – eine Flasche besten honiggelben Malzwhiskeys. Aufgrund von Einsparungen musste Biene Mayr neben ihrer Tätigkeit als Forensikerin nämlich auch noch die Asservatenkammer mitbetreuen, die im Keller gleich neben ihren Räumlichkeiten lag. Dadurch hatte sie Zugang zu all den beschlagnahmten Köstlichkeiten, der Whiskey war nur eine davon. Wir machten es uns hier herunten also manchmal richtig gemütlich, und was ich zum Gelingen des netten Beisammenseins beisteuern konnte, das nahm ich in der Regel von Lemmy mit, während ich Lemmy selbst lieber zuhause ließ, weil er der frühe Tod jeder gelungenen Party war.

Die Luft besserte sich augenblicklich, nachdem ich uns beiden einen schönen Ofen angezündet hatte, nur Guttmann weigerte sich weiterhin zu rauchen. Biene Mayr zog ein paarmal kräftig durch und öffnete dann Rotts Bauchdecke, die sie schon vorher aufgeschnitten hatte. Natürlich wäre es jetzt am lustigsten gewesen, mit Rotts Darm in der Hand ein paar Meter durch die Gegend zu laufen, nach der vergangenen unruhigen Nacht hätte mir ein bisschen Bewegung sicher gutgetan. Aber wir mussten uns ja um seinen Sauflappen kümmern, den wir im Verdacht hatten, dass er Rott das Leben gekostet hatte, also griff Biene Mayr beherzt zu und legte ihn vorsichtig neben den Toten in ein extra dafür vorgesehenes Geschirr, und wirklich:

Kaum lag er da drinnen, fiel er auch schon auseinander.

Instinktiv griff ich nach meinem eigenen und versuchte zu ertasten, ob er noch ganz war. Ich war mir nicht ganz sicher, daher nahm ich mir fest vor, in Zukunft besser auf ihn achtzugeben. Allerdings erst in der ferneren Zukunft!

„Alkohol?“, fragte Guttmann schließlich, aber die Biene winkte ab: „Danke, ich hab’ noch.“

Ein kleines Missverständnis zwischen den beiden, das ich sofort klären konnte: „Er trank nicht.“

Die Biene schaute sich das Teil etwas genauer an, dann wusste sie, was Rott plötzlich schwarzsehen ließ:

„Er starb wohl letztlich an den Folgen eines Leberrisses. Kein Einriss, sondern ein Komplettriss. Das, was ihn da getroffen hat, muss extrem hart gewesen sein und ihn mit großer Wucht getroffen haben."

Guttmann legte die Ausgabe der *Gosse* mit dem Titelbild auf den Tisch, und Biene Mayr schaute sich mit uns die Fotos an. Er fragte: „Ist es möglich, dass so ein Türke mit einem Faustschlag die Leber teilt?"

Sie sagte: „Ein gezielter, harter Schlag gegen die Leber ist eine wirksame Waffe, aber normalerweise keine tödliche. Es sei denn, die Leber war vorher schon dermaßen ruiniert wie die von dem hier, aber dann musste es auch nicht unbedingt ein Türke sein."

Ich dachte laut nach: „Wenn ihm also einer nur eine Abreibung verpassen wollte und er das gewohnheitsmäßig mit einem ordentlichen Leberhaken machte, dann wäre das Körperverletzung mit Todesfolge, nicht wahr?"

Guttman nickte.

„Wusste er aber, dass Rotts Leber schwer angegriffen war, und drosch er deswegen und vorsätzlich so hart darauf ein, dass sie in der Mitte zerbrach, dann wäre es vorsätzlicher Mord, hab' ich recht?"

Guttmann nickte.

„Aber wer wusste von seinem Leberproblem?", fragte Biene Mayr und schenkte uns einen Ordentlichen nach.

Ich zählte auf: „Seine Alte und Rosi aus dem Laden. Dann Darjeeling-Silke, der Rosi davon erzählt hatte. Danner, der Trafikant. Und Manuela vom Bräunen solange du willst um 8,88."

„Das sind eine ganze Menge!"

Ich sagte: „Aber keiner von denen ist Türke, soweit ich das beurteilen kann."

Guttmann konnte darauf nicht mehr antworten. Er wurde plötzlich ganz weiß im Gesicht und lief hinaus, und nun war die Biene mit der Blume alleine im Zimmer.

Das brachte mich auf eine Idee. Interessehalber fragte ich, ob sie den Toten mal auf den Bauch drehen könnte, sodass wir freie Sicht auf sein vormals ... ähem ... braunes Arschloch hätten.

Biene Mayr war da nicht schamhaft, und sie hatte auch die entsprechenden Oberarme. Aber weil Rott doch noch immer an die hundert Kilo wog, half ich ihr, ihn umzudrehen. Dann bat ich sie, mir zu erzählen, was sich aus medizinischer Sicht über seinen Hintereingang sagen ließ. Gefasst zog sie sich ein Paar frischer Gummihandschuhe über, zog ihm die Backen auseinander, und dann sahen wir es: Seine Rosette glänzte beinahe rosafarben im Licht der hellen Lampe! Mit dem Zeigefinger fuhr ihm Biene Mayr nun sanft am Hämorrhoidenkranz entlang, unaufgeregt, aber mit Bravour, während sie mich herausfordernd anschaute, sodass ich plötzlich daran denken musste, wie sich ihr Finger wohl an meinem Hämorrhoidenkranz anfühlen würde. Schweiß trat mir auf die Stirn, der Mund wurde mir trocken, und ich musste häufiger und schneller schlucken. Sie fragte:

„Plante er eine Image-Korrektur? Er wollte das neue Arschloch doch hoffentlich nicht plakatieren!"

Ich sagte: „Er hat es vermutlich getan, damit er nicht so schmutzig ist, wenn er sich ... äh ... jemandem darbot ..."

Plötzlich schob sie ihm ganz langsam alle fünf Finger hinein und sagte: „Du meine Güte!"

Man führt nicht jeden Tag solche Gespräche, darum geht man – wenn man schon die Möglichkeit dazu hat

– auch möglichst in die Tiefe, ich fragte also: „Alle fünfe? Wie ist denn das möglich?"

„Entweder er steckte sich gewohnheitsmäßig Doppelliterflaschen Grünen Veltliner hinein, oder es war etwas anderes."

Etwas schüchtern fragte ich: „Darf ich auch mal?"

Sie gab mir ein Paar Gummihandschuhe. Dann nahm ich noch einen kräftigen Schluck, schob mir die Carrera hinauf in die Haare und drängte Biene Mayr ein Stück zur Seite. Aber nur so weit zur Seite, dass ich sie noch spüren konnte, Arm an Arm, Hüfte an Hüfte. Schließlich wagte ich mich selbst vor in sein Allerheiligstes, rührte ein bisschen darin um und zog mich wieder zurück. Es fühlte sich natürlich ekelhaft an, aber andererseits: Wann hat man schon die Gelegenheit?

„Wollen wir uns noch seinen kleinen Feldwebel anschauen?", fragte Biene Mayr schließlich. Wir drehten Rott wieder auf den Rücken, und unter seinem Fettbauch fand sie schließlich mit kundigen Händen, was sie suchte. Sie hielt das Teil mit zwei Fingern in die Höhe und sagte angewidert: „Wir hoffen mal stark, dass er der passive Teil beim Liebesspiel war, denn wenn er der aktive Part gewesen wäre, dann hätte der andere mit Sicherheit nichts gespürt."

Worauf ich sagte: „Ist es nicht schrecklich, wenn der andere dabei gar nichts spürt?"

Da hatte sie schon die eine Hand an meinen Rocky gelegt, und mit der anderen massierte sie meinen Hintereingang, sanft und mit Bravour, und während der nächsten paar Minuten taten wir etwas für unseren Kreislauf, bis wir beide schließlich zuckten und bebten. Heute stand nämlich zur Abwechslung wieder mal „Orgasmus!“ auf Biene Mayrs Tagesplan!

***

Ich traf Gutti auf der Toilette, wo er sich wusch und im Spiegel anschaute. Es war kein schöner Anblick.

Ich lenkte ihn von seinem eigenen Elend ab und brachte ihn zum Elend unserer Suche nach dem Türken zurück: „Es wäre in diesem Stadium der Ermittlungen vielleicht nicht schlecht, wenn wir endlich mal jemanden finden könnten, der Türkisch in Wort und Schrift beherrscht. Kennst du jemanden?“

Guttmann: „Ich nicht. Du?“

Ich erinnerte mich plötzlich an *Jack schleckt im Klinikum!*, in dem er als Dr. Jack Schleck in einer vom Sparzwang gebeutelten kalifornischen Privatklinik angestellt war, aber nicht als Anästhesist, sondern als das genaue Gegenteil. Man setzte ihn ins Aufwachzimmer und schob ihm Mädels jedes Alters hinein, die gerade an der Brust operiert worden waren oder denen das Fett abgesaugt worden war, und weil man sparen und die Betten möglichst bald wieder freikriegen musste, sollten alle möglichst schnell aufwachen. Also ließ man Dr. Jack Schleck ran, der mit seiner flinken Zunge die frisch Operierten zurück ins schöne Leben holte, mit einem Glücksschrei noch dazu. Ein besonders abartiger Film aus Jacks kapitalismuskritischer Ära.

Ich erzählte Guttmann von dem Film, er mochte Arztfilme, wusste aber nicht, worauf ich hinauswollte. Also erklärte ich ihm, dass bei Lemmy unten im Keller seit einigen Tagen ein Wal herumlag, von dem ich glaubte, dass er eine Türkin war. Langsam brachte er den Film und die Türkin in Zusammenhang, aber er legte sofort ein Veto ein: „Gut und schön, aber woran denkst du? Ich wecke sicher so keine Türkin auf, du?"

„Ich auch nicht."

Das war jetzt nichts Rassistisches oder so. Aber auf meiner persönlichen Liste standen die Türkinnen nun einmal nicht ganz oben, da standen die kohlpechrabenschwarzen Göttinnen Afrikas, gefolgt von den kaffeebraunen Schönheiten Brasiliens, gefolgt von den blonden nordischen Gottheiten, gefolgt von den blassen Schönheiten Russlands, dann kam Biene Mayr. Ein außergewöhnlicher Mix, das gebe ich gerne zu, aber so war es nun mal. Also sagte ich: „Dann bleibt wohl nur noch einer, der das auch kann."

***

Es war kurz nach zehn Uhr, als ich den Toyota vor dem Quattro Stazzione einparkte. Als wir ausstiegen, hörten wir schon *I got a friend in Jesus!*, und Guttmann fragte: „Was ist denn das für ein Scheißlärm?"

Beim Abgang sagte ich dann noch zu ihm: „Pass bitte auf, Gutti, gleich kommt die Treppe!"

Aber da fiel er schon hinunter wie vor ein paar Tagen der Wal, und er landete auf dem Schuber mit den seltenen Jimi-Hendrix-Platten drinnen, die alle unter seinem Gewicht zerbrachen. Er schrie: „Verdammter Scheißtyp! Ist das hier eine Tierfalle, oder was?"

Ich mahnte ihn zur Mäßigung, denn schließlich würden wir Lemmy heute noch brauchen. Außerdem war der Schaden, den er angerichtet hatte, nicht unbeträchtlich. Ein paar zu schnellem Reichtum gekommene Chinesen hätten für diese raren Platten gut und gerne

300 000 Euro oder mehr hingelegt, wenn man ihnen kurz erklärt hätte, wer Jimi Hendrix war und was sein Gitarrenspiel in Hinblick auf die Entwicklung unserer hervorragenden westlichen Kultur für eine entscheidende Bedeutung gehabt hatte.

Wir gingen nach hinten zur Tür, die zu Lemmys Plantage führte, und bevor wir anklopften, warnte ich Guttmann: „Was du gleich sehen wirst, das hat in dem einen oder anderen Fall vielleicht mit leichter bis schwerer Übertretung des Suchtmittelgesetzes zu tun, okay?"

Dieses Gesetz regelt bekanntermaßen Herstellung, Besitz und Weiterverkauf von Haschisch und anderen Köstlichkeiten, ich fuhr also fort: „Du darfst deswegen aber nicht böse sein auf Lemmy, versprochen? Denn sonst ist er beleidigt und weckt uns die Türkin nicht auf."

Der satte Geruch einer tonnenschweren Keule Gras schlug Guttmann gegen die Nase, als Lemmy die Tür öffnete. Gutti sah zum ersten Mal die ganzen Pflanzen da hinten samt den Infrarotlampen und der Besprenkelungsanlage, und er fragte: „Heilige Scheiße! Erstreckt sich das etwa unter ganz Wien?"

Lemmys Anlage hatte mittlerweile wirklich enorme Ausmaße angenommen, wie ein Heinzelmännchen buddelte er sich immer weiter vor, um seine Anbaufläche stetig zu erweitern. Traf er irgendwo auf etwas Hartes, buddelte er einfach unten durch. Traf er irgendwo auf einen Kanal, nutzte er ihn zur Bewässerung.

„Tja", sagte Lemmy und tippte Guttmann gegen die Brust. „Darüber wollte ich eigentlich schon länger mal mit dir reden. Es gibt doch sicher auch ein paar Bullen, die hin und wieder einen guten Joint vertragen könnten, inklusive der Frau Ministerin selbst. Also wie sieht's aus, könntest du mir nicht eine Rutsche dorthin legen?"

Guttmann sagte: „Du verdammter Scheiß-Freak! Dafür hab' ich heute aber was gut bei dir!"

Ich erzählte Lemmy die Geschichte von *Jack schleckt im Klinikum!*, und als er langsam kapierte, was das mit ihm zu tun haben könnte, wurden seine Augen größer, und sein Mund stand ihm weit offen wie bei einem, der schon länger kein Bier mehr getrunken hatte, aber seit Tagen an nichts anderes mehr dachte. Er sagte: „Und ihr glaubt wirklich, dass ich das kann?"

Ich fasste ihn an der Schulter und sagte: „Wenn es außer Jack jemand kann, dann du."

Guttmann hatte den Wal entdeckt, er zog mich am Ärmel und flüsterte mir ins Ohr:

„Meine Güte, sie ist höchstens 18!"

Ich sagte: „Aber 18 ist erlaubt, oder?"

Wir waren uns beide aber nicht ganz sicher und wollten die Operation wieder abbrechen, aber Lemmy hatte sich schon ein paarmal ordentlich durchgestreckt, ließ jetzt noch die Fingerknöchelchen krachen, und dann legte er los.

Und wie er loslegte! Es hatte sich einiges aufgestaut in Kurt Lemminger, das jetzt dringend herausmusste, und obwohl Gutti und ich natürlich die meiste Zeit schamhaft wegblickten, schauten wir dann doch immer wieder mal hin, und man musste schon sagen: Lemmy konnte das wirklich auch!

Wie er da so engagiert zur Sache ging, machte ich mir sogar langsam Sorgen, dass Lemmy den Wal am Ende ganz verschlingen würde, ohne ihn vorher aufzuwecken. Aber dann begann sich die junge Lady endlich unter ihm zu winden und zu biegen, so wie es der Plan vorsah, es kamen ihr nacheinander ein paar schöne Pupsis aus, und dann richtete sie sich auf, fiel noch einmal nach hinten, packte Lemmy an den Haaren, drückte ihn fest an ihr Schatzkästchen, und endlich erwachte sie mit einem gewaltigen, lang gezogenen Schrei: „Aaaaaaaaaahhhhoooooooohhhhhhiiiiiihhhh!"

Lemmy stand von seinem Schemel auf, erschöpft, aber glücklich. Wären wir jetzt so was wie Lemmys Tennistrainer gewesen, dann hätten wir ihm ein sauberes Handtuch hingehalten, mit dem er sich den Schweiß und alles andere hätte abwischen können. So aber wischte er sich nur kurz mit dem Hemdsärmel über den Mund, und dann sagte er wie in einem schlechten Spionagefilm, wenn der, der gerade gefoltert hat, eine Pause einlegt: „Sie gehört euch."

Die Türkin saß nun mitgenommen, aber insgesamt glücklich auf dem Tisch wie früher Gandhi vor einem leckeren Braten, den er aber strikt ablehnte, was ihn erst richtig glücklich machte. Ihre Seele schaukelte in einem Boot auf einem ruhig plätschernden Teich voller Rosen. Ab und zu kicherte sie, Seufzer tiefsten Glücks entsprangen ihrem Mund, und kleine Furzis entwichen ihrem Arsch. Dann sagte sie: „Ey, Aldder! Wo ist *er*?"

Sie hatte so eine Art, wie in deutschen Gerichtsshows zu reden, und das ging mir gleich ein bisschen gegen die innere Ruhe. Ich wollte ihr das schon sagen, aber Guttmann zog seine Marke und schob mich zur Seite. „Jetzt erzähl mal schön, wie du heißt!"

Sie erzählte: „Senef."

„Und wieso redest du so bescheuert?"

„Ey! Isch komm aus Kreuzbersch 36!"

Ich fragte: „Okay, aber was machst du dann hier? Familienzusammenführung auf halbem Weg?“

Sie schüttelte das Köpfchen und versuchte sich zu erinnern, wo sie überhaupt war und wie sie hierher gekommen war: „Isch bin hinausgelaufen aus enge Ein-Zimmer-Wohnung von meine Brüder Ümit und bin isch geflöhen, bis isch bin gekömmen zu Pizzeria mit Namen Quattro Stazzione, glaube ich, wo hat es gerochen so lecker nach den süßen Keksen von meiner verstörbenen Ömi ...“

Guttmann bestätigte: „Das ist hier. Und weiter?“

Aber sie wusste nicht weiter.

Ich wollte das endlich hinter mich bringen und zog das Fax mit dem Drohbrief heraus, das mir Willi das Schwein gegeben hatte. Ich hielt es ihr unter die Nase und deutete auf den Briefkopf, dann fragte ich: „Was heißt das hier? Du sagen!“

Kaum hatte sie einen Blick darauf geworfen, fing sie an zu zittern, stammelte ein paarmal „Uuuuuh! Große Schwert, große Schwert ...“ und fiel wieder nach hinten in Ohnmacht. Lemmy musste also noch einmal ran, und als sie wieder wach war, gaben wir ihr was zu rauchen, was sie halbwegs beruhigte, und dann begann sie zu erzählen: „Mein Brüder, der Ümit, hat mich von Berlin hierher geholt, wegen seinem Cousin, dem Üzgür, was macht Friseurlehre bei ihm, dem Ümit!“

Ich dachte: Darauf hat die Welt wohl gewartet!

Sie beschrieb den Ümit und den Üzgür dann als durch und durch gesunde Kerle, die einen soliden Traum hatten, und ihre Geschichte ging ungefähr so: Sobald sie frühmorgens aufgestanden waren, machten Ümit Faisal und Üzgür Kemal Bodrum die Scheren scharf und legten sich den Kamm zurecht, sie steckten sich die Scheren in die weiten Hosen, und dann kam der erste Kunde herein, ein Verwandter eines Neffen einer Tante eines Cousins von Opa Kemal aus Erzurum. Er hatte seine Orgelpfeifen mit dabei, acht Buben im Alter von drei bis 15 Jahren, die alle mit der Maschine geschoren werden mussten, vier Millimeter haarscharf, das ging ratzfatz, machte alles in allem aber natürlich nicht mehr als den Verwandtschaftstarif von null Euro fuffzig bar auf die Kralle, und zwar für alle.

Sie erzählte weiter: „Waren sie anerkannt in Gemeinschaft von Türken, und der Ümit, mein Bruder, war zufrieden mit seine Leben, aber der Üzgür, mein Cousin, nicht."

Ich sagte zu Guttmann: „Das genau ist die Tragik unserer Zeit! Talent wird nicht mehr erkannt, und Handwerk wird nicht mehr gefördert. Und früher oder später nehmen sie dann alle Drogen."

Aber Herrgott! Dass der Üzgür innerlich so unzufrieden war, das hatte – so wie die Senef es erzählte – dann gar nichts mit seinem Beruf zu tun, sondern mit dem sozialen Druck in seinem männlichen Freundes- und Verwandtenkreis. Und in Üzgürs besonderem Fall ging es darum, dass er auch so einen langen Schwanz haben wollte, wie ihn sein Cousin Ümit schon hatte, nachdem er sich operieren hatte lassen. Im Üzgür wurde also ein Bedürfnis geweckt, das vielleicht gar keiner echten Notwendigkeit entsprach, ich erkärte das Guttmann so: „Man will irgendwo eine Flasche Wasser kaufen und kommt mit einem Sack Mehl nach Hause, den man eigentlich gar nicht braucht, den man aber dann trotzdem gekauft hat, weil der Sack so schön ist."

Aber gut, diese Überlegungen führten zu rein gar nichts, das sah auch ich ein, und Guttmann griff sich zu Recht an den Kopf: „Verdammt, was redest du?“

Ich sagte: „Erklär' ich dir später.“

Die Senef holte dann noch einmal tief Luft, bevor sie zitternd das Fax in die Hand nahm und auf den Briefkopf zeigte: „Also hat der Üzgür, mein Cousin, sich auch wie der Ümit, mein Brüder, den Schwanz verlängern lassen. Und dann wollte er ausprobieren Resültat von Verlängerüng ... an mir.“

Guttman und ich waren ehrlich entsetzt, und sie war es auch, denn: „Ich habe aber das nicht gewollt, weil seine neue Schwanz war so groß wie ...“

Jetzt wollten wir natürlich auch wissen, wie groß sein neuer Schwanz war, also fragten wir ein wenig ungeduldig: „Herrgottnocheinmal! Wie groß war er denn nun?!“

Und endlich sagte sie es uns: „So groß wie der von *Schwert des Ostens* ...“

Ich konnte hören und riechen, wie Guttmann einer in die Hose ging, als er den Namen seiner mutmaßlichen Terrororganisation ausgerechnet aus dem Mund dieser jungen Lady hörte, damit hatte er nicht rechnen können. Aber anstatt für ihn ein Rätsel zu lösen, hatte sie ihn nur weiter verwirrt, denn er fragte: „Na gut. Aber wo ist das Politische an der ganzen Sache?“

***

Ich konnte mir dann natürlich nicht verkneifen, Guttmann ein paarmal „Siehst du! Das ist nichts Politisches, du Ydiöt, das ist was Sexuelles!“ ins Ohr zu flüstern. Langsam kapierte auch er, dass er einer weiteren Meisterleistung des Inlandsgeheimdienstes aufgesessen war, und dann hörte ich ihn etwas abseits mit Kainz telefonieren. Die Worte, die er dabei fallen ließ, werde ich nie vergessen, und obwohl ich nicht hören konnte, was Kainz darauf sagte, konnte ich mir ungefähr vorstellen, wie er herumhüpfte.

Nun war der Wal wach, und wir wussten nicht so recht, was wir mit der Lady machen sollten, wenn sie wach war. Aber Lemmy holte einfach eine Spritze, zog was hinein, und dann drückte er ihr die Nadel in den Arsch, ohne dass sie es richtig merkte. Wir fragten: „Scheiße, was ist denn das?"

Er sagte: „Das ist das Zeug, das der Arzt von Michael Jackson ihm immer vorm Schlafengehen spritzte."

Ich fragte: „Aber ist der nicht daran gestorben?"

Lemmy sagte: „Michael Jackson schon, aber die hier hat mehr Substanz."

Wir hielten uns dann wieder vorne in seinen Verkaufsräumlichkeiten auf, wo er einen alten Computer stehen hatte, der ihn über ein langes Kabel mit der großen weiten Welt verband. Ich schätzte mal, dass Lemmy damit sein abartiges Sexleben gestaltete und darin nach *Woodstock Amateurs* oder ähnlichen Ludern suchte, denen er es vor seinem Bildschirm richtig besorgen konnte, jedenfalls wusste er sofort wieder mehr als wir: „Ich such' jetzt mal auf Pornopedia, okay? Das ist so eine einschlägige Website, auf der alles Wissenswerte über die Pornoindustrie gesammelt ist."

Ich sagte: „Dann such mal!"

Er fütterte die Einschlägige mit ein paar Schlagwörtern, dann setzte er seine Lesebrille auf und schaute ein paar Augenblicke lang genau hin, bevor er sie wieder abnahm und „Uh!" sagte.

Ich fragte: „Was ist?"

Lemmy drehte seinen Bildschirm zu uns, und dann sahen wir da ein paar Fotos von einer Art anatolischem Ziegenhirten, der im Leben nicht weiter aufgefallen wäre, wenn er nicht …

„Du meine Güte, ist das ein Hengst?", fragte Guttmann schließlich, der nun sein Telefonat beendet hatte und wieder zu uns gestoßen war. „Das muss doch wehtun!"

Aber Lemmy meinte: „Ihm nicht."

Zu dem Foto vielleicht nur so viel: Was der Kerl da in der Hose hatte, das hatte Onkel Fritz aus St. Pölten nicht, so ist kein Einheimischer gebaut. Und was das für den Fortbestand unserer schönen Nation hieß, das konnte man sich vorläufig nur denken. Ich sagte: „Kein Wunder, dass die Kleine da hinten noch ein paar Tage überlegen wollte, ob sie sich vom Üzgür vernaschen lässt!" Aber Lemmy wusste es wieder besser: „Kein Wunder, dass sie noch ein paar Tage *überleben* wollte. Schließlich ist sie noch Jungfrau!"

Die „Wieso weißt denn du das?"-Frage konnte ich mir in diesem Fall sparen.

Lemmy fand dann Folgendes für uns heraus: Ein paar gewiefte Geschäftsleute aus Istanbul, die ihre Hammel in Anatolien grasen ließen, bevor sie diese in Istanbul verkauften, hatten den Kerl vor einem Jahr beim Ziegenhüten entdeckt. Sie hatten ihn *Das Schwert des Ostens* genannt und zunächst auf einem Jahrmarkt in Istanbul ausgestellt, wo man ihn gegen ein kleines Entgelt anschauen, aber nicht anfassen durfte. Bald aber war ihnen eingefallen, dass es da ja ganz andere Möglichkeiten gab. Guttmann wollte es genau wissen und fragte:

„Was denn für Scheiß-Möglichkeiten?"

Lemmy: „Sie haben angefangen, Filme mit ihm zu drehen, und sie auf ihre bezahlpflichtige Website gestellt: *Das Schwert des Ostens* fickt hier, *Das Schwert des Ostens* fickt dort, es fickt dies und es fickt das. Man kriegte den Eindruck, dass erstmals in der Geschichte der Menschheit ein Türke alles ficken konnte, was er wollte. Das kam bei den Türken, die noch nicht viel gesehen hatten von der Welt und oft nur die eigene Schwester kannten, natürlich besonders gut an, und jeder von denen sollte sich denken: *Das Schwert des Ostens* kriegt die alle nur, weil er so gut gebaut ist, und bald wollten sie das auch."

Man kennt das aus dem weiten Feld der Werbung: Hüpft einer in den See hinein, hüpfen alle anderen nach. Ich sagte: „Wie Ümit und Üzgür, die auch darauf angesprungen waren."

Lemmy sagte: „Genau. Der tiefere Sinn dahinter ist natürlich ein wirtschaftlicher, ihr Konzept ist ein mehrgliedriges."

Mein Einwand dagegen lautete: „Sag bitte in diesem Zusammenhang nicht mehrgliedrig, okay? Sag einfach mehrteilig."

„Okay. *Das Schwert des Ostens* ist mittlerweile ein Riesenimperium mit zahlreichen Franchisenehmern in praktisch allen Ländern, in denen Türken leben. In sogenannten Flagshipstores verkaufen sie alles mögliche Zeug, mit dem sie die Burschen anfixen, das ist der erste Teil der Verwertungskette. Als letzter Schritt werden überall, wo es diese Flagshipstores gibt, Schönheitskliniken aufgekauft, wo gleich vor Ort geschnipselt werden kann. 5000 Euro per Operation, bar auf die Kralle, da kommt ganz schön Kleingeld in die Kasse. Die Leute, die hinter der Sache stecken, hüten jedenfalls keine Schafe mehr oder rühren irgendwo die Soße in ihrem Kebab-Stand. Sie haben es sogar schon aus der Trainingshose heraus in normale Kleidung geschafft. Ein Aufstieg, wie er nur noch der englischen Mittelschicht nach der industriellen Revolution zuteilgeworden ist."

„Schön gesagt, Lemmy. Danke."

„Verdammte Irre!", schrie Guttmann. „Sollen sie doch mit Drogen handeln!"

„Aber das mache doch ich!", sagte Lemmy.

Ich erzählte Guttmann, dass mir Happiness von dem gleichen Phänomen berichtet hatte: dass die Gehänge von den Schnauzbartträgern immer länger wurden und dass eine gewisse Unruhe und Aufgeregtheit in der türkischen Gemeinde herrschte. „Jeder will so einen Schwanz haben. Aber haben auch alle das Geld dafür?"

Er sagte: „Du meinst, die Überfälle haben damit zu tun?"

„Vielleicht ja. Die Sozialhilfe alleine reicht jedenfalls nicht für eine solche Operation, und die Krankenkasse wird das nicht übernehmen, es sei denn, es handelt sich um einen dramatisch kleinen Schwanz wie zum Beispiel deinen. Na, schon mal daran gedacht?"

Gutmann sagte: „Leck mich am Arsch."

Ich nahm das Fax und brachte das alles mit dem Überfall auf Willi in Zusammenhang: „Dann wollen diese verdammten Daltons also als Franchisenehmer einen verdammten *Das Schwert des Ostens*-Flagshipstore in Willi's Pornhouse errichten, mit DVDs, Dildos in Lebensgröße, Sexpuppen vom *Schwert des Ostens* und all dem anderen ekeligen Kram, um dort die Türken der Stadt für eine Operation in einer Klinik fit zu machen, welche –"

Ich wandte mich an Guttmann.

„– deine Organisation im Hintergrund, die keine politische ist, sondern eine sexuelle, bereits übernommen hat, wie ich vermute.“

Ich verwies dabei auf die Briefe, die Rott von der Schönheitsklinik erhalten hatte, nachdem sie von einem neuen Eigentümer übernommen worden war, und deren Briefkopf identisch war mit dem auf dem Fax an Willi und der übersetzt *Das Schwert des Ostens* lautete, wie wir ja nun von unserem Wal da hinten erfahren hatten.

Das Wichtigste aber an diesem schönen Vormittag war: Lemmy hatte uns endlich bewiesen, dass er es auch konnte.

***

Mittlerweile war es fast zwölf Uhr mittags – high noon – geworden, die Luft im Quattro Stazzione war heiß und abgestanden, und Lemmy war nach der wundersamen Erweckung rechtschaffen müde. Gutti und ich waren hochzufrieden mit dem, was er geleistet hatte, aber er dachte gar nicht daran, mit uns darüber zu reden, wie das Männer sonst immer taten. Wie ein abgebrühter Profi ließ er es gut sein und wollte sich auf seinen Lorbeeren ausruhen, er legte sich auf die Reste seiner Couch und wollte ein paar Runden schlafen.

Ich selbst packte ein paar Säckchen mit schmerzstillenden Rauchwaren ein, die ich noch zu Danner hinüberbringen wollte, bevor er den Laden zu Mittag dichtmachte. Im Austausch dafür wollte ich von ihm ein paar Scheine, die ich wiederum zum Billig-Supermarkt hinübertragen wollte, wo sie mir dafür was für den Kühlschrank geben sollten, in dem nicht einmal mehr verfaulte Sachen lagen.

Bis dahin musste ich mich weiter von Rauch ernähren, hungrig wie ein Löwe zündete ich mir einen an und fragte Guttmann: „Willst du nicht doch mal probieren? Es hilft ganz sicher gegen deine Schmerzen im Arsch. So steht es jedenfalls im *Schmetterling*."

„Leck mich genau am Arsch mit deinem *Schmetterling* und such mir lieber den Türken!"

Gutti hielt nicht viel von der freien Presse, und schon gar nichts von einer Gutmenschen-Zeitung wie dem *Schmetterling*.

Als Gutti und ich aus dem Quattro Stazzione hinaus in die Hitze des Tages traten, hingen dicke Gewitterwolken über der Stadt, und gewittrig war auch Guttis Stimmung. Zwar wussten wir jetzt, wer *Das Schwert des Ostens* war und dass die Daltons an Willi's Pornhouse heranwollten. Aber in der Mordsache waren wir keinen Schritt weitergekommen. Den Chef der Mord-West zog es daher zurück in sein Büro, wo er den Ventilator aufdrehen und die geschwollenen Füße in ein eisiges Bad stellen wollte.

Aber gerade als ich Gutti zum Abschied die Hand reichte, wie das unter Freunden der gute Brauch war, krachte in der Nähe ein Schuss.

***

Ich fing an zu laufen, wie das meine Art war, wenn es irgendwo knallte, und zwar genau in die Richtung, aus welcher der Schuss kam. Das war eine schlechte Angewohnheit von mir, weil man ja eigentlich in die genau entgegengesetzte Richtung laufen sollte, wenn man sich Ärger ersparen wollte, das stand schließlich in jedem Ratgeber. Aber so war ich nun mal nicht gestrickt, im Gegenteil: Ärger zog mich magisch an.

Hinter mir setzte irgendwann auch Guttmann zu einer Art Sprint an, allerdings natürlich im Rahmen seiner Möglichkeiten. Er war ja nicht mehr so gut auf den Beinen, die Lungen machten häufig schlapp, und das Herz hörte zwischendurch immer mal wieder auf zu schlagen. Seine schlechte Verfassung sowie das heiße Wetter und seine unbeschreiblichen Plattfüße berücksichtigend, konnte ich also damit rechnen, dass wir uns erst zur Weihnachtsfeier wiedersehen würden.

Als ich alleine bei Danners Trafik ankam, hatte sich bereits ein Menschenknäuel davor gebildet, das es zu entwirren galt. Ich zog meine Knarre und schoss einmal kräftig in die Luft, das Publikum zerstreute sich wie erwartet in alle Richtungen, und ich hatte endlich freie Sicht auf die Dinge.

Was ich dann sah, war aber nicht so schön, dass ich es gleich malen wollte: Danner stand verschwitzt in kurzen Hosen und mit nacktem Oberkörper in der Tür zu seinem Laden und hatte immer noch seinen Schießprügel in der Hand. So stolz, wie er noch gestern damit herumgewackelt hatte, war natürlich klar gewesen, dass er ihn irgendwann verwenden würde, und keine drei Meter von ihm entfernt lag jetzt einer im grünen Trainingsanzug mit leichten Einsprengseln von Rot und Weiß auf der Straße herum, wobei das Rot vom vielen Blut immer dominanter wurde, und wenn ich eins und eins zusammenzählte, dann hatte Danner etwas damit zu tun. Ich richtete also meine Luger auf ihn und fragte, was man in so einer Situation halt so fragt: „Warst du das, Arschloch?"

Ich hätte die Sache jetzt schnell und alleine zu Ende bringen können, aber nun kam die erste Streife mit Blaulicht und Höllenlärm um die Ecke gebogen, und es passierte, was immer passiert, sobald ein paar zu viel von uns Menschenkindern auf einem Haufen zusammen sind: Fehler.

Diese verdammten Idioten sprangen nämlich aus ihren Autos und richteten ihre Knarren auf mich. Es dauerte dann eine halbe Ewigkeit, bis Guttmann endlich doch noch angekeucht kam, und selbst wenn man seine Plattfüße, die Hitze und sein Übergewicht berücksichtigte, musste er sich meine drängende Frage gefallen lassen: „Verdammt, wo warst du?"

Mit einem kaum hörbaren „Kriminalpolizei!" aus dem trockenen Mund und der Dienstmarke in der Hand brachte er endlich wieder etwas Struktur in das ganze verdammte Chaos, und bald wusste wieder jeder halbwegs, wer zu den Guten gehörte und wer zu den Schlechten. Seine Verspätung entschuldigte Guttmann damit: „So ein verdammter Freak hat mich umgerannt!"

Ich sagte: „Du wiegst 120 Kilo! Wer um alles in der Welt sollte dich umrennen?"

Er sagte: „Werd jetzt bitte nicht persönlich, okay!"

So weiß, wie er nun im Gesicht war, und so schwer, wie er atmete, war es vielleicht keine gute Idee, ihm den Toten zu zeigen. Aber schließlich war er der Bulle, und wer sollte sich sonst darum kümmern? Erwartungsgemäß war er nicht begeistert: „Heilige Scheiße! Wo ist denn sein Gesicht?"

Ich sagte: „Das muss noch irgendwo da herumliegen."

Gutti schnauzte ein paar Streifenbullen an, dass sie endlich den Tatort sichern sollten, und dann gingen wir zu Danner, der noch immer mit seiner Waffe in der Hand vor seinem Laden herumstand. Gutti nahm sie ihm ab und legte ihm die Handschellen an, ohne dass der sich wehrte, dann fragte auch er, was man halt so fragt: „Warst du das, Arschloch?"

Danner bestritt erst gar nicht, dass er das gewesen war. Aber er war seltsam reserviert, wie mir gleich auffiel, und konnte sich über seinen finalen Sieg gar nicht richtig freuen: „Ja, das war ich! Aber der Scheiß-Türke hat mich überfallen, also ..."

Weil ich ein neugieriger Mensch war, fragte ich, wie er sich denn sicher sein konnte, dass es ein Scheiß-Türke war, den er da umgelegt hatte, und seine Antwort kam klar und deutlich: „Liest du denn keine Zeitung, du Arsch?!"

Es sprach tatsächlich einiges dafür, dass es der aus der Zeitung war. Der Tote trug ja netterweise immer noch den gleichen Trainingsanzug, in dem er vorgestern fotografiert worden war; seine Gestalt war wie auf dem Foto breit und gedrungen; seine Faust war wie aus einem Felsen herausgebrochen, sein Ärmel steckte voller Dynamit; die Haare waren schwarz und dicht. Also war für Guttmann die Sache genauso klar wie für Danner: „Sieht aus wie ein Türke, riecht wie ein Türke, ist ein Türke."

Nur für mich roch das alles nach *Gosse*. Ich erinnerte mich nämlich an den Anruf, den Danner gestern erhalten hatte, als ich bei ihm war, und erzählte Guttmann davon: „Wie alle ordentlichen Südländer legt Danner ab zwölf Uhr eine Siesta ein und sperrt die Bude bis 15 Uhr zu. Normalerweise! Aber heute hätte er noch einen Pressetermin gehabt, den er gestern per Telefon mit einer Lady vom Deutschen Fernsehen vereinbart hatte, und zwar für zwölf Uhr. Genau der Zeitpunkt also, zu dem der Schuss fiel. Ich sehe hier aber keine vom Deutschen Fernsehen, du vielleicht?"

„Ich auch nicht."

Ich erinnerte ihn weiters an den Anruf, der vorgestern in der Wursthandlung Rott eingegangen war, was eine hundsgemeine Falle gewesen war, und so konnte ich mir plötzlich vorstellen, dass der Kerl, der da auf der Straße herumlag, auch in eine Falle gelockt worden war.

Guttmann schmeckte das natürlich gar nicht: „Aber er hat ihn doch überfallen und Geld von ihm verlangt!"

„Ich sage ja nicht, dass er die *Hürriyet* bei ihm kaufen wollte! Mich würde halt interessieren, *wie* er das Geld von ihm verlangt hat."

Wir gingen zu Danner hin, und ich bat ihn um eine ehrliche Antwort auf meine einfache Frage: „Was hat der Türke genau zu dir gesagt, als er hereinkam?"

„Geld."

„Nur ‚Geld'?"

„Nein. ‚Du Geld.'"

„Okay. Und hat er das ‚Du Geld' mit einem Rufzeichen hinten dran ausgesprochen oder vielleicht eher mit einem Fragezeichen?"

Danner ging langsam die Hutschnur auf: „Was sind denn das für Scheiß-Fragen?" Und an Guttmann gerichtet: „Mit dem red' ich sowieso überhaupt nicht! Weißt du eigentlich, dass der ein Dealer ist?"

Guttmann sagte: „Ja. Und wenn mir mein Arsch noch länger wehtut, dann überlege ich mir sogar, mir auch was zu kaufen, denn das Zeug lindert den Schmerz und soll die Nerven beruhigen. Hab' ich jedenfalls gehört."

Die paar unschuldigen Streifenbullen, die um uns herumstanden, wussten jetzt wieder ein bisschen mehr von der Welt, als sie eigentlich sollten. Sie schauten beschämt zu Boden, den sie mit ihren Schuhen bearbeiteten. Ich klopfte ihnen auf die Schultern und steckte ihnen jeweils eine Packung zum Probieren in die Brusttasche, dann sagte ich: „Ist für euch, Jungs! Aber nicht alles auf einmal, okay?"

„Okay!"

Ich nannte ihnen noch die Lieferkonditionen und gab ihnen Name und Adresse der Bezugsquelle. Dann schob ich Danner einen Finger in die Nase hinauf und schaute ihm dabei streng in die Augen, die überraschend schön waren, jetzt, wo er sie so weit aufriss. Ich sagte: „War es ein Fragezeichen oder ein Rufzeichen? Sprich, Elender!"

Endlich fand der Spinner den Teil seines Gehirns wieder, in dem die Wahrheit wohnte: „Ich glaube, er hat ‚Du Geld' gesagt und ein Fragezeichen hinten drangehängt."

Ich bohrte weiter: „Und wirkte er dabei vielleicht sogar ein bisschen unsicher? Gebückt und defensiv möglicherweise wie einer von diesen Bettlern, die an jeder Straßenecke herumstehen und einem immer so auf den Sack gehen mit ihrem ‚Du Geld?'?"

Er sagte: „Na ja, ja! Eigentlich hat er mich wie ein verdammter Hosenscheißer nach Geld gefragt."

Danner war jetzt fast beleidigt, weil er gar nicht richtig überfallen worden war, wie er zugeben musste. In Hinblick auf seine Verteidigung würde er sich da natürlich was überlegen müssen, wenn er den Räuber nicht als Monster darstellen konnte, sondern als besseren Bettler beschreiben musste, als eine Art Mutter Teresa der Räuberei. Das würde den Richter dann sicher auf die Frage bringen, die auch ich ihm jetzt stellte: „Und wieso hast du ihn dann erschossen, du beschissener Idiot?"

Danner sprang nicht gerade vor Freude in die Luft, als ich ihn auf dieses kleine Problem seiner Verteidigung aufmerksam machte, aber ich konnte ihn wenigstens mit der Aussicht trösten, dass er im Knast von den ganzen Ausländern ganz sicher ordentlich in den Arsch gefickt werden würde, so hübsch, wie er in seiner Nazimontur aussah. Dann sagte Guttmann: „Führt ihn ab!"

Ich war zufrieden mit Danners Antwort und erklärte Gutti, warum: „Wenn der Kerl ein elender Räuber war, dann hätte er das Geld mit ganz vielen Rufzeichen verlangt, mit etwas mehr Nachdruck, verstehst du? Er aber hat nur ‚Du Geld?' gefragt, als ob er gar nicht recht wusste, ob er hier auch richtig war, stimmt's?"

„Scheiße, ja!"

„Also wurde er hierher geschickt, um sich das Geld abzuholen, das man ihm woanders versprochen hatte."

„Aber von wem? Und wofür?"

„Von seinem Auftraggeber, für den er Rott ermordet hat. Gutti! Ich glaube mittlerweile, dass hier nur die Waffe herumliegt, aber nicht der wirkliche Mörder. Der wusste, dass Danner ein Irrer ist und jeden Türken umlegen würde, der seinen Schnauzer zu ihm hereinsteckt und ‚Du Geld?' zu ihm sagt, schließlich hat er es jedem angekündigt. Auf diese Weise konnte der wahre Mörder seine Waffe beseitigen, was aus seiner Sicht notwendig war, denn irgendwann hättet ihr den Schnauzbartträger vielleicht wegen irgendwas anderem gekriegt, und dann hätte er begonnen zu plaudern."

Guttmann seufzte einigermaßen verzweifelt.

„Aber war er dann wenigstens ein Türke?"

Da rauschte Biene Mayr in ihrem weißen Cinquecento heran, der ihr wie angegossen passte. Bevor sie ausstieg, machte sie sich noch kurz im Rückspiegel schick, dann kam sie zu uns herüber und fragte: „Na?"

Wir begleiteten sie zu dem Toten, aber sein Gesicht gefiel ihr gar nicht. Sie zog sich die Gummihandschuhe an, kniete sich neben ihn und tatsche ihn überall ab. Mit ihren langen Fingern kramte sie in seinen Hosentaschen auf der Suche nach seinen Papieren, aber so einer läuft natürlich nicht mit Papieren herum. Dafür hatte er einen Schuldschein bei sich, Biene Mayr zog ihn heraus und gab ihn uns, darauf stand das Grosny Creditsky als Gläubiger und der Name dessen, der sich unglücklicherweise dort Geld ausgeborgt hatte: Issik Alejew.

Ich sagte: „Sorry, Gutti, aber so heißt nun wirkich kein Türke."

Aber er gab nicht auf: „Grosny? Das ist doch die Hauptstadt von der ... Osttürkei, nicht wahr?"

„Nein, von Tschetschenien!", sagte Biene Mayr, die sich da ein bisschen auskannte. Und sie wusste auch gleich die Farben seines Trainingsanzuges richtig zu deuten, denn die waren ident mit denen der tschetschenischen Flagge. Ein Patriot lag da also tot herum, erschossen von einem anderen Patrioten. So dämlich ist nur das Leben.

Der Schuldschein trug eine fortlaufende Nummer und lautete auf hundert Euro, bei Nichteinbringung bürgte ein gewisser B. Tertsche respektive eine gewisse B. Tertsche, der Name stand auf der Rückseite des Scheins.

Wenn man bei den Kaukasiern seine Schulden nicht rechtzeitig beglich, dann konnte es für Schuldner und Bürgen schnell ungemütlich werden, selbst wenn es sich um eine derart lächerliche Summe handelte. Aber der Issik musste in bitterer Armut gelebt haben, darauf deutete auch hin, dass er noch immer die gleiche Garderobe wie vorgestern trug. Außerdem war er gewiss kein Zeitungsleser, sonst hätte er die Gegend für ein paar Wochen gemieden. Seine Unterschrift auf dem Schuldschein der Kaukasier bestätigte die Theorie, dass er Analphabet war, sie bestand aus nicht mehr als drei Strichen. Ein weiterer sicherer Beleg für seine Armut also, aber kein einziger Beleg dafür, dass er Türke war.

Guttmann wollte es nicht glauben und sagte zu Biene Mayr: „Kannst du ihm vielleicht mal in die Hose greifen und schauen, ob sein Schwanz verlängert ist?"

Sie sagte: „Nichts lieber als das!"

Tatsächlich schien der Schwanz-Test in diesen Tagen am ehesten die Frage zu beantworten, ob einer ein Türke war oder nicht. Die Biene schaute mir tief in die Augen, als sie ihre Hand in seiner Hose verschwinden ließ, und lächelte mich vielversprechend an. Was sie ertastete, kommentierte sie wohlwollend mit „Oh la la!", dann riskierte sie einen genaueren Blick, und ihre anschließende Expertise lautete wie folgt: „Er ist nicht operiert. Und er hatte es weiß Gott nicht nötig ..."

Ich sagte: „Sorry, Gutti. Die *Gosse* hat uns angelogen, das war gar kein Türke."

Er zog sich die Hose hinauf und fragte: „Ist hier irgendwo ein Klo?"

Ich hatte mich sowieso schon gewundert, warum er so lange nicht hatte pissen müssen.

***

Gutti und ich hätten jetzt natürlich auch zu Fuß die paar Meter zum Huberpark hinaufgehen können, nachdem er bei Jolanda im Hard & Heavy ausgetreten war. Aber Gutti hasste das Zu-Fuß-Gehen, und ich liebte es, mit dem Auto zu fahren. Also öffnete ich ihm galant die Tür zu meinem Toyota, in den er sich hineinzwängte, und ich setzte mich neben ihn hinters Steuer. Dann fragte ich: „Was wird denn der Staatsanwalt aus der Sache mit Danner machen?“

„Notwehr“, sagte Guttmann ganz selbstverständlich. „Danner hat eine lange Geschichte mit Überfällen. Wenn er also jetzt beim fünften Überfall einen umlegt – wer will es ihm verübeln? Außerdem werden die von der *Gosse* ihn als Helden feiern, da mag die Staatsanwaltschaft dann auch nicht als Spielverderber dastehen.“

„Auch wenn der Tschetschene ihn gar nicht richtig überfallen hat?“

„Türke oder Tschetschene, scheißegal! Hauptsache Ausländer!“ Tatsächlich hatte das Land, was Ausländer betrifft, eine lange Liste fragwürdiger Entscheidungen der Justiz angesammelt: zu Tode gekommene Asylwerber, deren Tod nie untersucht wurde; verprügelte Neger, die dann immer selbst daran schuld gewesen sein sollten; erstickte Drogensüchtige, auf die man sich so lange draufgesetzt hatte, bis ihnen buchstäblich die Luft ausging. Und immer kamen die Täter aus dem Schlamassel raus, ohne dass ihnen am Zeug geflickt wurde.

Danner würde es also nicht viel anders ergehen.

Die Mädels um Big Bärbel saßen wie immer auf ihrer Bank, hatten Kuchen und Wein ausgepackt, dazu Mayonnaise und Gurken. Ein typisches Schwangerencamp. Auch wenn nicht alle schwanger waren, aßen sie doch alle aus Solidarität mit der, die schwanger war, als ob sie selbst schwanger wären.

Um mit ihnen ins Gespräch zu kommen, legte ich das Säckchen Gras, das ich noch bei mir hatte, auf den Tisch. Big Bärbel kannte mich natürlich, und sie kannte auch die Natur der Männer. Noch nie hatte ihr einer etwas gegeben, ohne dass er etwas dafür wollte, also fragte sie: „Was willst du dafür?“

Ich legte den Schuldschein auf den Tisch und fragte: „Kennt ihr den Issik Alejew?“

Bärbel sagte: „Und ob!“

Sie schaute an sich hinunter, dorthin, wo ihr Fett quoll und wo unter ihrem Fett die Frucht ihres Leibes heranwuchs, sie sagte: „Ist der Vater von denen.“

Ich wollte es noch mal hören: „Sagtest du, von *denen*?“

„Ja. Es werden Zwillinge!“

„Dann müssen die kleinen Alejews aber ohne Vater aufwachsen.“

„Die kleinen Tschertes! Sie heißen wie ich!“

„Aber hallo!“

Ich hatte bisher nicht gewusst, dass Big Bärbel Tscherte hieß, aber es sah so aus, als habe sie diesmal wirklich ganz tief in den Dreck hineingegriffen, und ich erklärte ihr kurz, warum. Nicht nur, dass der Vater ihrer Kinder tot war, sie hatte jetzt auch noch seine Schulden am Hals, jedenfalls jene, für die sie bürgte. Verständlich also, dass wir auf ihre Tränen vergeblich warteten, stattdessen sagte sie: „Ich hoffe, dass es ein langer und schmerzhafter Tod war.“

Dass ihr Stecher leiden musste, das konnte ich ihr dann allerdings nicht garantieren, so ein Schuss ins Gesicht führte in der Regel zu einem schnellen und schmerzfreien Tod. Aber ich konnte ihr wenigstens versichern, dass er nicht gut aussehen würde, wenn er bald irgendwo zu Grabe getragen wurde, kleiner Nachsatz: „Falls sich überhaupt jemand für seinen Leichnam interessiert.“

„Ich nicht!“

Big Bärbel lehnte das nicht nur wegen der zu erwartenden hohen Begräbniskosten ab, sie war einfach insgesamt enttäuscht von ihm und wollte ihn nicht mehr sehen, sie sagte: „Der Arsch hat sich seit einer Woche nicht mehr bei mir gemeldet, also soll er verfaulen, wo der Pfeffer wächst!"

Nichts war schlimmer als enttäuschte Frauen. Sie konnten so schwer verzeihen und ritten oft noch Jahre, nachdem man sie längst verlassen hatte, darauf herum, wenn man sie mal zufällig irgendwo auf der Straße traf. Und wehe, man schaute dabei glücklich aus der Wäsche! Dass man genau deshalb glücklich war, weil man sie verlassen hatte, das kapierten sie einfach nicht.

Jetzt, wo dem Issik aber alle Ablehnung der Welt entgegenschlug, wollte ich irgendwie nicht, dass sein Leben so vollkommen sinnlos rüberkam, also sagte ich: „He, Leute! Immerhin hat er Rott, dem braunen Arschloch, das Licht ausgeblasen. Wir müssen ihm also auch alle irgendwie dankbar sein. Und wer weiß, ob er nicht seine guten Seiten an die da drinnen weitergegeben hat."

Ich deutete auf Bärbels Bauch, und sie schniefte: „Ja, da hast du recht. Vielleicht werden sie ja mal gute Boxer."

Das brachte mich endlich auf den eigentlichen Grund unseres Besuchs: „Hat denn der Issik geboxt?"

Big Bärbel wollte davon nichts mehr wissen, aber eine ihrer Freundinnen klärte uns netterweise auf: „Der Issik hat drüben im Grosny Gym geboxt, und er brauchte dringend einen Satz neuer Boxhandschuhe. Mit denen wollte er nächste Woche drüben im Einkaufszentrum von dem Lugner einen Kampf bestreiten – Bummbumm-Issik gegen weiß der Teufel wen, ein paar andere Idioten halt, die sowieso den ganzen Tag im Keller auf einen

Sandsack eindreschen, als Preisgeld hätte es hundert Euro gegeben."

Hier hakte sich Big Bärbel wieder in die Veranstaltung ein: „Hundert Euro! Ich hab' den Spinner also gefragt, wie er so unsere Zwillinge ernähren will, wenn er sich bei denen dort drüben hundert Euro ausborgt, damit er vielleicht wieder hundert Euro gewinnt!"

Jetzt machte ich mir ernsthaft Sorgen um sie. Was, wenn die Kaukasier bald zu ihr herübergestiefelt kamen und das Geld von ihr wollten? Ich fragte: „Wie willst du denn seine Schulden bezahlen?"

„Das hab' ich ihn auch gefragt, wie das gehen soll, aber es war schwierig, mit ihm zu reden, er hat ja fast kein Deutsch geredet, und ich überhaupt kein Türkisch."

Nun war es an Guttmann, sie auf besserwisserische und unangenehme Weise über die Herkunft ihres ehemaligen Liebhabers aufzuklären: „Er war kein Türke, er war Tschetschene."

Da fragte Big Bärbel: „Ein was?"

Sie hatte sich irgendwie schon fix darauf eingestellt, dass sie zwei kleine Halbtürken auf die Welt bringen würde und dass sie in Bezug auf ihre Ernährung darauf achten würde müssen, dass sie immer genug Zwiebeln und Sonnenblumenkerne kriegten, um einigermaßen glücklich durchs Leben zu kommen. Was kleine Tschetschenen aßen, das wusste sie jetzt gerade überhaupt nicht. Ich hatte zwar mal was gehört, dass es kleine Russen waren, aber das konnte ich ihr natürlich in diesem Moment nicht sagen, also ließ ich es lieber bleiben.

Big Bärbel hatte dann diesen Energieabfall, den Schwangere oft unvermittelt kriegen. Zu den üblichen üblen Launen, die Frauen ohnehin durchgehend haben, kommen bei den Schwangeren noch extraüble Launen und Energieschwankungen hinzu. Es verlangte sie jetzt danach, die Füße auf meine Schenkel zu legen und an der Seite ihrer Freundinnen zu ruhen. Sie hatte irgendwie genug von diesem Penner Issik und beobachtete lieber zwei Mütter Anfang vierzig in ihren Gesundheitslatschen, die ihre Deluxe-Kinderwägen vor sich herschoben. Die zwei hatten einen mit Brille dabei, der anscheinend vom städtischen Bauamt war, denn sie erklärten ihm schneidig, wo genau ihrer Meinung nach der neue Kindergarten hinkommen musste und wo das Tor, durch das dann nur mehr diejenigen hereindurften, die auch „die Mittel" hatten, um sich diesen neuen Tempel der Mittelschicht auch leisten zu können. Eine von Big Bärbels Freundinnen war dann Gott sei Dank so nett und schrie: „Dann spielt hier bald nur noch der Leon mit der Maria-Amelie, oder was?!"

Wir mussten alle wirklich sehr lachen. Die Kinder der Mütter um Big Bärbel hatten ja alle richtige Namen wie Kevin, Dennis, Jennifer, Jaqueline und Marcel. Dafür würden sie es aber auch nie in den neuen Kindergarten hier schaffen, schon gar nicht die beiden, die noch in Big Bärbels Bauch lagen.

Frau Tscherte lehnte sich dann an mich, als wäre ich Lemmy, und bat mich, ihr einen schönen Ofen zu drehen, was ich gerne tat, weil ich selbst gerade die gleiche Idee hatte. Und immer, wenn sie danach schnappte, schob ich ihr das Teil in den Mund, sodass sie nur noch daran ziehen und inhalieren musste, und immer dann, wenn sie ausatmete, war ich an der Reihe mit Ziehen und Inhalieren. Bald war Big Bärbel irgendwo, aber diesmal irgendwie noch weiter weg als sonst, denn plötzlich sagte sie: „Uuuuuuuh! Uuuuh! Hat der Lemmy vielleicht was Neues angebaut, ich meine, das Zeug ... Halleluja ... uuuuh!“

Ich verneinte und erklärte ihr, dass Lemmy nun für Freunde und treue Stammkunden einfach keinen Blasentee mehr untermischte, und wirklich: Seit er uns sein Gras ohne schädliche Zusatzstoffe gab, hatte das Rauchen gleich noch mal eine andere Qualität. Sogar ich genoss es plötzlich, an einem warmen Sommernachmittag mit ein paar fetten Mädels ein Kaffekränzchen abzuhalten und dabei über enttäuschte Liebe und andauernde Geldnöte zu quatschen, gut gewürzt mit einer tragischen Todesmeldung, die von den schwarzen Wolken über uns, die immer schwerer zu werden schienen, mit ein paar ersten Regentropfen kommentiert wurde. In die seltsame Idylle hinein fragte ich schließlich: „Ist euch in letzter Zeit vielleicht mal einer aufgefallen, der nicht hierher gehörte und den der Issik getroffen hat?“

Big Bärbel überlegte, und zwar, wie sie uns das am besten beibringen sollte, ohne dass es ein schlechtes Licht auf sie und ihre Zwillinge werfen würde, sie sagte: „Also, der Issik war ja nicht nur ein Boxer, er hat ja auch versucht zu dealen hier heroben im Park, aber nicht mal das konnte er richtig, der Penner.“

Ihre Freundin – die, der die Cellulite kiloschwer gegen die schwarzen Leggings drückte – wurde gleich etwas konkreter: „Ja, und weißt du, was? Uns hat der Arsch auch versprochen, dass er uns was organisiert, und zwar nichts zum Umfallen oder Abheben, sondern was für den Flow, das einen halt über den Tag bringt, ohne dass man zu viel von dem ganzen Scheiß da mitkriegt.“

Sie spuckte in Richtung der schneidigen Mütter, die am liebsten gleich den Keller für ihren Kindergarten ausgehoben sehen wollten, während ich an den weltberühmten Mohn aus den karstigen Südlagen des Kaukasus dachte. Ich fragte: „Und hat er euch was gebracht?"

Big Bärbel konnte die Frage natürlich am besten beantworten: „Uns nicht! Aber da kamen immer so welche mit schwarzen Hosen und schwarzen Hemden, die sie sich nicht in die Hose steckten, und mit schwarzer Brille."

Ich dachte natürlich gleich an unsere Freunde aus den Branchen und freien Berufen und hörte aufmerksam zu, als Big Bärbel weitererzählte: „Einer von denen ist auch mal zu uns hier herübergekommen und hat sich dazugesetzt, der Zwerg war nur so groß und hat fast nicht über den Tisch gesehen. Er hat uns gefragt, wie das hier so läuft mit Scheiß-Multikulti und so, und dann hat er gesagt, dass er da so eine Geschichte für seine Zeitung schreibt über das Zusammenleben von den verfickten Kulturen, und dann hat er plötzlich gefragt, wie das mit den Drogen hier so ist, aber da haben wir natürlich sofort geschnallt, dass der Schnellspritzer das Zeug nur für sich selbst wollte."

Guttmann fragte: „Ein Schreiberling?"

Was Bärbel umgehend verneinte: „Kein Schreiberling! Ein Journalist!"

Das konnte jetzt dreierlei bedeuten: Dass der Kerl ein richtiger Journalist war, der sich als Süchtiger tarnte. Oder ein richtiger Süchtiger, der sich als Journalist tarnte. Oder ein richtig süchtiger Schreiberling. Ich fragte: „Für welche Zeitung hat er denn gearbeitet?"

Big Bärbel dachte mal scharf nach, dann kamen ihr ein paar Tiernamen in den Sinn: „Hm, ‚Vogel'? Nein.

‚Libelle'? Auch nicht. Irgendwas mit Flügeln, glaub' ich. ‚Fledermaus' vielleicht?"

Ich fragte: „Schmetterling?"

Sie sagte: „Das schon eher."

***

Das Grosny Creditsky war bis vor kurzem keine nennenswerte Größe am heimischen Finanzmarkt, ein paar Auslandstschetschenen trafen sich hier zum Teetrinken und zum Reden über ihren niedlichen kleinen Staat. Aber ein paar von denen hatten dann plötzlich von irgendwoher Geld (Drogen?), und die Idee dahinter war jetzt vermutlich, aus dem ganzen Schwarzgeld noch mehr Geld zu machen, indem man es für ein paar Tage oder Wochen verlieh. Für irgendetwas (Boxhandschuhe?) brauchten die ganzen Asozialen und Ausländer in der Gegend ja immer Geld, also borgten sie ihnen welches, natürlich nur gegen horrende Zinsen. Aber so, wie sie alle aussahen – wie Dschingis Khan beim Scheißen nämlich –, brauchten sie sich um die Zahlungsmoral ihrer Gläubiger keine Sorgen machen, sie kriegten ihr Geld garantiert immer zurück.

Mit seiner grünen Fassade, die Einsprengsel von Rot und Weiß zeigte, strahlte uns der Laden freundlich an, als wir schießlich davorstanden. Ich zog noch einmal kräftig an meinem Ofen, bevor ich den Rest auf die Straße warf, aber kaum stand ich mit dem Fuß darauf, war mir plötzlich, als hätte ich den letzten Teil besser nicht mehr rauchen sollen, ich verlor nämlich gerade ein wenig die, wie soll ich sagen ... die Stoßrichtung, den Sinn für das Wesentliche, das, worum es überhaupt ging.

In einem Anfall von Selbstüberschätzung wollte ich irgendwie dafür sorgen, dass die Kaukasier von Big Bärbel kein Geld mehr eintreiben konnten, allerdings wusste ich nicht genau, wie, dafür musste ich schon beim Eintreten ganz leicht kichern. Guttmann war das natürlich unangenehm, denn er wusste, dass man in so einem Laden besser nicht kichern sollte, während man gleichzeitig auf den langen Rübezahl-Bart eines der Anwesenden zeigte. Vor dem Kerl standen ungefähr zehn Türken an, die alle demütigst mit dem gleichen Anliegen vorstellig wurden: 5000 Euro bar auf die Kralle bitte, und Guttmann und ich wussten natürlich, wofür.

Seit die Türken alle einen Traum hatten, aber nicht so recht wussten, wie sie diesen Traum finanzieren sollten, hatte das Geldverleihgeschäft der Kaukasier einen enormen Aufschwung erlebt, wie ein verdammter Parasit profitierten sie nun von der Geschäftsidee dieser Türken. Gott sei Dank hatte ich meinen Toyota etwas abseits geparkt, denn manchmal kam ich mir mit der alten Karre schon vor wie der stark rückständige Bewohner eines stark rückständigen Bergdorfs im Kaukasus, nur dass die alle mittlerweile größere Autos fuhren als ich.

Als ich endlich an der Reihe war, fragte mich der Freund der Berge: „Was du wollen?"

Er hatte sich wohl ein paarmal zu oft *Roter Oktober* angeschaut und sich in dieser speziellen Welt der Geheimdienste verloren, außerdem redete er wie Schwarzenegger, wenn er gerade gurgelt, sein Bass war tiefer gelegt als alle Karosserien der Hölle.

Aus dem Nichts heraus – getrieben von einer gewissen inneren Unruhe, gepaart mit Lemmys Weed – ließ ich zum Spaß einen Testballon steigen und entwarf einen fiktiven Lebenslauf mit 800 000 angehäuften Schulden, nicht bezahlten Alimenten, gekündigten Lebensversicherungen, kurz: Ich war für ihn ziemlich pleite und musste darüber auch ziemlich lachen, fragte aber trotzdem ins Blaue hinein, wie viel er mir denn ungefähr borgen konnte, „Was meinst du, Ivan?“

Aber Ivan, der Allerschrecklichste, hieß gar nicht Ivan, sondern „Ich Sergej!“

Und so, wie er mich dann anschaute, kriegte ich eine ungefähre Vorstellung vom Wesen des Südkaukasiers, wenn er das Gefühl hat, unnötig seine kostbare Zeit zu vertrödeln, und er sagte: „Kannst du haben Geld, so viel du wollen, aber für dich Zinsen von 85 Prozent sind Okkasion, pro Woche, und der da mit Bauch muss machen deine Bürge.“

Dabei deutete er auf Guttmann, dem es in diesem Moment ein wenig die Kehle zuschnürte. Roter Oktober ließ seine gewaltigen Arme zunächst noch verschränkt, bis er sie dann schließlich doch ausfuhr und mit dem ausgestreckten Zeigefinger zuerst auf mich zeigte und sich dann mit dem gleichen ausgestreckten Finger über die Kehle fuhr.

Irgendwie hatte ich mich da wohl verlaufen, bildlich gesprochen, und plötzlich schiss ich mir auch ganz leicht in die Hosen, ebenso bildlich gesprochen, denn ich hatte ganz vergessen, wie ich mich im Notfall aus diesem Laden wieder zurückziehen wollte.

Gott sei Dank hatte Guttmann Drogen jeder Art bisher strikt abgelehnt, sodass er anders als ich noch nüchtern und bei klarem Verstand war. Er stand einfach auf und steckte sich wieder das Hemd in die Hose, dann zog er seine Bullen-Marke und legten den Schuldschein von Issik auf den Tisch, dabei sagte er ganz ruhig zum

Sergej: „Du machen Information über Mann was steht Name da drauf."

Vielleicht hatte ich Gutti aber auch überschätzt, denn dem Sergej war egal, was Guttmann sagte, er selbst sagte „Njet".

Da zog Gutti seine Knarre und hielt sie ihm gegen die Stirn. Das sah richig cool aus, und ich sagte zu Guttmann: „Siehst du! Wenn du willst, dann kannst du ja!"

Das Problem war nur, dass er zu oft nicht wollte. Ich wollte jetzt auch wieder mitmachen und sagte zum Sergej: „Sprich!"

Sprach er also: „Ist Issik Alejew sein Name was hat genommen hundert Euro von uns für neue Boxhandschuhe hat er gekriegt mit vierzig Prozent Zinsen, weil Landsmann."

„Macht heute wie viel?"

„1366 und ein bisschen was."

Guttmann drängte seine Knarre etwas weiter ins dichte Haar des Sergej und sagte: „Und haben Mann noch andere Scheine mit Schuld bei dir?"

Da griff Roter Oktober in seine Lade, die mich an die von einem Arzt erinnerte, der darin seine Karteikarten hortet, und zog alles von Issik Alejew heraus. Tatsächlich waren da noch ein paar andere Schuldscheine darunter, für die Big Bärbel hätte geradestehen müssen, aber Guttmann sagte: „Du machen Schuldscheine wie wenn nie gewesen, ritsche-ratsche, du verstehen?"

Roter Oktober verstand und zerriss widerwillig die Scheine, aber er sagte auch: „Du schlecht Mann!"

Da fing ich wieder an zu kichern und sagte: „Er Guttmann!"

Und dann zerriss es mich fast vor Lachen.

***

Der abschließende Tritt in den Arsch ließ sich dann natürlich nicht verhindern, und es war Guttmann, der den Eisenfuß abkriegte. Wie Dick und Doof rannten wir davon, von vielen dunklen Flüchen begleitet. Schon zum Auto schaffte es Guttmann nur noch unter größten Schmerzen, ich musste ihn stützen, während ich ihn ins Auto setzte, und da fragte ich mich, ob unsere Freundschaft diese Hinfälligkeit überdauern würde. Kaum hatten wir die Türen zugeknallt, entlud sich der schwarze Himmel in einem gewaltigen Guss, der auf uns herniederprasselte. Ich dachte an die vielen armen Menschen, die jetzt keinen Toyota hatten, in dem sie sich verstecken konnten, und war letztlich doch stolz, einen so internationalen Wagen zu fahren. Vielleicht kam das Gefühl des Stolzes aber auch daher, dass ich so hoch saß, deutlich höher als Gutti jedenfalls, der deutlich tiefer saß als ich. Ich schaute zu ihm hinunter, und da fiel mir wieder mal auf, wie fett er geworden war. Er sagte: „Warum schaust du mich so blöd an, bin ich dir vielleicht zu fett? Ich hab' es langsam satt, dass wir Dicken immer stigmatisiert werden!"

Ich sagte: „Ich finde nicht, dass ihr Dicken stigmatisiert werdet. Ihr werdet vielleicht blöd angeschaut, weil ihr so fett seid. Aber stigmatisiert? Nein."

„Und genügt es dir nicht, wenn wir blöd angeschaut werden?"

Ich schob was von Syl Johnson in den Player, *Pouring Water on a Drowning Man*, guter alter Soul. Das passte zum Wetter, und es passte auch gut zu uns. Gutti hatte in der Sache so gut wie nichts weitergebracht, wir hatten zwar die Waffe, aber nicht den Mörder. Als ich ihn gerade fragen wollte, ob ich ihn zurückbringen sollte in seine Bude, da sagte er: „Fahr zu Lemmy!"

Aus dem Auto und dann hinunter zu Lemmy schaffte er es nur noch mit meiner gütigen Hilfe, aber wenigstens mussten diesmal keine seltenen Platten dran glauben. Die angebotene Couch lehnte Gutti vorerst ab, zu sehr schmerzte ihn sein Arsch. Er schwitzte und war ganz weiß im Gesicht, flehend schaute er Lemmy an, es fehlte nicht viel, und er wäre auf die Knie gefallen.

Mit anderen Worten: Guttmann war endlich so weit.

Er gab eine dicke Tüte in Auftrag, und Lemmy legte sich gleich ordentlich ins Zeug, aber ich mahnte ihn, sicherheitshalber ein wenig Blasentee beizugeben, denn Guttmann war Ersttäter, und wer weiß, wohin er entschwunden wäre, wenn er gleich in die ganz große Rakete gestiegen wäre.

Lemmy zündete ihm den Ofen schließlich an, dann fragte Guttmann wie ein kompletter Idiot: „Und jetzt?"

Es war wie in einer verdammten Opiumhöhle in Vietnam! Wir betteten die Jungfrau der Länge nach auf die Couch, so ein bisschen seitlich mit dem Arsch zur Wand, damit er ihm nicht so wehtat, und dann zog er ein erstes Mal in seinem Leben ordentliches Gras durch, so wie Lemmy es ihm zeigte, und dann noch mal und noch mal. Am Anfang hustete er noch wie ein chinesischer Minenarbeiter, aber dann hatte er es schnell begriffen, er entspannte sich langsam, und seine Schmerzen wanderten mit dem Rauch hinauf in eine andere Welt. Bald kam er mir vor wie Darjeeling-Silke, wie sie früher hinter ihrer Kassa saß und an Goa und Girlanden oder so einen Scheiß dachte.

Während Guttmann langsam abdriftete, kam ich selbst ebenso langsam wieder zurück in die kalte Wirklichkeit, der Regenguss hatte die gute Laune von mir abgewaschen, die ganze kichernde Leichtigkeit war weg, und die ganzen verdammten Probleme waren wieder da, ich fragte Lemmy: „Was machen wir jetzt wirklich mit deiner Fettwurst da hinten?"

Er sagte: „Sie soll hierbleiben dürfen, bitte!"

Lemmy bettelte wie ein verdammtes Kindergartenkind, das nicht will, dass sein einziger Freund schon um zwei nach Hause geht. Ich schaute ihn streng an, um herauszufinden, ob er das auch wirklich wollte, dann sagte ich: „Na gut, Lemmy, wenn sie die Liebe deines Lebens ist – dann behalte sie!"

„Rock, sie ist nicht die Liebe meines Lebens. Die Liebe meines Lebens ist Elvis, das weißt du doch!"

„Ich glaube aber nicht, dass du sie für Elvis begeistern wirst können, ich höre bei ihr kein *Love Me Tender,* das ist sie nicht. Außerdem wird sie bald merken, dass du rauschgiftsüchtig bist, und sie wird nicht für dich sorgen, wenn du alt und gebrechlich wirst. Ich finde, das alles solltest du wissen, bevor du dich für sie entscheidest."

Lemmy schaute ein paar Augenblicke lang traurig aus der Wäsche, aber dann erkannte auch er die fehlende Zukunftsperspektive dieser Beziehung, das tiefe schwarze Loch, das sich vor ihnen beiden auftat. Er sagte: „Du hast recht, Rock. Darjeeling-Silke passt wohl besser zu mir als die Türkin."

Es war irgendwie hoffnungslos mit ihm. Es musste wohl irgendwas ganz Schlimmes mit der Teetante passieren, damit er sie endlich vergessen würde. Sie musste sich als Mann entpuppen oder als Mörderin überführt werden, irgend so was, anders kriegte er die nicht aus dem Kopf.

Ich fragte: „Hast du noch welche von deinen grünen Amnesia-Tabletten, mit denen man alles vergisst?"

„Soll ich sie denn vergessen?"

„Nicht du sie, du Idiot! Sie dich!"

Schließlich wusste sie nun, wo sie war, und wer weiß, was passieren würde, wenn sie davon mal ihren Brüdern erzählte. Und wenn sie ihnen dann auch noch erzählte, was Lemmy mit ihr gemacht hatte, dann machten die schnell Kebab aus ihm, sie würden ihm nicht glauben, dass sie es genossen hatte. Ich versprach Lemmy, dass Guttmann und ich nie vergessen würden, was er mit ihr gemacht hatte, und vor allem nicht, wie er es gemacht hatte! „Du warst einfach großartig!"

Lemmy hatte dann sofort die passende Pille zur Hand, ich holte ein Glas Wasser, und wir gingen damit nach hinten. Dort hielt ich der schlafenden Schönheit den Mund auf, Lemmy steckte ihr das Zeug hinein, und ich spülte mit Wasser nach. Ein bisschen was kriegte die Lunge ab, aber das meiste ging gut hinunter. Ich gab Lemmy eine Minute mit ihr alleine, während der er sich von ihr verabschieden konnte. Dann packten wir sie in eine der schwarzen Planen, die er benutzte, um damit seine Plantagen blickdicht zu halten. Wir schleppten sie nach vorne wie einen Sack, dabei konnte mir Lemmy noch irgendwie helfen. Aber als sie dann vor der Treppe lag, bereit, hinaufgewuchtet zu werden, ging bei ihm gar nichts mehr, und Guttmann konnte ich auch vergessen. Denn der hatte inzwischen Appetit auf mehr bekommen und verlangte von Lemmy, dass er ihm gleich noch einen Ofen drehte.

Diese verdammten Drogenfreaks!

Also rief ich Lovegod in Bratislava an und besprach mit ihm zunächst die Sache mit den Daltons. Er war ausgesprochen nett und zuvorkommend, genauso, wie Happiness es gesagt hatte. Und als er mich höflichkeitshalber fragte: „Anything else I can do for you, man?“, da sagte ich: „Yes, please!“

Eine knappe halbe Stunde später stand er herunten auf der Fußmatte, keine Ahnung, wie er das bei dem Abendverkehr gemacht hatte. Möglicherweise hatte es einfach was mit den Drogen zu tun, die ihm aus seinen Augen herausquollen und die man gemeinhin wohl Speed nannte. Seine Erscheinung wäre auch beeindruckend gewesen, wenn nicht bis in seine letzten Blutbahnen das hibbrige Zeug in ihm gekocht hätte, er war nicht viel kleiner als ein großer Baum, und seine makellos weißen Zähne blitzten dort, wo er kein Gold im breiten Mund hatte. Ich musste mich unweigerlich fragen, wie wohl seine Brüder Steal und Concrete aussahen, wenn er nur Lovegod war. Er grinste uns an wie eine zum Sprung bereite Grinsekatze, dann schob er den Greifarm nach vorne und empfing mit seiner Stahlhand das eigene, kleine Pfötchen.

„Yo, man! Whazzup?“

Den verpackten Wal hinaufzutragen war für ihn dann eine leichtere Übung, es schien ihn sogar ein wenig zu langweilen, und als ich draußen auf der Straße seinen orangefarbenen Firebird mit riesiger schwarzer Flamme auf der Motorhaube sah, war mir sofort klar, dass der junge Mann und ich, nicht nur was die Hautfarbe betraf, sehr verschieden waren. Wenigstens verstand ich jetzt, warum er so schnell aus Bratislava hierhergekommen war, die Kiste machte mit ihren knapp 300 PS ordentlich was her, und wenn man dann noch die Hydraulik einschaltete, dann schaukelte das Schiff wie auf hoher See. Was man halt so schick fand, wenn man ein *Brotha* war und den mitteleuropäischen Designerdrogen-Markt beherrschte! Als ich ihm aber „Sorry, man, we take the Toyota“ sagte, da drehte er gleich durch wie eine schnell beleidigte Orientalin und schrie: „Oh no, man! What the fuck!“

Die Sache war aber die: Mit einem drogensüchtigen *Brotha* in einem orangefarbenen Firebird wollte ich nicht unbedingt in eine Verkehrskontrolle geraten, jedenfalls nicht mit einer verpackten Türkin im Kofferraum.

***

Guttmann hatte mir mal eine aufgelassene Lagerhalle jenseits der Donau gezeigt, wo die Bullen der Stadt gerne all die aufgegriffenen Drogendealer und Asylwerber hinbrachten und ihnen den Wunsch, hier im Land bleiben und weiter mit Drogen dealen zu dürfen, ausredeten, und zwar mit Fäusten und Fußtritten. Leuten wie Lovegod, denen man von vornherein unterstellte, dass sie Drogendealer waren und irgendwie gar nicht politisch verfolgt. Das war natürlich auf der einen Seite oft sehr ungerecht, auf der anderen Seite war es ... nun ja … es war auch nicht immer ganz falsch. Bei Lovegod kam obendrein erschwerend hinzu, dass er nicht nur dealte, sondern auch selbst ganz schön konsumierte, alleine auf der Fahrt dorthin fragte er mich geschätzte fünfzigmal: „You want some, man?“

Dabei drückte er mir jedes Mal einen schönen Zinken in die Hand, der aussah wie ein gläserner Kristall, und ich fragte: „What is it?“

„Meth, man! Clear Crystal Meth!“

Ich sagte „I try it later“ und steckte das Zeug ein, bald hatte ich eine schöne Sammlung im Hosensack. Er lächelte mich an, als habe er selbst schon vier Kilo davon zum Frühstück gegessen. So kriegte er über den langen Tag einen ganz ordentlichen Grinser zwischen den Ohren zusammen, aber schön langsam ging er mir auf den Sack mit seinem dauernden „Yo, man, whazzup?“, als gäbe es nichts anderes zu reden. Er wurde immer wurbeliger, und es juckte ihn schwer in den Fingerknöchelchen, weil er endlich zuschlagen wollte, also sagte ich: „Stay cool, man. The Daltons don't run away from you.“

Was übersetzt ungefähr so viel heißen sollte wie: Halt endlich mal die Schnauze, du verdammter Freak!

Vor der Lagerhalle angekommen, suchten wir uns ein einsames Plätzchen, und Lovegod legte den Wal davor ab. Leider hatte ich ihm nicht gesagt, dass der Teppichinhalt noch lebte und dass er das möglichst auch weiterhin tun sollte, er warf den Teppich einfach hin wie einen … nun ja … Teppich. Und als wir schließlich ein leises Stöhnen daraus vernahmen, da grinste er mich noch breiter an und hielt mich für einen verdammten coolen Mörder, der da gerade eine verfeindete Gang-Sista entsorgte!

Wir verzogen uns in die finstere Nacht.

Auf der Fahrt zurück überlegte ich kurz, ob nicht diesmal ich dem *Schmetterling* stecken sollte, dass da irgendwelche Bullen eine Türkin vermöbelt hatten und dass die jetzt vor dieser Lagerhalle lag, schön eingepackt und verschnürt. Die würden dann eine schöne Gutmenschen-Geschichte daraus machen über die böse Bullerei und eine arme Türkin, Futter für die ganzen Vegetarier und Elektrofahrradfahrer, die sich dann bei einem gepflegten Caffè Latte darüber aufregen konnten, bevor sie sich eine Bande rumänischer Schwarzarbeiter vom Huberpark holten, um ihren Altbautraum perfekt zu machen.

Aber wenn ich's mir recht überlegte – was interessierte es mich, warum die kleine Türkin hierhergekommen war!

***

Ich machte den Türken und fuhr mit Lovegod im Toyota ein paarmal sinnlos um die Häuser, dabei kamen wir immer wieder am Türkpörn vorbei, sodass Lovegod jetzt ungefähr wusste, wie das Zielobjekt ausschaute. Nachdem wir endlich genug gefahren waren, fragte ich: „You know now what to do?"

Er sagte: „Yo, man!"

Himmel, seine Augen!

Mittlerweile war das ganze Weiß daraus verschwunden, in seinem Gesicht steckten nur noch zwei rote Kugeln. Es war wirklich an der Zeit, dass ich den Rottweiler in ihm von der Leine ließ, also rief ich: „Action!"

Wir stiegen aus und traten ein.

Drinnen im Türkpörn roch es wenig überraschend nach Zwiebel, Kebab und Schuhen. Es war eine erbärmliche Klitsche, aber die Jungs hatten schon jede Menge *Das Schwert des Ostens*-Zeug in netten Kisten gestapelt, wir sahen Kisten mit Filmen von ihm, mit Käppis und Wäsche, auf der er drauf war, alles Mögliche, was auch Schumacher bei seinen Formel-1-Rennen verkaufte, nur halt mit einem Schwert drauf, das aus Fleisch geschmiedet war. Sogar Dildos hatten diese verdammten Idioten im Angebot, als würde es irgendeine Frau geben, die sich da draufsetzen wollte. Ich nahm mir einen, der fast fünf Kilo wog, und sagte: „Was kosten?"

Bevor er noch „Machst du Hand weg von Türk-Dildo, oder isch mache dich geschnittene Gurke!“ sagen konnte, drosch ich ihm das Teil über den Scheitel, er sackte augenblicklich zusammen und fing an, die ganzen verdammten Schafe auf den Wiesen in seiner Heimat zu zählen. Das war der Gong zum Beginn der ersten Runde, dann übernahm Lovegod. Es dauerte keine halbe Minute, und er hatte den Kampf für sich entschieden und sie einen nach dem anderen in eine Ecke gelegt, den Längsten unten, den Kleinsten oben, wie die Bremer Stadtmusikanten lagen sie da. Dann hockte ich mich vor die verwirrten Jungs hin und sagte: „Ihr kriegt Dirty Willi's Swedish Pornhouse nicht, ihr kriegt es nie! Kauft euch eine Kebap-Bude oder eine Schafwiese oder einen Sack Zwiebeln, aber haltet euch aus Geschäften raus, von denen ihr nichts versteht, verstanden?“

„Verstanden.“

„Versprochen auch?“

„Ja!“

„Kann ich jetzt einen von euren verdammten Scheiß-Dildos haben?“

„Sicher. Nimm, Oida, nimm!“

Wieder im Auto, sagte ich zu Lovegod: „Well done, *brotha*!“

Ich dachte nämlich, wenn man schon etwas so Schönes miteinander erlebt hatte, dann konnte man auch *Brotha* zu einem sagen, schließlich war er der *Brotha* von Happiness, und ich dachte: Her *brotha* is my *brotha*.

Aber der Lovegod hielt anscheinend gar nicht viel vom engen Korsett einer keuschen Bruderschaft, er legte mir plötzlich seine gußeiserne Hand auf den Schenkel und begann, ihn sanft zu streicheln und zu massieren, dabei wurde er immer drängender, und schließlich sagte er: „You can be more than my *brotha* ...“

Ich dachte: Aber das bin ich doch schon für Happiness!

Dabei schaute er so komisch auf den Dildo, den ich noch immer in der Hand hielt, und dann fragte er mal ins Blaue hinein: „Do you wanna know why they call me Lovegod?“

Offen gestanden nicht. Aber ich brachte nur ein halbwarmes „I think about it“ heraus, weil ich ihn irgendwie nicht verletzen wollte nach allem, was wir zusammen erlebt hatten.

Da läutete die Schelle ausnahmsweise mal genau zum richtigen Zeitpunkt, und ich hatte einen guten Grund, zu Lovegod „Sorry, the telephone rings, just a moment, please!“ zu sagen.

Es war Manni von der Tanke oben, er sagte: „Es geht mich ja nichts an, Rock, aber da kauft gerade eine etwas ältere Lady einen Kanister Benzin nach dem anderen und schleppt ihn von hier weg.“

Ich sagte: „Und warum hilfst du ihr nicht?“

Er sagte: „Weil sie die Kanister nicht zu ihrem Auto bringt, was durchaus meine Sache wäre, sondern zu Willi's Pornhouse hinauf, was eure Sache ist. Ich dachte nur, das solltest du wissen.“

„Oh, das ist nett von dir.“

„Sie kauft übrigens auch gerade ein Feuerzeug.“

„Danke. Noch etwas?“

„Sie hat eine unglaubliche Titte, eine wirklich unglaubliche Titte.“

Ich fragte: „Eine?“

„Ja, eine.“

Die Umstände zwangen mich, Lovegod zu bitten, seine Hand von meinem Schenkel zu nehmen: „Other time very nice, but now no."

Ich drückte ihm die ausgemachte Vergütung für den Rambazamba bei den Daltons in die Hand und erklärte ihm dann noch schnell den Weg hinauf zum Bräunen solange du willst um 8,88.

„What the fuck is it?"

„It is a solarium, you understand ‚solarium'?"

„Hell, yeah, man! But I don't need a fuckin' solarium, I am a fuckin nigga!"

„But you can assfuck there."

Da strahlte er wie ein frisch geputzter Atommeiler, und seine Zähne erhellten die dunkle Nacht. Das Zeug, das die Jungs sich einwarfen, sollte man vielleicht doch mal probieren. Aber ob man dann je wieder aufhören konnte, so zu strahlen?

Ich sagte noch „See you later, alligator!", und dann fuhr ich los. Ich tat mir, wie gesagt, immer recht schwer, mit einem vernünftigen Satz aus solchen Gesprächen auszusteigen.

***

Frauen waren so einfallsreich, wenn es darum ging, der Männer liebste Spielzeuge zu zerstören oder schlicht ihren Lebensinhalt. Willi kannte einen, der hatte seinen Ferrari nicht wiedererkannt, nachdem er seiner Alten eröffnet hatte, dass sie nicht mehr sein Typ war; ein anderer fand sein heiß geliebtes Rapid-T-Shirt mit allen Unterschriften der Meistermannschaft zerschnitten und verbrannt im Garten, in dem er sich dann ein Zelt aufbauen musste, weil sie den besseren Anwalt hatte. Und so weiter!

Nur wenige Mädels waren reif und vernünftig genug, sich einfach abservieren zu lassen, wenn ihre Zeit gekommen war. Aber was trieb Hildchen an?

Ich legte den Gang ein und raste die Friedmanngasse hinauf, da sah ich sie schon, wie sie in aller Seelenruhe die Benzinkanister an der Fassade des Pornhouse entleerte. Gerade hatten wir unseren Tempel vor dem Zugriff der Daltons gerettet, da war er schon dem Angriff einer mit allen Wassern gewaschenen jüdischen Weltklasselady ausgesetzt. Hildchen hatte da gewiss noch ein Hühnchen mit Herschel zu rupfen wegen der ganzen Zeit, die er bei Willi dem Schwein verbracht hatte, und wegen dem ganzen Haushaltsgeld, das er bei den Huren ließ. Aber musste sie deswegen gleich Willis Lebenswerk abfackeln, unser aller Heimat und Zuflucht?

Es umgab sie eine Aura der wilden Entschlossenheit, wie man das wohl nannte, sie wollte irgendetwas zu Ende bringen. Im Krieg waren das die Leute, die man immer vorausschickte. Sie brauchte jetzt nur noch ihr Feuerzeug finden, dann würde es losgehen. Ich stellte mich zu ihr und fragte: „Kann ich helfen?"

An der rechten Seite hing ihr enges Top etwas herunter, als habe man ihr die Luft darin ausgelassen. Sie semmelte mir die Handtasche über den Scheitel, und weiß der Teufel, was in der drinnen war, aber es tat richtig weh. Benommen lag ich auf dem Boden und schrie: „Hildchen, bitte tu's nicht!"

Da hielt sie plötzlich inne und schaute mich verwirrt an. Ausnahmsweise hatte ich mal die richtigen Worte gefunden, denn sie fragte: „Woher kennen Sie meinen Namen?“ Ich sagte: „Wollen wir uns nicht duzen?“

Ich richtete mich auf, umfasste sie an den Beinen und schulterte sie wie einen Teppich. Zwar strampelte sie wie verrückt, aber ich hatte sie mit der einen Hand gut im Griff, und mit der anderen sperrte ich das Pornhouse auf.

Dort setzte ich sie an einen Tisch im Foyer, ging hinter die Bar und holte zwei Gläser für uns, dabei fragte ich: „Whisky?“ Und sie sagte: „Doppelt!“

Ich setzte mich ihr gegenüber, und als ich so dasaß, mit gespreizten Beinen, die Hand in der Hose, Zigarette im Mund und ein Glas in der Hand, machte etwas in ihr Klick. Sie sagte: „Ich hab’ dich doch schon mal irgendwo gesehen.“

Ich erklärte ihr, wo. Und als ich ihr erzählte, dass ich sie im Auftrag ihres Mannes überwacht hatte, da entwich plötzlich die ganze Wut aus ihrem Körper, und sie fragte: „Herschel ist eifersüchtig?“

Ich sagte: „Und wie!“

Frauen waren ja empfänglich für die ganz großen Liebesbeweise, da waren sofort Tränen der Rührung im Spiel, so auch jetzt. Ich reichte ihr eine Serviette und sagte: „Lass es ruhig raus. Und dann erzähl mir bitte, was du dort oben mit diesem Rott zu schaffen hattest.“

Sie wischte sich die Tränen aus den Augen und fing mit dem traurigsten Thema an: „Unserer beider Lebensuhren ticken, Herschel und ich werden nicht mehr lange leben ... Ach!“

Was sollte man dazu sagen? Sie weinte und fuhr schließlich fort: „Wir sind alt und gebrechlich, aber ich habe immer alles getan, um den Abwärtstrend zu stoppen und attraktiv für ihn zu bleiben. Deswegen war ich immer wieder in dieser Schönheitsklinik im 19. Bezirk, wo ich mir die Titten habe richten lasen und alles andere auch."

Ich fragte: „Noch einen?"

Sie sagte: „Noch einen Doppelten! Jedenfalls lernte ich dort vor ein paar Monaten diesen Rott kennen. Es ist doch so, man sitzt beim Mittagessen beisammen, beim Abendessen, nachmittags am Gang beim Kartenspielen, trifft sich im Garten beim Spazierengehen, man tauscht Karten aus und erzählt: Ich bin Malerin, ich bin Gattin, ich bin in der Wurstbranche, ich bin Anwältin, so halt. Daran musste er sich erinnert haben, denn vor ein paar Tagen rief er mich an. Als ich ihn traf, erzählte er mir von seiner Krankheit, und wie er sich die seiner Meinung nach zugezogen hatte." Sie fragte: „Weißt du, wie?"

Und ich nickte.

„Er war mit dem Resultat sehr zufrieden, seinen Worten zufolge sah er ganz proper aus."

„Das kann ich bestätigen", sagte ich. „Ich hab' sein Arschloch gesehen, und von Braun war da keine Spur mehr."

Das war doch mal was anderes als diese ganzen elenden „Wie geht es dir – danke, ganz gut"-Gespräche, bei denen man einfach nie in die Tiefe ging. Sie erzählte weiter: „Er wollte, dass ich für ihn die Klinik verklage, aber ich ekelte mich vor ihm, du weißt doch, wo er politisch stand."

„Ja."

„Jedenfalls lehnte ich seinen Fall ab, ich ließ ihn einfach sitzen und ging. Das hast du ja gesehen."

„Das hab' ich. Und dann?"

„Nachdem ich von Rott weggefahren bin, war ich zwei Stunden im Fitnesscenter, und auf dem Stepper dachte ich plötzlich an Herschel und mich und an die Kosten für die Überführung."

Ich fragte: „Welche Überführung?"

Sie sagte: „Rocky! Wir werden nicht mehr lange leben. Und wir wollen in Israel begraben liegen, nebeneinander, wie Liebende. Aber das kostet Geld!"

Von ihr ließ ich mir sogar das „Rocky" gefallen, also fragte ich nur: „Was ist denn mit Herschels Ersparnissen? Er hat gesagt, er scheißt mich zu mit Geld, wenn ich dich überwache!"

„Ersparnisse? Herschel hat doch sein ganzes Geld mit Huren und diesen ekelhaften Filmen durchgebracht, und meine OPs waren auch nicht ganz billig. Mein Gott, ihr seid solche Schweine!"

„Tja."

Ich schämte mich durchaus ein bisschen, aber halt nur ein bisschen. Man musste in meinem Alter schon zu dem stehen, was man machte und wofür man sich interessierte. Und wir interessierten uns nun mal für gute Filme.

Sie erzählte weiter: „Herschel möchte einfach nicht in dieser braunen Erde begraben liegen, nicht mit diesen ganzen braunen österreichischen Arschlöchern zusammen."

„Herschel hasst braune Arschlöcher!"

„So sehr sogar, dass er mich nie von hinten wollte!"

„Sag bloß!"

„Ich war diesem Hengst immer eine ausdauernde und offene Geliebte, ich empfing ihn immer gerne, und ich hätte nichts dagegen gehabt, wenn er auch mal den Hintereingang genommen hätte …"

Ich hatte so eine leise Ahnung, was jetzt kommen würde, und ich täuschte mich nicht:

„Aber er sagte immer: ‚Dreh dich weg! Ich ertrage den Anblick nicht!' Als Frau verletzte mich das, denn wir trieben es sonst überall, aber da hinten war ich ihm einfach zu braun. Und als ich mich wieder mal beim Duschen im Fitnesscenter da hinten anschaute, da verstand ich auch wieder, warum. Weißt du, aus den Duschen im Lager kam nämlich nie Wasser ..."

Ich musste plötzlich an Lemmy denken, und wie es wohl bei ihm da hinten aussah. Auch ohne Lager hatte er es vermutlich zu einer sehr schönen Farbe an seinem Arsch gebracht, aber gut, jetzt schweifte ich ein wenig ab. Ich musste versuchen, mich halbwegs mit Anstand durch dieses Gespräch zu schlängeln, wenn ich auch natürlich nicht alle Minen umschiffen konnte: „Aber jetzt ist er doch impotent, nicht wahr?"

Sie sagte: „Gott sei Dank. Ich habe genug zu tun, jeden Morgen die Schweinerei wegzuräumen, wenn er in der Nacht das Klo nicht mehr findet. Dabei will ich nicht auch noch überall sein jüdisches Ejakulat sehen!"

„Okay, wie ging's gestern weiter?"

„Beim Duschen im Fitnesscenter betrachtete ich wieder mal meine Rückseite. Es sieht wirklich fürchterlich aus, Rock! Ich dusche und dusche, aber das Braune geht einfach nicht weg. Willst du es sehen?"

„Nach dem Whisky, danke."

„Und plötzlich dachte ich, dass ich mir das auch wegmachen lassen könnte. Aber um die Reinigung zu finanzieren, musste ich Rotts Fall übernehmen, und von dem Honorar, das übrig blieb, würden wir uns zwei Gräber in Israel kaufen können, plus die Polizze für die Überführung. Das war die Idee, es schien mir plötzlich alles ganz einfach."

„Klingt vernünftig."

„Ich entschloss mich also, das Mandat zu übernehmen, was soll's? Einen Klagsbrief verfassen, einen Prozess führen, den er verlieren würde, und wer weiß, ob er bis dahin nicht sowieso tot gewesen wäre. Dazu brauchte ich seine Vollmacht. Also fuhr ich später noch mal hinauf zur Klinik ..."

„Wann?"

„Gegen 19.30 Uhr war ich wieder draußen, aber dann ging ich die Einfahrt etwas zu forsch an und fuhr mit dem Mercedes gegen einen Mast ... Peng!"

Sie deutete auf ihre kaputte Seite.

„Bei dem Unfall platzte ein Silikonkissen. Ich wollte mir das heute richten lassen und gleich einen Termin für das Bleaching vereinbaren, aber stell dir vor, die machen dort keine Titten mehr und auch keine Bleachings! Dort sitzen jetzt plötzlich nur noch Türken herum mit ihren langen Bärten und warten auf irgendwelche anderen Türken mit ihren langen Bärten. Aber ich weiß wirklich nicht, was die sich dort machen lassen, hast du vielleicht eine Ahnung?"

Die hatte ich allerdings!

Wir schenkten uns noch mal ordentlich ein. Nach dieser ganzen Geschichte war ich irgendwie erledigt und wollte nur noch mit einer Frau wie der hier glücklich werden, also sagte ich: „Hildchen, ich liebe dich!"

Sie aber sagte: „Das ist nett, junger Mann. Aber ich liebe nur Herschel."

Sie war einfach zu süß!

Als ich sie schließlich zusammenpackte und zum Toyota brachte, bat sie mich noch mit schwerer Zunge, ihr einen Gefallen zu tun: „Hör zu, Rock. Als ich gestern gegen den Mast dort draußen gefahren bin, da hab' ich auch ein Fahrrad ruiniert, das dort angebunden war, oder ein Moped, ich weiß es nicht mehr. Und jetzt denke ich die ganze Zeit: Der oder die, dem oder der das Fahrrad gehörte, wird jetzt böse sein auf mich, und das zu Recht. Könntest du vielleicht mal dort hinausfahren und an dem Fahrrad ...

„... oder dem Moped! ... "

„... einen Zettel anbringen mit meiner Telefonnummer drauf, damit ich den Schaden begleichen kann?"

Ich sagte: „Nichts lieber als das!"

***

Auf dem Weg nach Hause fuhr ich noch kurz auf den Parkplatz bei Mannis Tanke. Es dauerte keine zwei Minuten, und Manuela tauchte auf, diesmal in Diensten des Bräunen solange du willst um 8,88. Er kam zu meinem Fenster und drückte mir einen Zettel von denen in die Hand, dann fragte er, ob ich mitkommen wollte. Ich sagte: „Nein, wir machen es hier im Wagen!"

Er setzte sich neben mich und sagte: „Erst die Kohle!"

Ich haute ihm eine auf den Hinterkopf und sagte: „Es gibt keine Kohle!"

Dann packte ich ihn am Kinn und schaute ihm tief in die Augen. Sie waren ganz gelb, er schaute irgendwie nicht sehr gesund aus. Da fragte er: „Scheiße, bist du ein Bulle?"

Er wollte aussteigen, aber ich packte ihn am Genick und sagte: „Du bleibst jetzt hier und hörst mir zu: Vorgestern, als du noch bei Rott im Geschäft warst, habt ihr kurz vor Geschäftsschluss einen Anruf reingekriegt, eine Bestellung für ein paar Kilo Wurst. Rosi sagte, dass du den Anruf entgegengenommen hast. Kannst du dich erinnern?“

„Ja.“

„Mann oder Frau?“

„Ein Mann.“

„Was noch?“

„Klang so ein bisschen, als käme er aus den Bergen.“

„Tirol?“

„Keine Ahnung.“

Der Junge war noch nie aus Wien rausgekommen und wusste gar nicht, wo Tirol lag. Er war keine 18 Jahre alt und sterbenskrank. Ich tadelte ihn also wegen der Zettelchen von der *Volksfront Türkenbelagerung – nein danke!*, die er hier verteilt hatte, und sagte ihm:

„Sieh es mal so, Junge: Falls du noch ein paar Jahre schaffst und dir irgendwann der Schließmuskel versagt, wer soll dir denn dann die Scheiße wegwischen, hm? Das machen doch heute nur noch die Ausländer!“

Er sagte: „Oooooch!“

Daran hatte er noch gar nicht gedacht. Sofort ging ihm einer in die Hosen, der das strenge Odeur nackter Angst versprühte, ich sagte: „Das fängt ja früher an, als ich dachte! Herrgott!“

Er sagte: „Entschuldigung.“

Weil er so schlecht drauf war, bot ich ihm ein Schlückchen aus der Pulle an, aber er lehnte ab. Ich fragte: „Was zu rauchen?“

„Nein.“

Dann Tabletten also. Ich schaute im Handschuhfach nach, ob Lemmy da was drinnen hatte, das war ja schließlich seine Seite. Es war bis oben hin voll, und ich sagte zu Manuela, dass er sich bedienen sollte. Er griff so beherzt zu, dass ich ihn schließlich bremsen musste: „He! Nicht alles!"

Dann kam ich noch auf eine rechtliche Frage zu sprechen: „Hast du einen Gummi genommen, wenn du Rott in den Arsch gefickt hast?"

„Nein, das wollte er nicht."

Das dachte ich mir. Immer nahe am Abgrund, diese verdammten Fleischhauer! Ich fasste ihn also an der Hand und sagte: „Pass auf, Junge. Rott wird nicht mehr herausfinden können, wo er sich seine Krankheit genau geholt hat. Aber sobald die ersten Schreiberlinge von der *Gosse* geschnallt kriegen, dass er schwul war und in diesem Solarium da drüben verkehrte, werden sie keine zwei Stunden brauchen, um auch dich zu finden, und dann werden sie dich zuerst in kleine Stücke reißen, und dann werden sie dich grillen. Denn was du getan hast, nennt man gefährliche Körperverletzung, verstehst du das?"

„Echt? Scheiße, Alter!"

„Nix Scheiße, Alter. Von mir aus solltest du dafür ja einen Orden kriegen, aber wie gesagt – da wird es andere geben, die das anders sehen werden. Ich gebe dir also den guten Rat, deinen süßen Arsch in den nächsten Jahren hier nicht mehr hin und her zu tragen, wenn du noch ein paar Jährchen leben willst. Falls dich nicht sowieso vorher deine Krankheit fällt. Kennst du dich in Bratislava aus?"

„Nein."

„Egal! Ich geb' dir die Nummer von einem Kerl, der heißt Lovegod. Ich muss dir jetzt hoffentlich nicht erklären, warum er Lovegod heißt?"

„Warum?"

Ich erklärte es ihm, dann sagte ich: „Dem kannst du erzählen, dass du ein Freund von Rock bist, der wiederum ein Freund von Happiness ist, okay? Du wirst ihm gefallen, und er wird dir dort weiterhelfen und dir zeigen, wo der örtliche Schwulenstrich ist. Wahlweise kannst du auch Meth und andere Designerdrogen für ihn verkaufen, da kannst du dir vielleicht sogar was ansparen für die Rente. Hast du's geschnallt?"

Er sah mich jetzt mit großen, verzweifelten Augen an. Irgendwie dämmerte ihm wohl gerade, dass er für immer die Auffahrt auf die gerade Autobahn verpasst hatte, die ihn sorglos in Richtung Pension bringen würde. Aber er war mir irgendwie auch dankbar, also drückte er mir einen Kuss auf die Wange und stieg aus. Dann beugte er sich noch mal zu mir herein und fragte: „Kann ich heute Nacht bei dir schlafen?"

Er war mir mittlerweile ans Herz gewachsen. In einem anderen Leben hätten wir Freunde werden können, aber in diesem wohl nicht mehr, also sagte ich: „Heute Nacht nicht."

***

Als ich wieder zurück ins Quattro Stazzione kam, war es weit nach Mitternacht, und Lemmy sagte zu mir: „Gut, dass du endlich da bist!"

Ich fragte: „Was ist denn?"

„Guttmann ist aufs Klo gegangen, kurz nachdem ihr weg seid, und jetzt sitzt er da drinnen und kommt nicht mehr raus."

Wer's mit dem Arsch hat, der geht aufs Klo, das war nun mal so. Aber Guttmann hörte jetzt da drinnen auch nicht mehr auf zu lachen, so wie es sich anhörte, also sagte ich: „Hört sich an, als hätte er endlich kapiert, dass dein Gras besser für ihn ist als sein Zucker!"

Lemmy und ich warteten noch eine schöne Weile vor dem Lokus und redeten auf Guttmann ein wie auf ein dummes Kind, das sich eingesperrt hat. Aber es war einfach nichts zu machen. Er brach da drinnen immer wieder zusammen vor Lachen und konnte sich kaum erholen.

Weil ich es hasste, Zeit sinnlos verstreichen zu lassen, holte ich das Zeug von Lovegod aus meiner Hosentasche und zeigte es Lemmy, dann fragte ich ihn: „Was hältst du davon?"

Er sagte: „Tödliches Zeug. Sobald du eine Nase davon nimmst, bist du abhängig. Eigentlich raucht man es, aber man kann es auch durch die Nase nehmen."

Lemmy zerstäubte eine kleine Prise zwischen Tischbein und Boden, kniete sich nieder und zog sich das Pulver in die Nase. Dann richtete er sich auf, sprang ein paarmal auf und ab, schüttelte sich, als habe er einen Schwarm Bienen abzustreifen, und sagte: „Uuuuuuh!"

Aber als ich ihn fragte, ob er jetzt schon abhängigig war, winkte er ab, denn bei ihm machte das keinen großen Unterschied mehr.

Ich sagte: „Ich schenk's dir."

Er sagte: „Danke."

Endlich hörten wir die Spülung, und Guttmann kam heraus, aber er war irgendwie nicht mehr der Alte. Mit ein wenig Schminke und Kunsthaar hätte man einen astreinen Althippie aus ihm machen können, so entspannt stand er nun mit heruntergelassenen Hosen vor uns, während er immer noch lachend auf Lemmys Klotüre zeigte.

Lemmy hatte nämlich irgendwann im Frühling eine Seite aus dem *Schmetterling* herausgerissen und dort aufgehängt. Der Artikel war mit DER GUTE MENSCH VOM BRUNNENMARKT überschrieben, und anders, als man vielleicht glauben mochte, war nicht Lemmy selbst das Thema dieses Artikels, sondern diese verdammte Darjeeling-Silke. Sie wurde darin als ausnehmend einnehmend und engagiert beschrieben und war sogar mit einem Foto abgebildet, auf dem sie irgendwas verändert haben mussten, denn sie sah darauf nicht so vollkommen scheiße aus, wie sie in Wahrheit aussah, sondern nur scheiße, man konnte da heute einiges machen. Wegen dem Foto aber hatte Lemmy die Seite damals ausgeschnitten und an seine Klotüre gehängt, und sobald man auf Lemmys Stuhl Platz nahm, musste man dieses Foto anschauen, ob man nun wollte oder nicht. Ich habe versucht, Lemmy *Drug Amateurs* oder *Nascar-Sluts* aufs Klo zu legen, damit er sich irgendeine aussucht und statt der Teetante dort hinhängt, aber er hat mir bei Androhung einer sofortigen Auflösung des Mietverhältnisses veboten, den Artikel samt Foto von der Klotür zu reißen. Weiß der Teufel, was er auf seinem Klo machte, wenn er lange Vormittage dort verbrachte und sich das Foto von Silke anschaute.

Ich konnte mir also gut vorstellen, warum Guttmann sich nicht mehr einkriegte vor Lachen über dieses Bild von Darjeeling-Silke, aber wie sich herausstellte, war es gar nicht das Foto von Silke, das ihn so amüsierte. Er deutete vielmehr die ganze Zeit auf ein anderes Foto auf dieser Seite, das kleiner war und den Verfasser des Artikels zeigte, und daneben stand sein Name: Matthias Himmelfreundpointhner.

Guttmann behauptete nun steif und fest, dass er den Typen kannte, und dann sagte er uns auch endlich, woher: „Das ist der Kerl, den ich heute Mittag über den Haufen gerannt habe, als ich zum Tatort bei der Trafik geeilt bin."

Ich sagte: „Verdammt, Gutti! Gibst du also endlich zu, dass nicht er dich über den Haufen gerannt hat, sondern du ihn?"

Aber das war es auch nicht, was er uns damit sagen wollte. Viel witziger fand er, dass der Typ bei dem Zusammenprall sein Telefon verloren hatte, und dass er selbst es war, der ihm das Teil wieder in die Hand gedrückt hatte. Er sagte: „Sein Telefon, mit dem man so schöne Fotos machen kann, verstehst du? Und er war der Einzige, der vom Tatort weglief, während alle anderen ..."

Verdammt!

Ich versuchte, kühlen Kopf zu bewahren, und fragte mich, ob das vielleicht sogar der Schreiberling war, der laut Big Bärbel immer wieder da oben am Huberpark herumkrebste, sich nach dem werten Befinden der Anwohner erkundigte und nach Leuten, die dort harte Drogen vercheckten, nur aus beruflichem Interesse natürlich. Ich dachte weiters an Rosis Worte, wonach es einer mit schwarzem Hemd und schwarzer Brille war, der Darjeeling-Silke angestochen und ihr den Braten ins Rohr geschoben hatte. Und ich erinnerte mich daran, was Silke zu ihrer Freundin gesagt hatte: Dass es im Dezember so weit sein würde. Es war also vom zeitlichen Ablauf her durchaus möglich, dass der Kerl sie kennengelernt und geschwängert hatte, als er sie für seinen Artikel über den guten Menschen vom Brunnenmarkt besucht hatte, der im Februar erschienen war, wie man auf der Seite noch sehen konnte.

Fügte sich also nun eins ins andere?

Wenn wir jetzt noch in der heutigen *Gosse* ein paar schöne Fotos vom Mord an Issik Alejew sehen würden, dann hätte Gutti vielleicht nicht nur dem Fotografen das Telefon zurück in seine Hände gelegt, sondern vielleicht sogar – dem Mörder?

***

Ich fragte Lemmy: „Hast du mal ein Telefonbuch?"

„Von wann?"

„Von nach dem Krieg wäre super."

Er holte es, ich blätterte bis H wie Himmelfreundpointhner und fand den Sportsfreund, der gleich in der Nähe drüben in der Grundsteingasse wohnte. Es dämmerte bereits, als Gutti und ich auf die Straße traten. Die Abdullahs hatten schon begonnen, ihre Gestänge auf den Gehsteig zu werfen, auf dem auch schon die frische *Gosse* herumlag. Ich hob sie auf, und tatsächlich:

TRAFIKANT ERSCHIESST HUBERPARK-SCHLÄGER – TAT WAR ANGEKÜNDIGT!

Ich dachte: Seltsam. Monatelang hatte die *Gosse* für Danner getrommelt und gegen die Türken. Und nun war aus dem schlichten Türken eine vielschichtige Persönlichkeit namens „Huberpark-Schläger" geworden, und dem aufrechten Recken unterstellte man plötzlich Planung und Absicht.

Ich wollte noch ein weiteres kleines Teilchen ins Puzzle fügen, von dem ich mir erhoffte, dass es vielleicht passen würde. Zehn Minuten später waren wir draußen am Wilhelminenberg bei der Abzweigung zur Klinik. Wir stiegen aus, der Mast, den Hildchen mir beschrieben hatte, stand noch da, aber das Rad – oder Moped! – war weg. Der Besitzer hatte es vermutlich selbst abgeholt, das war zu erwarten gewesen. Ich kniete mich trotzdem hin und tastete ein wenig herum, im hohen Gras neben der Straße lagen noch genug Teile, die zu dem Rad gehört haben mussten. Ich hob ein paar Schrauben auf, und dann – eine Klingel.

Ich stand auf und zeigte sie Guttmann, dann klingelte ich und erfreute mich an ihrem Klang, bis er fast wahnsinnig wurde und mich anschrie: „Hör endlich auf damit, du Spinner!“

Ich erzählte ihm die Geschichte dazu: „Als du mich vorgestern Früh angerufen hast, da habe ich noch geschlafen, du erinnerst dich. Normalerweise bin ich um diese Zeit aber längst wach, weil mich Darjeeling-Silke mit dieser Klingel an ihrem Elektrofahrrad immer aus dem Schlaf holt, sie macht mich damit fast wahnsinnig. Gestern aber fuhr kein Elektrofahrrad über den Brunnenmarkt, und niemand klingelte und weckte mich auf, denn das Fahrrad war hier, weil Hildchen es zu Schrott gefahren hatte.“

Das Problem beim Überführen von Mördern waren ja oft die fehlenden Beweisstücke, und hier hatten wir eines.

***

Eine volle Mulde wurde gerade weggeschafft, eine leere hingestellt. Ich stand im Toyota hinter dem Lastwagen in der Grundsteingasse, es dauerte, bis wir weiterkamen. Ich baute uns einen schönen Ofen und zündete ihn an. Das Ganze hatte jetzt eine andere Qualität, weil ich nicht mehr alleine rauchen musste, während mich der Dicke neben mir so komisch anschaute, als wäre ich ein kompletter Freak. Guttmann inhalierte jetzt selbst ein paarmal kräftig, und dann fragte er: „Warum hast du mir das nicht früher gesagt?"

Ich sagte: „Was?"

„Das mit Lemmys Gras!"

„Hab' ich doch!"

„Na gut. Aber warum hast du mich dann nicht gezwungen, es zu rauchen?"

„Hätte ich denn sollen?"

„Ja, verdammt!

Wir kamen zu dem Haus, in dem Himmelfreundpointhner wohnte, ich blieb in zweiter Spur stehen. Ein Netz verhüllte die Sicht auf das Gerüst, das Stemmen der Hiltis war ohrenbetäubend und würde den ganzen Tag nicht mehr aufhören.

Durch Schmutz und Staub tapsten wir ins Innere, im Stiegenhaus standen die Kinderwägen einer neben dem anderen geparkt und gegen den Staub mit Plastik verhüllt. Eine erste Mutter begegnete uns, die ihren Nachwuchs hier wegschaffte, hinaus in den Kindergarten für Wunderkinder. Alles ganz Burberry, Che Guevara zierte das Bandana des Kindes, er war scheinbar der Neue bei den Barbapapas. Und Fidels Gesicht prangte auf seinem 200-Euro-T-Shirt aus dem Kinderladen von da drüben, der vor einem Monat in das Sauerkrautdetailgeschäft eingezogen war.

Wir quälten uns durch ein unglaublich verstaubtes, nur noch von Holzbalken getragenes Stiegenhaus hinauf in den dritten Stock, und in jedem der Stockwerke, die wir passierten, würden bald glückliche Jungfamilien wohnen, die viel Geld für ihren Jungfamilientraum hingelegt hatten.

Im vierten Stock endlich wohnte dieser Himmelfreundpointhner. Wir läuteten und warteten, und dann öffnete eine schwangere Frau, völlig aufgelöst im Elend ihrer Schwangerschaft, erschlagen von Staub und Lärm. Guttmann fragte: „Frau Himmelfreundpointhner?"

Aber sie sagte: „Noch nicht."

Guttmann konnte in ihrer Stimme nicht diese leise Verzweiflung darüber hören, dass sie von diesem Himmelfreundpointhner noch gar nicht gefragt worden war, ob sie ihn heiraten möchte. Ich wollte schon einen witzigen Spruch anbringen, aber plötzlich schaute mich die Lady so komisch an, als wäre ich der, mit dem man Mitleid haben musste, und da wusste ich auf einmal: Die hier in der Tür stand, das war verdammt noch mal Darjeeling-Silke.

Ohne ihren Wickelrock hätte ich sie beinahe nicht erkannt, und die langen grauen Haare hingen ihr jetzt vorne ins Gesicht und hinten bis zum Arsch hinunter, anstatt zum Haarkranz geflochten auf ihrem Kopf zu ruhen. Sie trug ein allzu kurzes Nachthemd, unter dem man ihre weißen, fleischigen Schenkel sehen konnte, und dieser Anblick machte mich fast blind. Ich dachte: Himmel! Sie sah jetzt noch beschissener aus als sonst. Ich flüsterte Gutti ins Ohr, dass das die Teeverkäuferin mit dem Fahrrad war, die Anführerin der „Besorgten Mütter", die uns mit ihrer Selbstgewissheit aus unserem angestammten Revier drängen wollten; die keine Wurst aßen und keine Pornofilme mochten. Und dann sorgte Guttmann doch noch dafür, dass die Runde letztlich an uns mit den Eiern in der Hose ging, denn er zog seine Marke und sagte: „Du bist verhaftet!"

Dafür lebte man als Bulle. Dass man einmal zu einer Spinatwachtel „Du bist verhaftet!" sagen konnte.

Aber die hier wollte es natürlich unnötig kompliziert machen und fragte noch: „Haben Sie denn einen Haftbefehl?"

Da übernahm ich. Ich packte die Klingel aus und hielt sie ihr ans Ohr, und wie der Weihnachtsmann sang ich: „Kling, Glöckchen, klingelingeling ..." Sie bat mich inständig, damit aufzuhören, und ich erklärte ihr, wo wir sie gefunden hatten und wie man so etwas vor Gericht nannte: „Das ist ein Beweisstück."

Da spielte sie die sterbende Schwangere, die gleich ihr Kind verlieren würde, und rief nach ihrem Schatz. Aber der war ja auf Drogen und wollte gar nicht mehr aus den Federn kriechen, so sehr bedrückte ihn die Vorstellung, dass er Darjeeling-Silke wohl oder übel doch irgendwann heiraten würde müssen, und sei es im Gefängnis.

***

Wir hatten die beiden mittlerweile ins Kommissariat West gebracht, wo wir sie in jeweils eigenen Zellen nonstop verhörten.

Mit dem Griffelschwinger war die Sache einfach, denn der hatte noch weniger Eier in der Hose als Danner. Er war ein verkrachter Schreiberling, der im Leben nichts recht auf die Reihe kriegte, seit auch er aus Tirol hierher zugewandert war, und froh war, dass er seinen Schwanz noch in die zugewachsene Dose seiner Landsfrau Silke hineinhängen durfte, ab dann tat er alles für sie. Er gab also sofort zu, dass er es war, der bei Rosi angerufen hatte, der bei Danner angerufen hatte und der den Issik angesprochen und den Deal mit ihm organisiert hatte, während er sich oben beim Huberpark herumtrieb und nach Drogen Ausschau hielt. Aber laut seinen Aussagen war es Silke, die zu all dem die Idee hatte, weil sie ihr Kind in eine andere Welt hineingebären wollte als die, die sie vorfand. Und sie war es schließlich auch, die selbst mit ihrem Elektrofahrrad hinausgefahren war zu dieser Reha-Klinik, um dort zu fotografieren, wie Issik ihrem liebsten Feind Rott das Licht ausblies – Hauptsache Elektrofahrrad, und Hauptsache alles schön öko! Sogar beim Morden.

Wie vermutet, hatte er Silke bei seiner Recherche über das aufstrebende Boboviertel Brunnenmarkt kennengelernt, die dann in den Artikel mündete, der an Lemmys Klotür hing. Und davon erzählten wir ihm natürlich auch: Dass der Scheiß, den er da über unsere Heimat schrieb, bei den Leuten auch dort hing, wo er hingehörte. Er war darüber tief verletzt und verlangte umgehend nach einem Journalisten-Frühstück – Bier und Zigarette, dann Schnaps. Und weil er erst gar nicht versucht hatte, irgendwas zu leugnen, kriegte er es. Dann fing er an zu weinen und sagte: „Sie hat mich benutzt!"

Herrgott, irgendwann musste man in so einem Verhör auch mal „Sie hat mich benutzt!" sagen dürfen!

***

Irgendwann kamen wir uns dann vor wie in einer deutschen Gerichtsshow. Der Junge lieferte uns anstandslos die Hard Facts, während es mit Silke selbst so eine abgefahrene Psycho-Scheiße war, dass wir unbedingt den Experten beiziehen mussten.

Vor ein paar Jahren war Willi in seinem Kino ein zappeliger, nervöser Spinner mit runder Brille und wurbeligem Haar aufgefallen, der immer dann in Reihe 19, Sitz 19 saß, wenn Willi *Slutty Couch-potatoes, Dirty Couch*

Sluts oder *Devoted Couch-Schizzos* und so einen Scheißdreck ins Programm nahm.

Wie sich herausstellte, hieß der Kerl Kubelka und war tatsächlich Hirnschlosser, also fragten wir ihn, ob er dem guten alten Herschel die Birne wieder zusammenschrauben konnte, so unter Freunden: „Setz dich einfach mal hinter ihn und schau ihn dir genau an, okay?"

„Okay."

Es war gar nicht so einfach, die beiden in einen gemeinsamen Film zu bringen, der Brillenträger stand nicht auf anal und Herschel nicht auf Couch-Filme. Schließlich einigten wir uns darauf, dass sie sich gemeinsam *Dirty Brown Assholes Destroyed Vol. 19* anschauen sollten, was Herschel sowieso gefiel, dem Seelenklempner aber auch, weil darin die Zahl 19 vorkam. Der hatte da nämlich so einen Spleen mit einem Typen namens Freud, und der wohnte in einem Haus mit der Nummer 19, weiß der Teufel, so ungefähr hat er uns das jedenfalls mal erklärt.

Kubelka setzte sich also ganz unauffällig hinter Herschel und beobachtete ihn, und nach der eingehenden Analyse berichtete er uns, dass Herschel die braunen Arschlöcher einfach nicht mehr aus seinem Kopf kriegte, weil er mit bestimmten Leuten, die er „braune Arschlöcher" nannte, schlechte Erfahrungen gemacht hatte. Er sagte: „Das ist nichts Sexuelles bei ihm, eher was Politisches. Er projiziert das Verdrängte in die reale Umsetzung eines Kinofilms mit dem entsprechenden Titel, wodurch er das Gefühl hat, sich an von ihm subjektiv als solche empfundenen verdammten dreckigen braunen Arschlöchern rächen zu können, während diese stellvertretend von irgendwelchen männlichen

Pornodarstellern so richtig destroyed werden und vor Schmerzen schreien. Was er hier macht, ist also gut für ihn, besser als jede Therapie."

Willi fragte: „Was willst du uns damit eigentlich sagen, du verdammter Spinner?"

Daran erinnerte ich mich jetzt wieder.

Ich rief also Kubelka an und bestellt ihn hierher, damit er sich die Braut mal genauer anschauen sollte. Nach zwei Stunden mit der Lady im Käfig war er selbst so erledigt, dass er mich fragte, ob ich ihm ein paar von Lemmys Tabletten geben konnte. Ich gab sie ihm, und nachdem er sich wieder halbwegs beruhigt hatte, erklärte er uns die Sache so: „Ihr müsst euch Darjeeling-Silke mehrfach gespalten vorstellen. Sie ist erstens eine Frau, ein Topf, der sich extrem schwertat, einen passenden Deckel zu finden. Bei ihrem beschissenen Aussehen und stacheligen Wesen kein Wunder, da staute sich viel Frust bei ihr auf über die gesamte Männerwelt, darum ist sie im Tiefsten *dagegen*, dass es Männer überhaupt gibt."

Guttmann schüttelte den Kopf und sagte: „Verdammte Lesbe!"

„Zweitens ist sie eine werdende Mutter, welche für ihr noch zu gebärendes Kind eine Welt erträumt, die schlicht perfekt ist, wobei perfekt nichts anderes bedeutet als in ihren Augen perfekt. Aber die Welt ist nun mal nicht perfekt, darum ist sie *dagegen*."

„Was ich immer sage: Das größte Problem auf dieser Welt sind diese verdammten Mütter!"

Es war Guttmann, der das sagte. Er hatte da nämlich so eine private Sache mit seiner eigenen Mutter laufen, über die er nur schwer hinwegkam. Sie hatte ihn gestillt, bis er zwölf war, nur um dann mit einem anderen durchzubrennen und ihn ins Heim zu stecken. Seither hatte er nicht mehr aufgehört zu essen. So jedenfalls hat es mir Kubelka mal erklärt, der nun weiter berichtete: „Drittens verabscheut sie zugewanderte Schläger und Drogendealer und betrachtet sie als Gefahr für das Heranwachsen ihrer noch ungeborenen Kinder, darum ist sie im Tiefsten *dagegen*, auch wenn sie sich nach außen hin weltoffen und interessiert gibt. Als linksalternative Grünaktivistin hasst sie viertens den Rechtsextremismus eines Danner, darum ist sie natürlich auch *dagegen*."

Guttmann sagte endlich: „Scheiße, wo ist denn eigentlich ihr Problem?"

Kubelka bestätigte meine Theorie, dass es wohl irgendwo in ihrer Kindheit liegen musste, und sprach weiter: „Am allermeisten aber hasst sie Würste, daher ist sie *dagegen* und fünftens radikale Vegetarierin. Als sie schwanger wurde, wollte sie alles hier auf die Bedürfnisse ihres Kindes zugeschnitten haben, mehr Spielplätze, keine Drogendealer, keinen Sex, keine Wurst. So eine Art abgeschlossener Raum für sich und ihren Nachwuchs ganz alleine. Über die Wochen und Monate der Schwangerschaft, während der sie sich mangelernährte, aber jeden Tag durch ihre Nähe zu Rotts Wurstladen seine Produkte sehen und riechen konnte, müssen dunkle Gedanken ihr Hirn umnebelt haben, und Rott wurde zum Ziel ihres Hasses auf die unperfekte Welt, in der sie trotz radikal fortschreitender Gentrifizierung immer noch leben musste. Irgendwann hatte sie dann in ihrem kranken Hirn alle Zutaten zusammen und wusste, wie sie zusammen mit ihrem Lebensgefährten diesen Rott loswerden und dabei sogar politisch korrekt bleiben konnte."

Ich sagte: „Da sieht man wieder, was herauskommt, wenn die Leute kein Fleisch essen!“

***

Die Geschichte war in meinen Augen einfach zu gut, um sie nicht unter die Leute zu bringen. Ich machte also zwei schöne Meuchelfotos von den beiden Zuckerpüppchen und träumte von einer Schlagzeile, die es in sich hatte. Jeder, der morgen mit seinen Drecksfüßen auf die *Gosse* draufstieg, sollte es lesen können:

Skandal! Darjeeling-Silke, Teeverkäuferin, Vegetarierin und Plage des Brunnenmarktes, wurde zusammen mit ihrem schwarz gekleideten, drogensüchtigen Ehemann in schwangerem Zustand von Superschnüffler Rock Rockenschaub gestellt und von Guttmann, dem Bullen, verhaftet, weil sie ...

Weiß der Teufel, wie man so eine Schlagzeile baute!

Ich fuhr den Toyota zum vielstöckigen Pressehaus, parkte mich davor ein und befragte den Portier, wo denn hier dieser eine gewisse Jean-Pierre Moorloch den Griffel schwang, „Ich bin nämlich ein Informant!“, sagte ich leise, und er nannte mir ebenso leise Stock und Tür.

Ich stieg also in den Aufzug und drückte Richtung oberstes Stockwerk, aber schon nach ein paar Minuten kam ich drauf, dass sich das Ding gar nicht in Bewegung setzte. Ich also wieder hinaus aus dem Aufzug und husch, husch die paar Treppen hinauf in den 18. Stock, wo ich leicht verschwitzt sein Büro erreichte. Die Vorzimmerdame empfing mich freundlich, sie war lecker und knackig und blond, und also fragte ich sie: „Schon was vor heute Abend, Süße?“

Sie sagte: „Ja, mit meiner Freundin!“

Dabei leckte sie sich mit der Zunge sanft über ihre einladenden Lippen. Ich fragte: „Sie sind wohl lesbisch?"

Sie war mir aber deswegen nicht böse, sondern bestätigte meine Vermutung und deutete mit ihrem unfassbar langen Zeigefinger auf den Glaskäfig, hinter dem ihr Boss mit seiner roten Brille saß, dann sagte sie: „Was soll man denn machen, bei dem Angebot?"

Ich fragte: „Ist das der Jean-Pierre?"

Sie sagte: „So nennt er sich, aber in Wahrheit heißt er natürlich Hans-Peter."

„Na dann! Gutes Gelingen mit der Freundin!"

„Danke herzlich."

Ich klopfte an die Tür von dem Jean-Peter und trat ein, es stank fürchterlich nach Ernte 23 und nach Schnaps, kurz: Es stank nach einer Obdachlosenparkbank, nur dass der Typ hier eben eine rote Brille auf der Nase trug, ein durchgeschwitztes grünes Hemd anhatte und rosarote Hosenträger, das dazupassende gelbe Sakko hing an einem Haken an der Wand. Der Typ hatte ein echtes Faible für Farben.

Er hob mahnend die Hand, als habe er gerade eine Idee, und wandte sich seinem Bildschirm zu, dann hämmerte er etwas in die Tasten und redete laut mit sich selbst:

1 Kongo-Neger räumt in türkischem Pornoladen auf – 4 Schwerverletzte!

Er schaute mich triumphierend an und sagte: „Na? So was gefällt dem Volk besonders gut, wenn sich die Zugewanderten selbst massakrieren. Das ist eine wirklich unglaubliche Story!"

Ich sagte: „Der ist aber gar nicht aus dem Kongo, der ist aus Nigeria und heißt Lovegod. Und der Türke, von dem ihr dauernd geschrieben habt, ist Tschetschene und heißt Issik. Da wundert es mich dann gar nicht mehr, dass du nicht Jean-Pierre heißt, du Farbklecks, mit der Wahrheit nehmt ihr es hier wohl nicht so genau, was?“

Langsam kam ich in Schwung: „Ich will aber morgen Früh auf dem Klo mal die Wahrheit lesen, nicht immer nur euren Scheiß über die Türken, die sind mir nämlich mittlerweile ein bisschen ans Herz gewachsen mit ihrer Zwiebel zwischen den Beißerchen!“

Er nahm seine Brille ab, deutet damit auf mich, rieb sich die Augen und sagte: „Ach ja, deine Geschichte. Also erzähl mal, aber halt dich bitte kurz, okay?“

Ich erzählte ihm meine Geschichte, und zwar von den Anfängen sozusagen, als Darjeeling-Silke aus Tirol in die Stadt gezogen war usw., aber schon bald unterbrach er mich und sagte: „Gut und schön, aber was ist die Story, Alter?“

Ich erzählte weiter, wie Silke von einem Kollegen vom *Schmetterling* geschwängert worden war – das gefiel ihm, aber er sah darin keine Story –, bis sie im Laufe ihrer Schwangerschaft daranging, sich das Viertel nach ihren eigenen Vorstellungen zurechtzudenken, und immer wieder fragte er mich: „Aber was ist die Story, Alter?! Was?! VEGETARIERIN ERMORDET WURSTHÄNDLER? Oder: SCHWARZ GEKLEIDETER SCHREIBER EINER STADTZEITUNG HEUERT MÖRDER AN? Scheiße, Alter! Jetzt haben wir bald genug Stoff für eine ganze Serie, aber eine Schlagzeile haben wir noch immer nicht, ich schlaf' gleich ein!“

Noch einmal fragte ich verzweifelt: „Kapierst du's denn nicht?“

Aber er blieb dabei: „Nein!“

Langsam ging er mir echt auf den Sack mit seiner Begriffsstutzigkeit. Und der ganze Fall ging mir insgesamt langsam auch auf den Sack. Was interessierte es mich, ob die beiden in der Zeitung standen oder nicht! Ich hatte mich da vielleicht etwas zu weit aus dem Fenster gelehnt und persönliche Ressentiments einfließen lassen, was immer schlecht war, wenn man einen Job erledigte. Ich ermahnte mich also: Rock, sei Profi! Geh nach Hause.

Da fing der Kerl wieder an zu reden: „Seit es diese kleinen Kameras gibt und seit jeder nachts an seinem Computer sitzt und E-Mails schreibt, die er dann besoffen abschickt und für die er sich in der Regel erst am Morgen schämt, seither läuft das alles in unserer Branche ein bisschen aus dem Ruder. Jeder, der seinen eigenen Scheißhaufen fotografiert, hat eine nicht kleine Chance, dass er das bei uns unterbringt, bei uns kann schließlich jeder Zeitung machen, verstehst du? In dieser Branche gibt es ohnehin schon verdammt viele Irre, und jetzt gibt es noch die ungezählten Gestirne, die jeden Tag zu uns hereinwollen. Aber ich bin Profi, Herrgott, ich bin seit dreißig Jahren dabei!"

Ich sagte „Langweilig!" und wollte schon aufstehen und gehen, aber er redete einfach weiter.

„Kennst du zum Beispiel unseren King of Ottakring, den Dichter? Ich verrate dir nicht zu viel, wenn ich dir sage, dass es sich bei dem um eine Hausfrau aus Floridsdorf handelt, die dort inmitten einer von Migration geprägten Gegend, wie man so schön sagt, in einer kleinen Gemeindewohnung lebt, mehr recht als schlecht. Sie fing an, uns in Reimform gehaltene Leserbriefe zu schreiben, gegen die Türken und Kanaken und so weiter. Sie war echt gut! Ich hab' sie dann mal besucht, es stank fürchterlich nach Wein, aber das war scheißegal! Sie trifft einfach die Stimmung im Volk, und die Veröffentlichungen geben ihr Selbstvertrauen, also warum nicht, vielleicht kommt sie ja durch uns mal aus ihrem Loch raus und schafft es bis ganz nach oben, Pulitzerpreis und so? Es ist doch schön, wenn sich die Leser so mit ihrer Zeitung identifizieren!"

Gegen die heimische Zeitungsbranche war die internationale Pornobranche aufrichtig und gut, und die Drogenbranche war ein Hort der Sauberkeit und Ehrlichkeit dagegen. Ich war wirklich enttäuscht von den ganzen Lügen und fragte: „Dann gibt es also nicht einmal Ivanka, die kühle Russin?"

Er sagte: „Nein."

Ich ging zur Tür. Ich wollte wieder hinunter und zurück zu den meinen. Ich hatte schon die Hand an der Schnalle, da drehte ich mich noch einmal um, denn das sollte er noch wissen:

„Ich kenne aber einen, der hatte mal eine Zeitung, die schrieben nur die Wahrheit."

Er lachte und fragte: „Ach ja? Und wie hieß dieses Blatt?"

Ich sagte: „*New Music Chronicle.*"

Plötzlich hustete er wie verrückt und schaute mich mit gierigen, großen Augen an. Er bat mich, wieder zu ihm zurückzukommen und mich zu setzen, und aufgeregt fragte er dann: „Scheiße, du kennst Kurti Lemminger?"

Ich sagte: „Lemmy ist mein Freund, verstehst du? *Mein* Freund!"

Der Kerl lehnte sich ganz weit zu mir herüber, packte mich am Kragen und sagte: „Hör zu, Alter. Das tut mir jetzt echt leid, dass dem sein *New Music Chronicle* nur zweimal erschienen ist, aber baut der vielleicht immer noch sein verdammtes verdammt gutes Gras an?"

Ich sagte: „Das tut er allerdings."

Da drehte er durch: „Heilige Scheiße, Lemmy hatte echt das verdammt beste Zeug, da scheiß' ich doch auf alles andere hier!"

Er riss seine Schreibtischladen auf und schüttete das ganze Koks und die Pillen und das Meth auf den Boden, und jetzt kapierte ich endlich, wer er war. Hans-Peter, der Arsch, der mit seinem bunten *New Music Express* Lemmys Zeitung das Licht ausgeblasen hatte, weil er schon damals einen Hang zu Farben und Lügen hatte, und daran hatte sich bis heute scheinbar nichts geändert.

Ich aber wollte nicht bitter zurück, sondern hoffnungsfroh in die Zukunft schauen, also sagte ich: „Lemmys Zeug ist über die Jahre vielleicht sogar noch besser geworden. Weißt du denn überhaupt, dass Haschisch gesünder ist als Aspro?"

Er staunte nicht schlecht und sagte: „Nein! Ist das wahr?"

Ich sagte: „Hier kannst du mich hineinstechen, wenn es nicht wahr ist! Wenn du also daraus eine Schlagzeile machen könntest, die Lemmys stockende Absätze wieder ankurbelt, dann kriegst du frei Haus geliefert, zu jedem Tag und zu jeder Stunde."

Er schob mir gierig seine Hand herüber, und ich schlug ein.

Dann fragte ich: „Wie sieht es mit den ganzen anderen Wichsern hier aus, das Haus hat immerhin 18 Stockwerke, da wirst du doch nicht der Einzige sein, der was braucht?"

Er klärte mich auf: „In der Zeitungsbranche sind neunzig Prozent süchtig!"

Ich fragte: „Wahr oder Lüge?"
Er sagte: „Wahr!"
„Und die restlichen zehn?"
„Sind Lügner! Gibt's Mengenrabatt?"
„Beim Lidl!"

***

Guttmann und ich fuhren hinunter in den Keller und gingen in die Garage des Kommissariats, dort stand ein Aston Martin. Ich dachte: Gar nicht mal schlecht die Kiste, aber vom Typ her nicht so meines. Man fragt sich ja: Passt die Braut zu mir? Passt der Wagen zu mir? Der hier passte nicht zu mir. Ich mochte es nicht so englisch, also sagte ich: „Nein, danke, den will ich nicht!"

Er sagte: „Der ist auch nicht für dich! Wir haben ihn einem Freund des Finanzministers abgenommen, Schmiergeldverdacht, ach Scheiße, das Übliche halt!"

„Und wer kriegt ihn jetzt?"

„Der Finanzminister selbst! Weiß der Teufel, wie die das machen, aber bei denen geht immer alles im Kreis herum, das Geld, die Autos, die Yachten. Man fragt sich ja: Wo ist ihre Leistung?"

Ich fragte: „Und wo ist meiner?"

Er sagte: „Deiner steht hier."

Guttmann drehte mich in die andere Richtung, und dann schiss ich mich fast im Stehen an, denn dort stand ein Datsun 280ZX. Ich liebte Japaner über alles, und den hier liebte ich ganz besonders. Man hatte ihn einem albanischen Menschenhändler abgenommen, der leider Nichtraucher war, aber dafür leidenschaftlicher Herrenduft-Träger. Der ganze Wagen stank bis in den Auspuff hinein nach seinem Odeur. Ich würde also Lemmy heute

Nacht darin schlafen lassen, er sollte ein paar Öfen darin rauchen und für das entsprechende Raumklima sorgen. So ein Auto war ja wie das eigene Wohnzimmer, dann sollte es auch so riechen!

Ich sagte: „Man dankt!"

Wir erledigten den Papierkram, dann kriegte ich die Schlüssel ausgehändigt, und schon die fühlten sich gut an. Der Datsun fuhr sich dann fast von selbst, er war ölig im Abgang, und der Sitz passte zu meinem Arsch, als sei er nur für ihn gebaut worden.

***

Früh am nächsten Morgen stand ich mit dem Datsun vor Herschels Wohnung, Hildchen und er waren ein bisschen verspätet, aber dann kamen sie endlich. Sie hatten zwei Koffer mit und hielten Händchen. Sie stiegen ein, Hildchen sagte: „Zum Flughafen."

Herschel: „Aber wieso denn zum Flughafen?"

Bevor es bei mir selbst so weit kommen würde, dass ich mich an nichts mehr würde erinnern können – an all die herrlichen Zeiten in Willi's Pornhouse! An Jack, wie er schleckte! Und an Happiness, wenn sie happy war! – bevor es also bei mir so weit wäre, würde ich Lemmy bitten, mich medikamentös so einzustellen, dass ich garantiert vor ihm sterben würde. Es ist immer schwer, in einer Beziehung der zu sein, der übrig bleibt, und ich wollte keinesfalls der sein, der Lemmy zwischen den eigenen Socken suchte, wenn er schon längst nicht mehr da war.

Hildchen hatte nun alles so organisiert, dass sie ihre Bleibe in Wien auflösten und ihre letzten Jahre oder Monate oder Wochen in Israel verbringen würden, wo dann auch ihre Gräber lägen. Ich fand das eine gute Idee, auch wenn mir der Gedanke, dass ich die beiden nie mehr wiedersehen würde, die Tränen in die Augen trieb.

Ich brachte sie also sicher hinaus zum Helmut Qualtinger International und verabschiedete mich von ihnen. Dabei musste ich an einen verdammt guten Steve-Earle-Song denken: „We'll meet again on some bright highway, songs to sing and tales to tell …"

Ich verdrückte noch ein paar Tränen und sagte: „Man sieht sich."

Ich sah ihnen nach, wie sie in der Abflughalle verschwanden. Da gingen fünfzig Jahre tiefe und aufrichtige Liebe.

Bevor ich wieder zurück in die Stadt fuhr, griff ich mir aus dem Ständer die neue *Gosse*. Ich blätterte von vorne bis hinten alles durch, aber es war nicht eine klitzekleine Nachricht darüber zu finden, wie gesund das Haschisch von Lemmy war. Ich war ehrlich enttäuscht.

Dafür fiel mein müdes Auge unter INTERNATIONAL VERMISCHT auf etwas, das mein Herz beinahe stillstehen ließ. Ich sah ein Foto von Jack Schleck, und darunter stand: ÖSTERREICHISCHER PORNOSTAR GESTORBEN

Der dazugehörige Text ging so:

Der gebürtige Wiener Johann Wüst ist gestern in einer Klinik für Plastische Chirurgie in Burbank, Los Angeles, im Alter von 67 Jahren gestorben. Man hatte versucht, „ihm ein Stück seines eigenen Penis anstelle der vom Krebs zerstörten Zunge zu transplantieren, aber die Operation misslang. Wüst alias „Jack Schleck" war in einschlägigen Kreisen weltberühmt für seine Zungenfertigkeit.

Ich war verzweifelt und schrie: „Was heißt denn hier einschlägige Kreise!"

Manfred Rebhandls Biermösel

Lebensabende und Blutbäder

Der erste Biermösel-Krimi

Broschur
224 Seiten
€ 15,–
978-3-7076-0075-9

Der Biermösel wartet in den permanenten Wetterkapriolen des Ausseerlandes auf das wohlverdiente Hinübergleiten in den Lebensabend. Doch leider halten den klapprigen Gendarmenkörper zwei schwerwiegende Delikte vom gemütlichen Warten ab: der Raub zweier Touristen-Handtaschen durch zwei mutmaßliche Rotzbuben. Und das Verschwinden diverser Kampfhunde, mutmaßlich durch den Scheinasylanten Mao Tse Tung (nicht verwandt, nicht verschwägert!).

Als dann auch noch der Nachtklubkönig Schlevsky aus dem deutschen Osten in gröbere private Turbulenzen gerät und vor diesen Zuflucht in seinem Flachdach-Refugium in Aussee sucht, weiß der Biermösel aus seiner gewissen Erfahrung heraus, dass wieder das Schlimmste passieren wird.

Und recht hat er!

Tetralogie im Czernin Verlag

Löcher, noch und nöcher

Der zweite Biermösel-Krimi

Broschur
224 Seiten
€ 15,–
978-3-7076-0206-7

Der Biermösel trotzt mit immensen Zahnschmerzen den gewaltigen Schneestürmen im Ausseerland. Ein Goldhaubendiebstahl und ein aufgebrochener Opferstock in der Kirche begleiten ihn in Richtung Weihnachtsfest.

Dazu kommen seine Probleme im amourös-zwischenmenschlichen Bereich: Die von ihm begehrte Putzfrau Anni zieht mit dem Hallodri Jackpot-Charlie auf dem Eislaufplatz ihre Runden, und sogar seine Schwester Roswitha bricht aus der häuslichen Routine aus, als sie zum Weihnachtskonzert des Schmusesängers Shubidu Jack in Goisern drüben fahren will. Außerdem hat ihm die katholische Kirche mit ihrer einsamen Entscheidung für die Silbertanne als allein seligmachendem Christbaum sein Geschäft mit den Buchen versaut! Kein Wunder also, dass niemand auf der Welt Weihnachten mehr hasst als der Biermösel. Da helfen dann nur noch die gelben Tabletten vom Doktor Krisper – „gelb wie die Sonne!"

Manfred Rebhandls Biermösel

Scheiß dich nicht an – lebe!

Der dritte Biermösel-Krimi

Broschur
176 Seiten
€ 15,–
978-3-7076-0250-0

Der Biermösel ist einfach wirklich sehr gut drauf in diesem ereignisreichen Frühling. Er ballert unschuldige Frühlingsvogerln vom Himmel und will endlich mit der Anni ins Gendarmerieerholungsheim nach Kaprun hinüberfahren, um sie dort zu packen.

Nur der wahnsinnige Pfarrer Hein mit seinem vorösterlichen Glockenläuten verdirbt ihm ein bisserl die gute Laune. Und das mysteriöse Verschwinden vom Hasenscharten-Ulf geht ihm auf die Nerven, den er aber schlussendlich doch noch im Kanal unten finden wird, ebenso wie sein geliebtes Schweinderl Trudi, das kurz von einem erfüllten Leben abseits des Speisetellers vom Biermösel geträumt hat.

Da braucht es uns dann auch nicht mehr wundern, dass oben jenseits der Baumgrenze ein US-Air-Force-Pilot in seiner unzerstörbaren Magic Underwear herumliegt, die eigentlich für den Häuserkampf in Bagdad bestimmt war. Aber wundern tut uns sowieso schon lange nichts mehr ...

Tetralogie im Czernin Verlag

56,3° im Schatten

Der vierte Biermösel-Krimi

Broschur
192 Seiten
€ 15,–
978-3-7076-0272-2

Der Biermösel hat in diesem Sommer seine Ernährung komplett umgestellt und schmiert den Verbrennungsmotor ausschließlich mit Weizenbier. Die dadurch gewonnenen Emissionen treiben das Quecksilber auf unerhörte 56,3°, womit er sich nicht nur das ideale Wetterchen für den erträumten Grillabend schafft, sondern auch gleich die gesamte wahlkämpfende Bundesregierung auslöscht, bravo!

Während der Biermösel munter die Erde erwärmt, kommt er auch noch drauf, dass er einen kleinen französischen Bruder hatte, der im Humtata-Olymp thronte, bevor er mit einer Trompete in der Gurgel sein rechtschaffenes Ende fand. Ganz schön was los wieder im Ausseerland! „Es glaubt ja hoffentlich keiner, dass so ein Fideler Herzbube, der in jeder Bierzelt-Bude zum Beispiel dauernd Humtati, humtata singen muss, aus dem Stand heraus beschwingt und fröhlich ist, kaum dass er Zwo drei gesagt hat und die Polka anstimmt, ohne gewisse Substanzen geht da gar nichts!